2013年度
公安文学精选
(纪实文学卷)

追捕
深海"掠食者"

全国公安文联◎选编

代表本年度中国公安文学最高创作水平
一年一度的中国公安文学盛宴

群众出版社·北京

图书在版编目（CIP）数据

追捕深海"掠食者"：纪实文学卷／全国公安文联选编.—北京：群众出版社，2014.8

（2013年度公安文学精选）

ISBN 978-7-5014-5257-6

Ⅰ.①追… Ⅱ.①全… Ⅲ.①纪实文学—作品集—中国—当代 Ⅳ.①I25

中国版本图书馆CIP数据核字（2014）172493号

追捕深海"掠食者"

全国公安文联 选编

出版发行：群众出版社

地 址：北京市丰台区方庄芳星园三区15号楼

邮政编码：100078

经 销：新华书店

印 刷：北京通天印刷有限责任公司

版 次：2014年8月第1版

印 次：2014年8月第1次

印 张：7.25

开 本：880毫米×1230毫米 1/32

字 数：209千字

书 号：ISBN 978-7-5014-5257-6

定 价：33.00元

网 址：www.qzcbs.com

电子邮箱：qzcbs@sohu.com

营销中心电话：010-83903254

读者服务部电话（门市）：010-83903257

警官读者俱乐部电话（网购、邮购）：010-83903253

文艺分社电话：010-83903973

出版说明

　　由全国公安文联编选的"年度中国公安文学精选"已经出版了七卷，即《2011年度公安文学精选》（共三卷，含中篇小说卷《特殊任务》、短篇小说卷《结案风波》、纪实文学卷《追捕始于新婚之夜》）和《2012年度公安文学精选》（共四卷，含中篇小说卷《归案》、短篇小说卷《编外神探》、纪实文学卷《亮剑湄公河》、散文诗歌卷《我的贺年卡》）。这七卷作品出版后，受到了广大读者，特别是全国各级公安机关民警的欢迎和喜爱。为深入学习贯彻党的十八大和十八届三中全会精神，积极落实好公安部关于推动公安文化大发展大繁荣的实施方案中提出的"推出更多公安题材优秀文化作品，出版年度公安文学精选"的要求，进一步加强公安队伍思想文化建设，着力打造公安文化品牌，推出公安文学精品，发现和扶持公安文学创作人才，满足新时期公安民警对公安文化的新期待、新需求，推动公安文化大发展大繁荣，同时更好地满足社会广大读者对优秀公安文学作品的阅读需求，全国公安文联和中国人民公安出版社决定继续编选、出版《2013年度公安文学精选》。

《2013年度公安文学精选》的入选作品，均为发表后受到读者广泛好评，并产生较好的社会效益的优秀公安文学作品，代表2013年度中国公安文学创作在长篇小说、中篇小说、短篇小说、纪实文学、诗歌、散文体裁中的最高创作水平，在思想性和艺术性方面具有突出特色，是奉献给广大关心和热爱公安文学的读者的精神大餐。

这是中国公安文坛第三次举办全国性年度公安文学作品精选的征集选编活动。

特别说明：《2013年度公安文学精选》共出版三卷，即中篇小说卷、短篇小说卷、纪实文学卷。入选的2013年度长篇小说因篇幅所限以存目形式收录于中篇小说卷内，诗歌、散文将并入《2014年度公安文学精选》的散文诗歌卷出版。

"年度中国公安文学精选"编委会办公室
2014年7月28日

目　　录

追捕深海"掠食者"

——公安部督办"7·30"专案侦破纪实

周仲贵

一、深水"鲨群"出没

案件需回溯到一年前。

2012 年 7 月 30 日,已进入初伏的广西酷热难当。连日暴雨,热带风暴频繁登陆,山洪暴发,山体滑坡,多处交通中断,抗洪救灾进入关键时刻,公安机关的大部分警力都投入到抗洪抢险和维护灾区治安秩序中。

这天午后,广西壮族自治区首府南宁大雨瓢泼,市区多处道路被淹。一辆警用越野车从位于新民路中段的自治区公安厅大院驶出,像一艘登陆艇一样划开路面积水,朝位于葛村路的南宁市公安局刑侦支队办公区疾驰。越野车副驾驶位置上，是一位身板壮实、表情肃穆的汉子，他就是自治区公安厅刑侦总队副总队长杨振炎。此刻，他的心情就像窗外的风雨一样不平静。

十分钟后，越野车进入南宁市公安局刑侦支队办公区。南宁市公安局分管刑侦的副局长吴宏飞、刑侦支队支队长张坚已经召集支队中层以上干部，在支队会议室恭候多时了。

侦查员出身的杨振炎是个实诚人，说话办事跟他的性格一样爽直明快。他没有官场上通行的套话、废话，甚至连开场白都省了，直截了当地向大家通报了一个当时对大多数警察来说尚属于匪夷所思的案件。

2012 年春节以来，广西境内南宁、来宾、百色、北海、钦州、玉林等地先后发生高档轿车车内财物被盗案件，损失多寡不等，少者价值数千元，多者数十万元，甚至上百万元。这些案件在社会上，特别在有车一族中造成了巨大的恐慌。长期以来，随着社会车辆拥有量的逐年递增，车内财物甚至汽车被盗案件屡见不鲜，已经成了公害。根据公安部的部署，全国各级公安机关刑侦部门都设立了专门的反盗抢机动车侦查机构，加大对盗抢机动车犯罪的打击力度，在一定程度上遏制了此类案件的高发态势。但近来汽车被盗案件有所抬头，而且作案目标、手段较之过去有很大变化。

在以往的机动车被盗案件中，作案者多以整车盗窃为目标，并不局限于轿车，连载重车、工程车，甚至农用车都难以幸免。作案者多采用强力或用私配的"万能钥匙"打开车门，接驳电路，得手后把赃车开到事先联系的地下修理厂，重新喷漆，锉掉车辆发动机和车架出厂编码，尽可能改头换面后易地低价销售。当前发生的针对高档轿车的盗窃案件在犯罪性质上跟过去同类案件毫无二致，但在犯罪手段上却是过去的升级版，其技术含量是过去那种原始野蛮的方式无法比拟的，其区别主要有二——

首先，作案者极少整车盗窃，仅将车内（包括尾厢）财物洗劫一空，车辆则完好无损，以致被盗后有相当一部分车主没有及时发现，数小时甚至数日后才发觉，错过了侦查破案的最佳时机。

其次，也是最重要、最值得注意的一点，作案者完全摒弃过去撬门破锁的野蛮手段，采用一种隐蔽的"文明"的方式——破解轿车的防盗系统，使严丝合缝的电子车门瞬间无声无息地自动开启，不留下任何痕迹，仿佛有一双法力无边的"上帝之手"，任何装置先进的车门都会应手而开。几乎所有受害车主的车门遥控器都没有丢失，而搁置车内的皮包、密码箱、旅行袋、笔记本电脑、手机、数码相机等均不翼而飞，有些粗心者根本弄不清失窃的时间和地点，更谈不上提供嫌疑对象。对于这种缺乏确切的发案时间、地点，甚至弄不清损失数量的"三无"案件，公安机关往往无法受理。

案件频发引起高层的关注，自治区公安厅刑侦总队组织了一个专门的调研小组，深入案发地开展相关的调查研究活动。调研人员大量走访被害人，并多次与汽车工业、汽车维修专业技术人员交流探讨，获取了大量信息，经过综合研判，初步摸出了此类案件的发案规律和特点。大量数据显示，被盗汽车多为安装了电子防盗装置的奔驰、宝马等高档进口轿车或新潮新款的国产高档轿车。绝大多数被盗车辆均非长时间停泊在车库或固定车位时遭灾，而是开车外出时下车吃早餐、饮茶、购物，甚至上厕所，临时把车停放在路边、胡同口或广场、停车场时被窃贼"光顾"。

显然，作案者对目标进行过跟踪或守候，趁车主用遥控器锁车门时，暗中使用便捷式汽车中控拦截解码器窃取该车电子防盗装置密码，并迅速配制相应的电子钥匙，通过低频编码交换信号，轻而易举地开启车门行窃，得手后迅速撤离现场。有些作案者则使用另外一种电子装置——干扰器，在车主使用遥控器锁车的瞬间，在一定距离内用干扰器同步发射和锁车信号相同频率的电磁波，干扰、屏蔽遥控器的信号，使汽车中控失灵，实际上没有完成锁门程序。如果车主粗心大意，按下闭锁遥控器后以为万事大吉而没有加以检查，就会给窃贼以可乘之机。

由此分析，此类案件大多为团伙作案，作案人员三至四人，有严密的分工。通过跟踪或守候锁定目标后，由一人操纵解码器或干扰器控制车门开合，一人监视车主及周围动静，一人入车行窃。犯罪团伙大都配备机动车辆，以利于跟踪和撤离。从报失情况分析，作案者层次不高，表现在一旦破锁成功，车内物品大至装现金或贵重物品（金银首饰、手机、高级化妆品）的皮包、密码箱，高级烟酒，小至洗发液、沐浴露、卷筒纸都一扫而光。与此形成鲜明对比的是，书籍、文件或者商业合同、工程图纸等则弃之如敝屣，用档案袋装的文字资料一般都不会动。对于夹放在皮包或密码箱内的文件，盗贼盘点清理"战利品"后多随手将其丢进垃圾箱。某市公安机关正是根据环卫工人的举报，通过被盗贼丢弃在路边垃圾箱里的一份企业文书，循踪追击，划定范围，顺藤摸瓜，挖出一个专门利用解码器盗窃车内财物的犯罪团伙。

通过一个多月的调研活动，警方掌握了大量宝贵的第一手情报资料，初步查明，广西全境十四个地市均发生过利用解码器或干扰器伺机盗窃车内财物甚至整车的案件，尤以南宁、来宾、百色、北海、钦州、玉林六市为害最甚。目前广西境内活跃着多个利用解码器或干扰器盗窃财物的犯罪集团，这些团伙各立山头，互不领属，各自有活动范围，却又存在着千丝万缕的内在联系，就像一张硕大无朋的蜘蛛网，向四面八方延伸，而居中位置盘踞着一只有生杀予夺大权的"蛛王"。

根据内部情报，这只神通广大的"蛛王"是南宁市宾阳县人，可能姓阮，男性，年龄和身份尚不明确，估计不会很年轻，因为道上人都称他"阮公"。有充分证据表明，广西境内发生的利用解码器或干扰器作案的盗车案件，大多与"阮公"有关。据传此人是个自学成才的电子专家，是网络上小有名气的"黑客"。2011年以来，这家伙就在桂粤两省区间穿梭往来，从事贩卖解码器和干扰器的生意，除用于自己作案盗窃，还高价对外销售或租赁。此外，他还以广州某电子科技开发公司广西代理商的身份，负责产品的技术咨询、产品维修、换代升级等售后服务。

鉴于这种情况，自治区公安厅刑侦总队决定把利用解码器或干扰器盗窃车内财物系列案件的侦破任务交给南宁市公安局刑侦支队。涉及其他地市的案件，由总队协调。涉及其他省市的案件，则报请公安部刑侦局协调。

通报案件情况后，杨振炎说，南宁市公安局刑侦支队是一支善打硬仗恶仗、素有攻坚克难光荣传统的坚强队伍，相信你们定能不辱使命，出色完成任务。

会议决定成立专案组，暂定代号"7·30"。鉴于当前案情尚不明朗，侦查工作更多地以隐蔽方式进行，尚不具备大兵团会战的条件，决定由负责大案要案侦查的一大队大队长朱万彬领衔，组织一个精干的"猎鲨"小组，展开前期摸排工作，待掌握基本情况后再根据需要投入重兵，集中打击。

重任在肩，朱万彬如坐针毡，第二天便与自己的两位副手——一大队两位副大队长廖振军和唐郑春来到离南宁市区一百公里的宾阳县。

地处桂中交通枢纽的宾阳，历来有"广西温州"之美称。这里不仅有闻名全国的皮张加工和烟花爆竹生产企业，还有每年农历正月十一举行的蜚声海内外的"炮龙节"，长期以来位居广西经济十强县榜首。当然，治安情况之复杂也是可想而知的。这几年，作为全市重案侦查的突击队，朱、廖、唐三人没少来宾阳，对这里的情况耳熟能详。凭借扎实有效的基层基础工作以及宾阳警方的密切支持配合，"猎鲨"小组很快打开局面，基本弄清了"阮公"的底细。

"阮公"真名阮经纬，宾阳县城芦圩镇居民，四十出头。至于为什么被尊称为"阮公"，坊间有几种版本。一说他在宾阳阮姓家族中辈分甚高，不少同龄甚至稍长的阮姓子弟都是他的子侄或孙辈，所以每年阮氏家族联宗祭祖大典或婚丧大事，他都能够端坐正堂太师椅上，接受子孙辈的顶礼膜拜。一说他虽然仅高中毕业，没有上过正规大学，但天赋异禀，自学成才，对机械和电子技术颇有研究，汽车、摩托车或电视机、冰箱、洗衣机发生故障，送到他手中都手到病除，在县城名气很大，被尊称为"阮工（程师）"。

二十世纪九十年代末，阮经纬到深圳一家外资企业打工。这家电子厂专门为国内外几家知名电器品牌加工控制系统的核心部件，规模不大，对员工素质却要求极高，非高职毕业以上学历不能入门，技术骨干则全部毕业于香港科技大学或内地知名高校，有的还拥有硕士甚至博士学位。阮经纬起初并不被看好，他从勤杂工做起，凭借过人的聪颖和锲而不舍的钻劲，不到两年便跻身公司技术骨干行列，成为名副其实的电子软件开发工程师，年薪十万元以上。同来珠三角寻找生计的宾阳老乡都羡慕地说，阮经纬时来运转，老鼠掉进了米缸里。

正当事业蒸蒸日上，公司高层准备委以重任的时候，阮经纬却出人意料地主动提出辞职。理由很简单，父亲年事已高，生病住院，他是独生子，必须回去侍孝床前。公司老总本人是个大孝子，于是忍痛割爱，接受阮经纬的请辞，临别时还推心置腹相告，老人恢复健康后欢迎他回归，公司一定虚席以待。然而，在阮经纬看来，打工者无论多么受器重，始终是寄人篱下，为他人作嫁衣裳。要主宰自己的命运，必须自立门户，自己当老板！

阮经纬踌躇满志地回到老家宾阳，倾其所有，还向银行贷了一笔款，利用祖屋临街的铺面，开了一家电子科技开发公司，自任总经理与总工程师，还亲自到南宁物色，招了两名职业技术学校的毕业生当助手。公司门面不大，经营范围却不小，手机、电脑、数码摄像机，还对外承接电视机、洗衣机、空调机等家用电器的维修保养，有一段时间还承包了县城各机关单位、金融部门和居民小区的电子防盗系统的设计安装。几年下来，虽然公司的发展速度没有达到预期，离"电子大亨"的目标还相当遥远，但毕竟算是上了路，立了足，利润稳中有升，势头不错。

一个偶然的机会，他第一次接触了汽车解码器，并且从此与这种宽屏幕手机大小的电子产品结下不解之缘。

2011 年某日，当地一家汽修厂老板带了一个半块红砖大小的仪表找阮经纬，说这是汽车维修行业必不可少的检测仪器，一年前托人从国外买回来的，现在突然失灵，送回厂家检修已不可能，修车师傅等着用，你看看能不能修。这是阮经纬第一次与解码器面对面。过去虽有耳闻，但一直认为这东西属于机械工程方面的检测设备，不是很感兴趣。汽修厂老板是病急乱投医，而阮经纬则是死马当作活马医，两人都抱着试一试的态度，没想到这一试竟试出了日后的一名汽车巨盗。

阮经纬接了活儿，在网上点击浏览关于汽车解码器的构造及工作原理，便觉得有了几分把握。这种看似复杂的汽车检测仪器，其实与自己熟知的电子技术，特别是电子防盗系统在工作原理上相差无几。结果不出所料，他琢磨了半天时间，就排除了故障。但到底顶不顶用，他也没把握，便亲自把东西送到汽修厂，让汽修厂老板当场测试验收。结果他惊奇地发现，在解码器的红色键盘上轻轻一按，一辆宝马轿车的车门就应声而开！与此同时，一颗邪恶的种子也植入了他的心田。

科学技术本身就是一把双刃剑。掌握在正义一方，就能造福人类，成为推动社会进步和历史车轮的强大动力；反之，掌握在邪恶一方，就会给人类社会造成巨大灾难。就个人而言，知识既可以成为完善自身、服务社会的手段，也可能成为欺世盗名、违法犯罪的工具。

汽车解码器又称汽车故障诊断仪，是汽车维修行业必不可少的快速检测工具。它的作用主要在两方面：一是可以快速准确地查找出汽车电脑控制系统的故障，为及时排除故障提供技术参数；二是用于汽车车门开合遥控器的匹配和测试检修，说白了就是在汽车电子钥匙丢失或者损坏的情况下，迅速匹配或复制汽车防盗系统的密码。阮经纬看中的是它的第二种功能。他想，手中有了这种能毫不费力打开车门的"魔法棒"，发财岂不是轻而易举的事？

萌生了罪恶的念头后，阮经纬赶紧向汽修厂老板打听，什么地方可以买到这个玩意儿。汽修厂老板介绍，这种仪器都是进口的，现在国内很多地方都引进了生产技术，广州、深圳和上海都可以买到。过去销售渠道控制得很严，要有相关部门的证明才允许购买，还要登记备案。现在宽松多了，有钱就能买，淘宝网上这方面的消息多的是。心怀鬼胎的阮经纬立即上网浏览，果然很快找到了这方面的信息。他花了五千元，通过快递从广州一家公司买下了第一台汽车解码器。

据阮经纬后来交代，开始他曾经动过自己装配解码器的念头，可其中一些核心元件要从国外进口，自己这个家庭作坊式的维修中心根本无法生产，加上后来发现造不如买、买不如租，便彻底放弃了这种打算。

第一次"试水"，他选择了宾阳县的近邻贵港市。在本地下手，认识的人多，容易暴露。再说，兔子还不吃窝边草呢。当然后来兔子多了，也顾不上这些穷规矩了。2011 年春节前几天，阮经纬带两名徒弟开一辆"柳微"面包车到了贵港。一番跟踪踩点后，他选中一辆挂广东车牌的银灰色奔驰轿车。之所以选中这辆奔驰轿车，基于几点考虑：一是从车辆档次及车牌号码看，这辆大排量、车牌尾号都是"8"的高级进口轿车不可能是公务车，应该是私企老板的坐骑，这样的大款车上丢了点儿东西都不会怎么在意。二是这辆车老是在市政府机关转悠，司机一个人上上下下往外搬礼品盒，肯定是给领导或关系户送年货，油水少不了。果真如他所料，那一次他们总共从奔驰车上收获四个礼品盒，每盒装两瓶国酒茅台和一条中华烟。那段时间茅台酒价格暴涨，一瓶一斤装五十二度飞天茅台叫价超过两千元。这还不算，每瓶酒的包装盒里，都夹了一个红包，每包都装了三十张百元大钞！虽算不上巨款，但肯定有行贿嫌疑。吃了这样的亏，送礼人八成不敢报案，只能打落门牙往肚里咽。

第一次出手便大获全胜，徒弟们对师傅佩服得五体投地。从此，阮经纬走上了一条一本万利的职业盗车路。不过，此后阮经纬很少亲自提刀上阵，而是放手让几个弟子在实战中锻炼提高，自己则另辟蹊径，做起了贩卖、出租解码器的生意。他以每台三千元甚至更低的"出厂价"从广州进货，在广西黑市以每台两万元甚至更高的"零售价"售出。用他的徒弟岑小军的话说，做这样的生意"想不发财都难"。

阮经纬团伙浮出了水面。但他就像一头在深水区掠食的鲨鱼，忽东忽西，时隐时现，难以捉摸。坐落在宾阳县城芦圩镇繁华地段的"阮氏电子科技开发中心"黑底金字的牌匾还挂在原处，但已蒙上一层厚厚的尘垢,大门蛛网纵横,说明已有些日子没有开门了。阮老板和他的几个得意门生也有近两年没有在宾阳公开露面。据闻他已秘密迁居广东,在广州和深圳都有房产,生意主要在珠三角一带。偶尔返桂,也是来去匆匆,行踪诡秘,极难跟踪。

"猎鲨"小组决定双管齐下,一方面对阮经纬在宾阳的亲友加强监控,力图从中探出阮经纬的活动轨迹;另一方面派员赴广东,侦查其落脚点。同时扩大侦查搜索范围,对这两年与阮经纬关系密切或有生意来往的嫌疑对象深入摸排。东方不亮西方亮,后面的举措收到了意想不到的效果——两头疯狂掠食的"鲨鱼"浮出了水面。

经深入排查得知,南宁市邕宁区百济乡农民黄德和黄权两人,长期与阮经纬保持密切联系。有证据表明,"二黄"曾高价从阮经纬手中购买作案用汽车解码器和干扰器数台,经常流窜于两广及云贵川三省频频作案。"二黄"都是三十出头,两人既是同村,又是叔伯兄弟,却并不是同一团伙,而是各立山头,手下几乎都沾亲带故,是典型的以宗族为纽带纠合而成的犯罪团伙。

"猎鲨"小组分别给已暴露的三个团伙起了代号:阮经纬团伙叫"虎鲨",黄德团伙叫"黑鲨",黄权团伙叫"白鲨"。突破点就锁定在黑白两鲨身上。

二、325 国道上的生死时速

本着先易后难的原则,"猎鲨"小组经反复讨论,权衡利弊,决定把第一枪投向"白鲨",而且要保证稳、准、狠,一击即中,不留后患。

黄权的家庭情况、社会关系、性格特征、爱好习惯等个人信息被迅速汇总,集中到朱万彬的案头。黄权三十三岁,个子不高,但体魄强健,脾气暴躁,做事不计后果。他过去当过货运汽车司机,曾因交通违章被暂扣驾照而打伤交通执法人员。其手下两人一为黄阳,一为杜勇,年纪都不大,二十出头。两人与黄权同村,按辈分，黄阳得叫黄权堂叔。自从纠合到一起成为职业车盗团伙后，三人形影不离，到处流窜，居无定所。三人都还没有成家，了无牵挂，作案得手就花天酒地，挥霍无度。长期以来，他们就像在海底掠食的凶鲨，不停地游弋，到处寻找袭击目标。他们很少在一个地方连续作案，一经得手，便立即转移，游到别的海区物色新目标。他们捕食的成功率极高，被他们看中的猎物，几乎无一幸免，而且胆大妄为，连军车和政法机关的车都敢下手。

针对"白鲨"的活动规律，"猎鲨"小组制订了灵活机动的捕"鲨"方案，广布眼线，加大"鹰眼"监控系统的工作范围和力度。

2012 年 9 月 6 日，"鹰眼"实时反馈："白鲨"在钦州市出现。早已枕戈待旦的"猎鲨"小组迅速出击，直扑钦州。

对北部湾的开发热持续升温，这里吸引了国内外众多投资者。这里商贾云集，车流如织，给"白鲨"这样的职业盗车团伙提供了可乘之机。"白鲨"在此时此地出现，本在"猎鲨"小组的意料之中。

"猎鲨"小组到达钦州是正午十二时。这时，"鹰眼"再度提供：半个小时以前，"白鲨"在钦州港口对一辆挂重庆牌照的奥迪车下手，得手后已离开港口，没有走桂海高速，而是沿旧国道 325线北窜。

这是下网擒"鲨"的好机会！朱万彬当即决定在钦州市区十公里外的南宁至钦州二级公路黄屋坡收费站设卡，单等"白鲨"撞网。

"猎鲨"小组这次出动两辆车六个人。两辆车都是挂地方牌照的国产轿车，六个人都是个顶个的擒拿格斗高手，这都是为桀骜不驯的"白鲨"量身定做的。以他们对"白鲨"的了解，估计这头嗜血成性的凶鲨不会轻易就范，到时有可能上演一出近身肉搏的全武行，不得不做好应对突发情况的准备。"猎鲨"小组是这样布阵的：朱万彬的车在收费站前一百米处的安全区蹲守，待目标进站后尾随堵死其退路。唐郑春的车则在站后五十米处守候，拦截目标去路，形成前后夹击。这是对付乘车逃跑的案犯最有效的战术，这几年他们多次运用，鲜有失手。

刚布置停当不到五分钟，朱万彬发现一辆宝蓝色轿车从钦州市区方向疾驰而来。稍近，看清是一辆北京现代，车牌号跟"鹰眼"提供的嫌疑车特征吻合，他立即通过无线对讲机向唐郑春发出行动信号。

目标刹那间从朱万彬面前一闪而过，朱万彬看得很清楚，驾驶员位置上是个粗壮的小平头，脖子左侧一头张牙舞爪的鲨鱼刺青十分明显。正是黄权，"白鲨"团伙的大当家。尽管是第一次见面，但目标的体貌特征已深深地烙印在他脑海里，绝对不会看错。他带两名队员开车紧随其后，贴了上去。

黄权并非鲁莽之辈，他从后视镜里发现了尾随的挂"桂A"地方牌的白色轿车，一开始并未引起警觉，稍作停顿缴费过卡后继续往前开。正待换挡加速，突然一辆黑色轿车迎面驶来，把去路堵了个严严实实，车上三名剽悍的汉子一跃而下，手里都端着枪。唐郑春处于最前的位置，他出示了蓝色警察证，威严宣布："下车，接受检查！"

黄权异乎寻常地镇静，他没有搭话，也不打算下车，显然在思考对策。他从后视镜中发现，跟在后面的白色轿车也过了卡，车上下来三个彪形大汉，手里同样持枪，其中一支还是"七九"微冲。后座上没心没肺的杜勇还在呼呼大睡，副驾驶座上的黄阳一看这阵势就吓破了胆，他声音发颤："叔，要不，咱下车？"

黄权横了怯懦的黄阳一眼，鄙夷地说："你慌什么？下车能有你的好果子吃？大不了拼个鱼死网破，死也要找个垫背的！"黄权缓缓倒挡，装出择地停车的样子，转瞬间突然加速，狠狠撞向车后站立的朱万彬。始终保持高度警惕的朱万彬喊了一声"闪开"，纵身一跃，避过这致命一击。只听嘭的一声闷响，宝蓝色北京现代的屁股撞在白色轿车的前保险杠上。黄权见没有得手，不肯罢休，又加大油门，不顾一切往前冲。机警的唐郑春指挥两名战友从容避开，宝蓝色北京现代像头嗜血的凶鲨一样冲破罗网，夺路狂奔！

岂能让对手从眼皮底下轻易脱身？朱万彬和唐郑春一前一后驾车尾随不舍，前面的朱万彬从右侧车窗伸出手中的"七七"式警用手枪，瞄着现代的右后轮，想在有效射程内一枪击穿轮胎，迫使对手停车就范。

黄权不仅心黑手狠，且诡计多端。他从后视镜中发现了朱万彬的举动，猜出了对手的意图，不仅把车速一下提到时速一百八十公里的极限，还凭借娴熟的驾车技术，忽左忽右，玩起蛇行。

情况一下变得复杂起来。旧国道 325 线是对开双车道的二级公路，中间没有隔离带。桂海高速开通后，这条路的车流量明显减少，但短途车（尤其是农用车）流量仍然很大。而且由于年久失修，路况较差，监管工作跟不上，交通事故频发。黄权显然已拿定主意以命相搏，他驾着车左冲右突，不顾死活拼命超车和会车，顿时险象环生。朱万彬甚至听到擦身而过的中巴车上旅客的失声惊呼和司机的怒骂。面对这种情况，就是有熊心豹子胆，朱万彬也不敢贸然开枪，以免对手狗急跳墙，殃及无辜。他无奈减速，眼睁睁地看着对手逐渐拉开距离。唐郑春立即领会了朱万彬的意思，也把车速降下来。

黄权发现后面的追兵明显减速，也减慢了速度，但还保持在时速一百三十公里以上。刚才几次惊险超车，把他吓出了一身冷汗。坐在旁边的黄阳本来就胆小，惊恐得大气都不敢出，带着哭腔哀求："叔，求求你，再不敢这么开了！继续这样下去，没等警察来抓，我们自己先完了……"

黄权骂了一句："看你那熊样儿！早知道就不该带你来。"他从后视镜中发现，追兵虽然拉开了一段距离，但仍紧随其后，立即使出第二招。他回头对后排的杜勇说："到前面桥上，把东西扔下河。"

朱万彬估计已经被对手落下三百米以上，而且距离越拉越大，便用手机向支队领导报告了情况，要求派出援兵在 325 国道进入南宁市区以前的最后一站良庆收费站设卡拦截，特别交代要带上阻车钉。这时候，驾车的李朝威突然说："朱大你看——"

朱万彬远远望去，发现北京现代似乎在前面桥上慢了下来，从后车窗向桥下扔了一团东西。身经百战的朱万彬看穿了对手的伎俩，笑道："狗东西，跟我玩这一套！"

去年市局组织开展打击两抢一盗专项斗争，朱万彬率队在闹市区某繁华路段抓捕一名抢包歹徒，歹徒走投无路，把包里的钞票和金银首饰当街扔了一地。当时如果不是朱万彬处变不惊、指挥得当，就让歹徒的阴谋得逞了。

车到桥上，朱万彬让唐郑春停车下河打捞，自己继续往前追。眼看距离越拉越远，朱万彬有点儿着急。他知道前面一路村镇密集，岔道很多，目标一旦脱离视线，开入岔道，围追堵截将失去意义。"提速，追上去！"

李朝威会意，一踩油门，车速提到一百四十公里。但还是迟了，目标已消失得无影无踪。三十分钟后追到良庆收费站，朱万彬远远看见支队派出的援兵正在排兵布阵，连阻车钉都还没有排开。带队的二大队长迎上来嚷："怎么搞的老朱，目标没有出现啊！"

朱万彬无言以对。果然如他所料，"白鲨"中途改道，成功脱逃了！

不久，唐郑春报告，他和另外一名队员客串潜水员下河打捞，在三米多深的河水中捞起一个皮包。皮包内除了一个解码器和一个干扰器，还有一张银行卡，除此以外别无他物。

"猎鲨"小组内弥漫着一种挫折感，大家都想着如何报这一箭之仇。不过大家都没想到，"报仇"的机会来得那么快。

9月9日，"猎鲨"小组获得"鹰眼"系统提供的情报，"白鲨"的宝蓝色北京现代在市区友爱立交桥下出现。"猎鲨"小组闻风而动，两路包抄，一路由南向北沿友爱路驰往安吉大道，一路从快速环道进入厢竹大道。两路兵马在友爱立交桥会合后四处寻找，却没有发现目标。"猎鲨"小组临时决定继续沿安吉大道往武鸣县方向寻找，因安吉大道两侧有众多汽修厂和洗车站，估计目标有可能在这一带修车。至三十三中路段，眼尖的唐郑春突然发现隔着隔离带，一辆宝蓝色北京现代从对向开来。近前一看车牌，正是"白鲨"的座驾，而且车尾右侧撞击留下的凹痕还没有修复。

"仇人"见面，分外眼红，但隔着隔离带，着急也没有用。对方肯定也认出了这两辆警车，一名歹徒摇下车窗，示威似的向警察挥手，还做了个飞吻动作，然后扬长而去。唐郑春尽管心急如焚，却也无计可施，只能把车开到前面的斑马线再掉头。急惊风遇上个慢郎中，才开出不到一百米，前面又塞车了！好不容易开到斑马线，掉头就追，已经晚了不止一步，宝蓝色北京现代已淹没在茫茫的车流中。

再次擦肩而过，懊恼之余，"猎鲨"小组也对"白鲨"的掠食特点有了进一步的认识：阵容固定，每次都是一大（黄权）二小（黄阳、杜勇）。分工明确，黄权开车并负指挥总责，黄阳操纵解码器，杜勇入车行窃。最近他们可能手气太背，捕食不到大鱼，手头紧，连车都没办法修，一定急于寻找下手机会。痛定思痛，"猎鲨"小组在策略上也做了相应调整，加强跟踪监控，寻找机会，待"白鲨"不备时突然出击，尽量避免在路上或人车密集地段与之缠斗。

功夫不负苦心人。2012 年 9 月 17 日，"鹰眼"再次监测到宝蓝色北京现代在六景至兴业高速公路贵港服务区出现，但去向不明。

这条情报说明，"猎鲨"小组对形势的判断是正确的。"白鲨"已处于饥饿状态，急于掠食，但又忌惮警察的追捕，要换个地方下手。目标极有可能是往玉林方向去了！

"猎鲨"小组决定立即出击。这次，他们换了两辆车，人员也做了微调，唐郑春带谢驹、李朝威两名骁勇善战的刑警乘一辆车，邕宁分局刑侦大队凌副大队长带分局两名刑警乘另外一辆车，风驰电掣地向六业高速飞驰而去。

下午一时二十分，"猎鲨"小组赶到六业高速贵港服务区，调看服务区的监控视频，发现北京现代在这里停留超过二十分钟，黄权和杜勇先后下车上厕所，黄阳给车加了油，还到小卖部买了几瓶矿泉水和几包火腿肠，车尾右侧的伤痕赫然在目。唐郑春稍稍松了口气。北京现代没有任何改变，这既说明"白鲨"的狂妄，也说明其窘迫。无论如何，有利于"猎鲨"小组的跟踪识别就是最大的利好消息。

离开贵港服务区，"猎鲨"小组继续一路跟踪。前面依次是贵港、玉林、梧州三市，"白鲨"意欲何往，颇费思量。只能一站一站往下查，别无他法。因为开的是挂地方牌的车，每一站都要停车刷卡付费，耽误了不少时间。

在木格和兴业两个出入口的监控系统中，"猎鲨"小组发现北京现代没有改道，继续往东走。贵港首先被排除。再往前行，在玉林和容县出入口，都发现了北京现代的身影，玉林随后被排除。凌副大队长提出疑问："白鲨"想窜到梧州？唐郑春摇了摇头。现在，他几乎可以肯定，"白鲨"此行的终点站是它的第二故乡——广东。

唐郑春的判断没有错，"白鲨"这次要去的确实是珠三角的惠州市，这是老大黄权在贵港服务区小憩时临时决定的。

八天前在南宁市安吉大道与警察擦肩而过，当时黄权并没有感到怎么害怕，所以对杜勇挑衅性的"拜拜"，也没有过多指责，反倒觉得解气。而十一天前在钦州生死角逐的惊魂一幕，直到现在他还心有余悸。这是他出道以来第一次与警察正面交手。事后惶恐之余，又对自己的临危不乱、指挥若定充满自信。他对两个比自己年轻十来岁的小兄弟说："要不是跟着我，你们两个早就卯朝天了！"

黄权的话并不完全是夸口。当天在钦州港口，他们对一辆挂重庆牌照的黑色奥迪下手，但所得甚微，车主的皮包里只有不到一千元现金和一张数额不明的银行卡，后排座上是几盒钦州产的海鲜。三人大失所望，但黄权仍然遵循旧例，嘱咐杜勇到偏僻处把皮包和银行卡处理掉。杜勇有点儿舍不得，说皮包可以扔，银行卡可扔不得，说不定里面存着几十万元呢。黄权骂杜勇鼠目寸光，说你如果活腻了就留下吧，不过不能再跟我，赶紧走人。黄阳毕竟机灵一点儿，说老大说得对，银行卡不能留。不知道密码，取不出钱，银行卡就是一张废纸。而且车主发现银行卡丢失后，第一件事就是报案，所有的自动取款窗口都会被严密监控，银行卡就成了一张夺命牌。

行内有不成文的规矩，对银行卡、存折、有价证券，不管金额多寡，一律不贪。这些东西带在身上不仅不能兑现，反而会形成威胁。下手时当场发现的，就原封不动留在车上，这样会对车主产生某种暗示或某种心理安慰，不报案或者迟报案。当然，对现金和吃的穿的用的，不论贵贱，照单全收。说实话，黄权对这两个徒弟不是很满意，特别是杜勇，不仅贪，还是个木脑瓜外加驴脾气。好几次坐上进口轿车的驾驶座，眼睛就红得滴血，想把车也开走。黄权警告他到处都是监控探头，你开出最多五公里就会被警察拦住，不但偷不了车，还要搭上你的小命儿。杜勇嘴上不说，心里却老大不服，私下对黄阳说老大胆子太小，成不了什么气候。黄权有一种预感，早晚得栽在这小子身上。

到惠州是下午三时。富饶的珠江三角洲是"鲨"群的发祥地，这两年他们没少光顾这里。广州、深圳、东莞、中山、珠海……这些在国人的心目中象征着金钱和财富的城市，对他们来说就像老家一样熟悉。

已经饿了有些日子，"白鲨"急于找到掠食对象。在市区滨江路一家冷饮店大门前，猎物自己送上门来了。这个季节，珠三角的溽热与南宁不相上下，特别是午后这段时间，气温在三十六摄氏度以上，冷饮店的生意出奇地好。三人每人喝了一大杯冰镇吕宋奶茶，出了店门装作悠闲地四周望望，便发现一辆银灰色宝马从鹅岭路方向驶来，悄然无声地停在冷饮店门前。黄权不禁眼前一亮，天遂人愿，想瞌睡就有人送枕头！他警觉地朝四周张望，确信无人注意他们，便若无其事地暗示两名徒弟：准备工作！不知谁起的头，干这一行的都把这种勾当叫"工作"。

车上下来一位穿花格子真丝 T 恤、戴太阳镜的中年男子，看样子有所戒备，摁遥控器关好车门后还逐门拉了一下门把手，确信已落锁后才迈着轻快的步子进入冷饮店，压根儿没有注意停在旁边的宝蓝色北京现代。

黄权看得很真切，宝马车主下车时手中除了一串钥匙（遥控器串在钥匙圈上）什么都没有带，一看就知道他不打算在冷饮店待太久。但喝冷饮不是喝白开水，仰脖一灌就完事，得用吸管或小勺子慢条斯理地搅拌、吮吸，性子再急也得十来分钟。这么长时间对掠食的"饿鲨"来说，已经绰绰有余了。

整个掠食过程不到一分钟便告结束。三人按照事先分工，有条不紊，从容不迫。他们离开后近二十分钟，那位气宇轩昂的宝马车主才带着几分惬意从冷饮店出来。

晚八时，黄权三人住进了靠近深惠高速的惠环镇一家个体旅社。战利品在转移路上做了清点，结果令人扫兴，皮包里连整带零归拢起来不到一千元，除此以外就是一部半新的手机、一沓发票及破名片。细心的黄阳看到一张工商银行取款凭单后连连顿足，凭单上标明取款八十万元，取款时间为 2012 年 9 月 17 日 15 时 27 分。也就是说，宝马车主进冷饮店之前刚刚取了款，说不定那笔钱就放在汽车后备厢里。而他们的注意力全集中在那只名贵的鳄鱼皮包上，忽略了藏着真金白银的尾厢！黄权气得扇了杜勇一个耳光，骂了一声："笨猪，蠢驴！"

杜勇不服气地回了一句："你当时不是老催我快点儿上车嘛……"

黄阳在一边打圆场："算了，叔，命里有时终须有，命里无时莫强求。怪只怪我们流年不利，手气太背，不贴上老本已属万幸！"

"不说了，睡吧。"黄权狠狠地把抽了半截的香烟掐灭，倒在席梦思上，用薄被蒙住头。客房的空调开到二十摄氏度，冷得直起鸡皮疙瘩，心里却燥热难耐。最近几次下手都是零打碎敲，连油费都赚不回来，车屁股上的凹痕也没法补，住店只能住标间，三个人挤两张床，还被警察赶鸭子一样赶得到处跑，从广西窜到广东。他暗下决心，来日方长，今晚好好睡一觉，养精蓄锐，明天一早南下深圳，瞅准机会干一两票大的。想到这里，他已经心平气和，更兼连日奔波，疲惫至极，很快坠入梦乡。而挤在另外一张床上的两个徒弟，早早就发出了此起彼伏的鼾声。

就在三人在梦境里徜徉的时候，晚上十时四十分，唐郑春率领的"猎鲨"小组一路跟踪到了惠州。他们走进了惠州市公安局刑侦支队值班室。

唐郑春向惠州市公安局刑侦支队领导通报了情况，并再三强调有充分的证据表明，追捕对象今天下午进入惠州，请求惠州警方大力协助，连夜在全城进行搜捕。接待领导面露难色："几位鞍马劳顿，不如先找个地方住下来，好好休息。我请示一下局领导，明天再给你们答复。"

唐郑春急了："搜捕行动最好在 18 日零时打响，再晚结果就很难说了。"

接待领导苦笑："两广公安是兄弟，你们的事就是我们的事。但几位有所不知，今晚情况有点儿特殊……"

原来，明天就是"九一八"事变八十一周年纪念日，惠州部分民间组织及学生团体将举行声势浩大的反对日本军国主义复活的游行示威活动。惠州是新四军首任军长、抗日名将叶挺的故乡，又是抗战时期南方抗日武装东江游击纵队的根据地，广州沦陷后，日寇对抗日根据地进行惨无人道的烧杀抢掠，惠州民众深受其害。加上最近升温的钓鱼岛事件，"九一八"就成了敏感日子。根据市委市政府的指示，惠州市公安机关要全力以赴，做好疏导、防范和保卫工作，防止一些过激行为发生，维护社会治安秩序的稳定。

维稳工作压倒一切，唐郑春自然明白这个道理，他只能自认运气太差，来得不是时候。但他同时表示，不管困难多大，抓捕行动不会改变。接待领导深受感动，答应从惠城分局刑侦大队抽调部分警力配合"猎鲨"小组行动。

"猎鲨"小组六名队员与惠州警方派出的援军混合编队，分多组从 18 日零时三十分开始在惠州市区进行地毯式搜查，重点是酒店、旅馆、停车场、夜总会和网吧。至凌晨三时十分，在离市区中心十公里的惠环镇一家个体旅社停车场内，发现了那辆宝蓝色北京现代。唐郑春闻讯赶来，调看旅社内部监控视频后，兴奋地说："不错，是他们！"

结果有点儿索然无味，没有出现预期中近身搏斗的惊险场面，以至于平时就迷恋拳击的李朝威和谢驹事后大呼"不过瘾"。民警破门而入时，三名车盗还沉浸在梦境里，睡眼惺忪、迷迷糊糊的杜勇还嚷："别闹，我还要睡！"

兵不血刃，"白鲨"就擒。民警在宝蓝色北京现代里搜出解码器和干扰器各一台，涉及桂、粤、滇、黔四省区的伪造车牌五副。

当天，"猎鲨"小组押着三名犯罪嫌疑人返回广西。

三、博览会开幕日的警报

"白鲨"落网以后，"猎鲨"小组趁热打铁组织讯问。黄权以沉默对抗，耗了两天两夜，来回就是一句话："没什么说的，该杀该关，我全认了。"黄阳和杜勇毕竟年轻，求生欲望很强，认罪态度较好。他们初步供认，2012年以来，三人结伙在广西的南宁、钦州、平果等市县及广东的广州、东莞、惠州作案十多起，盗窃车内财物价值难以统计。但涉及"虎鲨"和"黑鲨"两个团伙的情况，两人则知之不多。

黄阳透露，"白鲨"与"黑鲨"之间联系较为密切，因为黄德和黄权不仅同村，还是叔伯兄弟，黄权当初是黄德带上道的。后来黄德嫌这位堂弟脾气太倔，不听话，将他清除出团伙。黄权一气之下，另立山头，拉起了现在这支队伍。兄弟间虽然有些联系，但都是黄德主动打电话，黄权一直为当年的事耿耿于怀。"白鲨"与"虎鲨"团伙则基本没有联系，黄权对阮经纬高价出售解码器大为不满，认为姓阮的不厚道，吃人不吐骨头。相比之下，黄德与阮经纬的联系更为密切，"黑鲨"团伙里就有一个宾阳人，是阮经纬派驻"黑鲨"团伙的"技术顾问"。黄德不仅自己作案，还充当二道贩子，时不时从阮经纬手中批发作案工具，再加价出售。

猎杀"黑鲨"的计划被提上议事日程。"猎鲨"小组分析，"白鲨"的落网，给整个猎鲨计划开了个好头，为进一步掌握"鲨群"内幕、制订更为切实有效的措施提供了经验。但不能否认，其负面影响同时存在。追捕黄权团伙采取的是秘密跟踪、闪电出击的战术，整个运作过程保密程度很高。但世上没有不透风的墙，要想长期瞒住"虎鲨"、"黑鲨"几乎是不可能的。他们之间有千丝万缕的联系，警方不可能全部堵截这些联系渠道。而"虎鲨"、"黑鲨"一旦被惊动，"猎鲨"将更加困难。

　　"猎鲨"小组决定双管齐下。其一，继续利用"鹰眼"系统，扩大范围，搜索"虎鲨"、"黑鲨"；其二，控制"白鲨"三名成员的手机及其他联络工具，使其不能通风报信，保证其对外联系完全在警方的严密监控之下。"猎鲨"小组还想尝试借力打力这一招。借力打力是武学的最高境界，就是借助对手出拳的劲道还击对手，在化解对手攻势的同时一举制伏对手。但借力打力绝非一厢情愿的事情，既受制于自身功力深浅，也要看对手是否"配合"。胜负往往在毫发之间，运用得好，可在瞬间化被动为主动，一举扭转乾坤；反之则会弄巧成拙。"猎鲨"小组决定充分利用黄阳这张牌，用好借力打力这一招。

　　机会来了！

　　惠州凯旋的第三天，即 9 月 20 日早上，黄权的手机响了。朱万彬问他知不知道是谁打来的，黄阳说是四叔（黄德）。朱万彬说："你来接听。知道该怎么说吧？"

　　黄阳点点头，按下了接听键和免提键。黄阳接受过半天的突击"培训"，比较沉着："四叔吗？我是阿阳。六叔（黄权）昨晚喝多了，到现在还没醒，你有什么事吗？"

　　黄德问："你们现在在哪里？"

　　黄阳答："还在惠州呢，打算今天下午去深圳看看。四叔，你们现在在哪里？"

　　黄德有点儿不耐烦："叫阿权来跟我讲话！"

　　黄阳为难地说："不行啊四叔，六叔的脾气你不是不知道，我可没那个胆子，有什么话我可以转告，不然我只好放电话啦。"

　　黄德倚老卖老："你提醒阿权，让他少喝点儿，要不他早晚得栽进酒杯里！过几天博览会开幕，渔汛旺，你们回不回南宁？晚上让阿权给我回话！"

　　挂断电话，朱万彬发现黄阳紧张得满头大汗。其实，朱万彬也不轻松，直到手机里忙音传出，他心里的石头也没放下。

　　黄德主动来电至少说明两个问题：一是他还不知道黄权已经落网；二是他打算在博览会上捞一把。一个多月来，"猎鲨"小组用尽一切办法、施尽浑身解数都无法摸清黄德和阮经纬两个团伙的行踪，现在"黑鲨"自己浮出水面，真有点儿"踏破铁鞋无觅处，得来全不费工夫"的味道。尽管目前还不能排除黄德有故意使障眼法试探虚实的可能，但朱万彬还是有理由高兴。因为黄阳的手机显示，来电号码属于南宁电信，这说明黄德和"猎鲨"小组近在咫尺！看来，"黑鲨"要在博览会上捞一把并非虚言，这也正是朱万彬的心结所在。

第九届中国—东盟博览会定于本月 22 日（也就是后天）隆重开幕，中国和东盟十国投资峰会与南宁国际民歌艺术节将同时进行，这就是久负盛誉的"两会一节"。届时将有我国和东盟十国的国家领导人出席大会，国内外大批参展商将云集南宁，其中不乏世界 500 强企业的领军人物，国内外知名艺术家届时也将登台献艺。从中央到地方，对"两会一节"的安全保卫工作高度重视，要求做到万无一失。作为盛会承办城市的公安机关，南宁警方任务最重，责任如山，每次都要抽调大批警力，担负保卫和警卫工作。"黑鲨"这时候来添乱，警方完全可以借其冒头之机予以致命一击，取得事半功倍的效果。但其中风险也极高，"黑鲨"比"白鲨"狡诈十倍，最善于在常人意想不到的地方下手。如果让其得手，警方的声誉受损事小，造成国际影响事大。这个责任是任何人都担不起的。

实际上，朱万彬考虑的还不止这些。中国—东盟博览会是广西承办的为数不多的国际性会议，安保工作规格之高、组织之严密、戒备之森严、检查之严格已经达到吹毛求疵的程度，敢到这种场合行窃，无异于飞蛾扑火。精明的黄德偏要铤而走险，莫非是有意抛出一颗烟幕弹，让黄权来搅局，转移警方的注意力，自己则暗度陈仓？朱万彬感到有些不解。目前他能做的，除了加强防范，再也想不出更好的办法。看来，这个"力"如果拿捏不稳，"借"得不巧，后果不堪设想。

20 日晚上，黄德再次打来电话，朱万彬仍然让黄阳去接。一番教育和鼓励后，黄阳镇定很多，回答也更机智了："四叔，六叔还生你的气呢，不愿接你的电话。"

黄德气哼哼地说："好啊，这小子翅膀硬了，连我的话都不想听了！阳仔，你告诉他，他要敢做过河拆桥的事，我饶不了他！"

手机显示，对方来电仍是南宁电信。

9 月 21 日一早，根据"猎鲨"小组的建议，博览会安保指挥部组织大批警力，在市区范围内开展安全隐患大排查，其中包括对流动人口的清理，"猎鲨"小组的几名队员也参与其中。结果在江南区富德新村发现疑点。据周围居民反映，小区内一间两居室出租屋长期空置，无人居住。近日有四名陌生男子突然入住，这伙人不知道是干什么的，相当神秘，经常是天没亮就结伙出门，半夜回来后闭门不出，有时连灯都不开。据目击者描述，其中一人的身高、年纪、口音等特征与警方掌握的黄德的身份资料吻合。房主告诉警方，该房是一年前租出去的，承租人叫李德明，百色市凌云县人，据说是做干货生意的。李德明说自己常年在南宁与贵阳间跑生意，在贵州和百色农村收购香信、木耳和竹笋等干货，运到南宁市江南区的淡村市场批发，租房是为了囤放货物。房主出示了承租人的身份证复印件，复印件上的照片模糊不清，看不出是不是黄德，居住地是百色市凌云县玉洪瑶族乡玉保村。"猎鲨"小组成员出示了一张通过秘密渠道提取的黄德正面头像，房主一看马上认定："是这个人。"

通过公安专网人口管理系统搜索，"猎鲨"小组发现居住在百色市凌云县玉洪瑶族乡玉保村的李德明的身份证已于一年前遗失并补办。

情况已趋明朗："黑鲨"确已潜回南宁，其意无疑是要在博览会上下手！

"猎鲨"小组感到了前所未有的压力。博览会将在明天——9 月 22 日九时三十分正式开幕，留给他们的时间已不足二十四小时！

焦急无用，也不能消极防范。朱万彬请示局领导，加大"鹰眼"系统的搜索力度，加强交通要道及重点部位的巡查，以求先期发现目标。还有关键一招：在富德新村某出租房四周布下伏兵，二十四小时全天候秘密监控，一旦发现目标，即刻拿下。

这场短兵相接的较量一开始就充满悬念。9 月 22 日早上八时，离博览会开幕还有一个半小时，来自柳州市的参展商贾某开车到离南宁国际会展中心不到五百米的旅游大厦吃早餐，把他的银灰色宝马车停在大厦停车场上，按下遥控器锁好车门，即放心地步入设在大厦二楼的茶庄。贾某今天的心情很好，在楼上刚好碰上同样来自柳州的另一位参展商，二人细斟慢酌，相谈甚欢。四十分钟后，贾某盛邀朋友同乘他的宝马车去会展中心，朋友欣然答应。两人下楼来到停车地点，未发现任何异常。贾某按遥控器打开车门，刚在驾驶座坐下，就发现放在车座上的棕色公文包已不翼而飞！

贾某大惊失色，已无心参加开幕式，马上开车到附近的南湖派出所报案。在接待民警面前，贾某语无伦次。他说，被盗公文包里有现金两千多元，还有手机和合同文本。这些都不打紧，要命的是包里还有一本纪念册，里面有一整套 1960 年发行的第三套人民币。贾某是钱币收藏爱好者，这套已退出流通领域多年的绝版人民币是他花了整整二十年时间才从全国各地高价收集齐全的珍品，不说价值连城，也是千金难求。

值班民警立即明白了是怎么回事，马上给朱万彬打了电话。

警方最不愿意看到的情况还是发生了！朱万彬带领三名"猎鲨"队员匆匆赶到旅游大厦案发现场，南湖派出所值班民警已陪报案人等候在那里。朱万彬心中有数，没有按常规询问，直接让报案人回忆停车关门时周围有什么可疑迹象。贾某说，他停车时左侧十多米的车位停着一辆银灰色的小轿车，车旁有四名男子，其中一人已坐进驾驶室，三人还在车外，看样子像是刚从茶庄出来准备离开。贾某还说："这也算不上什么可疑迹象啊，当时停车场上的人和车多了去了。真是怪了，离开不到半个钟头，回来就发现东西丢了！"朱万彬心想，有五分钟就够了，还用半个钟头？

旅游大厦是博览会定点接待酒店，监控系统相当完善。朱万彬调看了停车场的电子监控视频，结果一目了然：停在贾某宝马车旁边的是一辆挂"桂 A"牌照的银灰色伊兰特，车上四人在贾某离开后立即行动，其中一人尾随贾某至大厅门口，一人上前给停车场保安人员敬烟套近乎，明显是为了挡住保安的视线。把镜头拉近，可以看出缠住保安的正是黄德！整个作案过程持续不到三分钟，得手后四人立即乘车离开停车场。从停车场出入口的监控视频中可以清楚地看到，坐在副驾驶位置上的正是"鲨头"黄德。

朱万彬立即把情况电告吴宏飞副局长和张坚支队长。其时，两位领导正在会展中心现场指挥安保工作，接报后当即下令：全城搜索那辆银灰色伊兰特！

当时有一个有利条件，为了保证"两会一节"顺利召开，从开幕的前一天（9 月 21 日）零时至闭幕的第二天（9 月 25 日）十二时，南宁市属六区六县及周边的崇左、河池、百色、贵港、来宾、钦州等六市公安机关的大批警力都摆到面上，设卡盘查可疑人车，控制了出入南宁的所有交通要道。作案车辆要想离开南宁远遁，可以说是插翅难飞。所以一开始朱万彬就定调：搜索重点在市区，特别是江南区富德新村。

十时四十分，在富德新村黄德租房布控的"猎鲨"队员报告：没有发现目标。

十一时十分，"鹰眼"报告：目标在良庆区玉洞商贸城出现。

朱万彬心头一紧，玉洞商贸城今天有一个大型车展，莫非"黑鲨"意犹未尽，想到那里再捞一把？他立即带领一个小组驰往玉洞商贸城。结果无甚悬念，人数处于劣势的"猎鲨"小组以三对六，当场抓获正与销赃人接头的"黑鲨"团伙四名成员和两名销赃犯罪嫌疑人，从银灰色伊兰特上搜获柳州参展商贾某被盗的全部物品及作案工具汽车解码器、干扰器各一台。

随后，在江南区富德新村黄德的租房内，搜获大量未及销赃的高级皮包、背包、手机、笔记本电脑、数码相机等赃物，数量之巨，品种之多，令人叹为观止。用一位"猎鲨"队员的话说，简直可以开一间小型名品专卖店！

四、舐犊情深的"掠食者"

不到一个星期，两个无恶不作的车盗团伙相继折戟沉沙，这对"猎鲨"小组是个巨大的鼓舞。没有片刻休整，他们人不卸甲、马不离鞍，继续投入围剿"虎鲨"的行动中。与"黑鲨"、"白鲨"相比，"虎鲨"入水更深，为害更大，对社会的破坏更甚。拿下它，就能循踪挖出犯罪工具流向社会的源头，进而彻底摧毁这个庞大的犯罪网络。

然而，欲达此目的又谈何容易！

与飞扬跋扈的"黑鲨"、"白鲨"不同，"虎鲨"是深水区真正的统治者，也是广西此类犯罪的始作俑者，其凶残、贪婪和对社会构成的威胁，远非"黑鲨"、"白鲨"可比。仅从技术层面就能看出，"黑鲨"、"白鲨"只能被动接受高科技犯罪工具的支配，少有"话语权"。而"虎鲨"不仅能熟练使用犯罪工具，还具备复制技能，游刃有余地根据市场需要对犯罪工具进行改进完善和升级换代，把这种可怕的高技术犯罪推向极致。

据阮经纬的得意门生、他派驻"黑鲨"团伙的技术顾问韦洪透露，"阮老师"不涉赌，不涉毒，唯涉"黄"。他已有妻室，并且有两个女儿，但还暗地里寻花问柳。除了一夜情的露水夫妻，还有多个固定情人。发迹以后，其私生活更加糜烂，在广州、深圳多处金屋藏娇。尽管如此，他跟原配陆氏却相敬如宾，不离不弃，对两个未成年的女儿呵护有加，经常托人送钱物给妻女。女儿过生日，还不忘送去蛋糕。他在外面有情人，其原配陆氏未必不知道，却不闻不问，夫妻相安无事。其驾驭能力可见一斑。

对几名死心塌地跟自己"打天下"的手下，阮经纬待其甚厚，但戒备亦重。据闻，他在广州有两处房产，平时他就住在自家的房子里，但从来不把手下带回自己的固定窝点，甚至不允许打听，宁可花高价让他们住宾馆。他经常说的一句话就是："你们没必要知道这些，知道多了对你们没好处。"所以，跟了他这么长时间，几名手下包括韦洪都说不清他在广州两处房产的具体位置。

　　阮经纬自己生活放纵，对手下却管束极严，不许沾染黄赌毒，不许酗酒，甚至不许违反交通规则。他规定手下不经允许不能擅自更换手机号码，没有特殊情况不要主动给他打电话。平时一般要分开住店，不得已同住一家宾馆时则分住不同的房间，非"工作需要"不要碰头。所以这些人跟了他几年，钱没少攒，却觉得还是跟苦行僧一样清苦。

　　韦洪是"鲨群"中唯一的大学生，2011 年大学毕业后找不到工作，连考两年公务员都名落孙山。正郁郁不得志的时候，被阮经纬招至门下，礼遇有加。比起其他人，他跟阮经纬的联系较为密切。分处东西两地，韦洪经常电话问安，阮经纬有时也主动打电话问这边的情况。但最近两人联系中断，韦洪说，最后一次跟阮经纬通话还是半个月前的事情。为了验证真假，朱万彬当场让他拨打阮经纬的手机，果然，里面传来的是"您拨打的号码是空号"。

　　情况不容乐观。阮经纬有可能通过秘密渠道得知"黑鲨"、"白鲨"落网的消息，怕牵连自己，主动掐断了跟他们的联系。对此，唐郑春却有不同看法。他认为，"黑鲨"、"白鲨"落网是这几天的事情，而阮经纬跟韦洪中断联系却发生在半个月以前，他不可能未卜先知。更大的可能是，阮本人已经暴露，正在逃亡途中，或已经被广东警方控制。

　　朱万彬决定去一趟广州，除了要验证一下唐郑春的判断，还因为韦洪供述的一个情况。韦洪交代，有一次他们从外地回到广州，阮经纬叫另外两人下车找地方住宿，让韦洪独自开车送他回家。韦洪便按照他的指引，从南环高速一路开车通过丫髻沙大桥，在芳村大道南段东沙经济区附近停下，阮经纬下车让韦洪开车回去，说明天上午再到这里接他。东沙经济区附近有几个花园小区，韦洪估计他的一处豪宅就在这里。无论如何，朱万彬都要亲自走一趟，试试水的深浅。

　　9 月 24 日，朱万彬和唐郑春带两名"猎鲨"队员押上韦洪赶往广州。当天到达后，他们来到广州市公安局刑侦支队。朱万彬刚向广州同行通报了案情，刑侦支队一位负责人高兴地说："赶早不如赶巧，你们来得正是时候！"

原来，阮经纬早在两个月前就被广州警方纳入视线，警方怀疑他与7月份发生在广州市越秀区的一起利用解码器盗窃车内财物的案件有关。因为案件是通过控制销赃渠道发现的，销赃人未能确切指认阮经纬，故决定暂不动他，待掌握充分证据、弄清其他团伙成员后再集中收网。在侦查过程中，广州警方发现犯罪嫌疑人同时持有广东、广西、云南、贵州等籍贯不一、姓名各异的身份证，而"广西宾阳县阮经纬"仅是其中之一，其真实身份一时难以确定。更令他们意想不到的是，正当警方决定将人先行拘留后再审查时，阮经纬却在警察上门前一个小时神秘失踪。看来，阮经纬已经听到了风声。

广州警方随后在其位于东沙经济开发区内某花园小区的住房内查获十台汽车解码器和一批未及销赃的被盗物品。此后一个月，广州警方在深圳、珠海、中山、东莞、惠州、肇庆、揭阳、汕头等市撒网，展开全面搜捕，结果均一一落空，估计犯罪嫌疑人已离粤他投。正打算向桂、滇、黔三省区警方发出协查通报，没想到广西警方却找上门来，确定了犯罪嫌疑人的真实身份。

这个消息对"猎鲨"小组而言是喜忧参半。广东是"虎鲨"活动的主要地区，多行不义必自毙，这是尽人皆知的道理，广东警方对其采取行动没什么奇怪的。现在，两广只要协调动作，合力一处，事情将好办得多。问题是由于各方面的原因，没有及时沟通，各自为战，"虎鲨"受到惊动，利用东西两边还没有形成默契的机会，从缝隙间钻出大网，想重新网住它就没那么容易了。看来，如何尽快沟通协调，统一认识，统一行动，是一个迫在眉睫的问题。尽管交流双方无论警衔还是职位都不对等，朱万彬也顾不上那么多了，他坦诚地把"猎鲨"小组的布置和想法和盘托出。接待他们的一位二级警监脾气随和："好啊，你们的工作已经做到我们前头了。兄弟合力，其利断金，事情就好办多了。"

双方毫无保留地交换了情报信息和工作意见，"猎鲨"小组婉拒了主人的盛情款待，连夜返回广西。

看来，"虎鲨"潜回广西的可能性最大。当务之急是尽快摸清阮经纬及其手下几名成员和大量关系人的底细，进行全面布控和重点排查。在对"黑鲨"、"白鲨"，特别是对韦洪的讯问中，"猎鲨"小组对阮经纬团伙的成员结构有了一定的了解。据韦洪交代，"虎鲨"团伙成员是五至七人。与"黑鲨"、"白鲨"基本以老乡为班底的结构特点不同，"虎鲨"的成员结构相当复杂，有湖南、海南和广州本地人，仅有一人是阮经纬的宾阳老乡，就是他的亲外甥岑小军。岑小军二十四岁，身材高大，有两手拳脚功夫，充当小舅阮经纬的司机兼保镖，是阮经纬的心腹爱将，舅甥结伴潜逃的可能性极大。

在广州，两地警方已达成协议，"虎鲨"团伙中的两名广州籍成员由广州警方负责抓捕，阮经纬和岑小军则交给"猎鲨"小组，其余的由广东警方出面与其户籍所在地公安机关取得联系，请求协查。单从人数上说，"猎鲨"小组的任务不是特别重，实际却是决定行动成败的关键。阮经纬不仅是"鲨群"的元凶，也是"鲨群"的灵魂。他掌握"鲨群"的全部秘密，支配"鲨群"的所有行动。抓住他，其他成员就会一一被攻破，反之，事情就不能算完。

在对阮经纬和岑小军舅甥大量关系人的排查中，"猎鲨"小组获得一个极其重要的情报：阮经纬有一位"如夫人"，这位"如夫人"最近给他生了一个宝贝儿子！

阮经纬是个传宗接代观念极重的人，偏偏结婚后妻子接连生了两胎，都是女娃，这对他的打击不轻。他坚持要再生一胎，妻子陆氏却坚决不同意，说再生一胎就是违反计生政策，何况谁能保证第三胎就能生个男娃？阮经纬无法说服妻子，心上那块"不孝有三，无后为大"的疙瘩始终无法消除。

"生意"做大以后，手中有了钱，阮经纬到处结交"小蜜"。在一家 KTV 厅，他结识了从古辣镇来县城打工的陪舞女郎李静。李静二十一岁，初中毕业，文化不高，却长得花容月貌，亭亭玉立。她的歌唱得不怎么样，舞却跳得极具专业水准。阮经纬这个情场老手对她几乎是一见钟情，很快便把她弄到手。出身贫寒农家的李静开头对这个年纪几乎比自己大了一倍的男人并不在意，仅仅是逢场作戏，陪他唱歌跳舞饮酒。交往几次以后，李静发现阮经纬挥金如土，知道他是生意场上的成功人士。阮经纬频频向她表达爱慕之意，见面第三次就一掷千金，送给她一条价格昂贵的镶宝石的金项链。李静受宠若惊，心甘情愿地投入他的怀抱。此后，两人频频幽会，出双入对，俨然是一对蜜月中的恩爱夫妻。

不久，李静发现自己怀了身孕，她不愿生下这个没有名分的孩子，打算去医院做人工流产。另有一番心思的阮经纬态度很坚决，说等两个月胎儿成形去医院做B超，如果是男孩儿，无论如何都要留下来，这对已过不惑之年的阮经纬及整个阮氏家族来说意义非凡。他还保证，如果天遂人愿，他立即休了前妻，立李静为"正宫娘娘"。后来李静通过私人关系去医院做了B超，证实她怀的是男孩儿。阮经纬欣喜若狂，大呼"上苍有眼，阮家有后"，马上斥巨资以李静的名义在宾阳县城广场公寓买了一套一百四十平方米的商品房，装修一新后让李静住进去，还让她辞了工作，安心静养保胎。

2012年6月，李静顺产生下一个健康男婴，阮经纬虽然没有兑现前诺，让她当上"正宫娘娘"，但对她百般体贴，呵护有加。他重金聘请一名受过家政培训的月嫂专门照顾母子两人的生活。虽然忙于"生意"不能陪伴左右，但他按月供给母子足够的生活费，还不时托人或亲自送来进口奶粉。此后，不管"业务"多忙，走得多远，每隔十天半个月他都要回来探视一次，每次回来都抱着儿子亲不够，还给儿子起了个响亮的名字——阮天龙，意即龙年老天恩赐龙子。他打算等龙儿稍长，便把母子俩接到广州，从此厮守终生。可以说，儿子在阮经纬的心目中占据着无与伦比的位置，是他一生最大的精神寄托、最大的牵挂。

老牛舐犊，人之常情，无论天使和魔鬼皆然。朱万彬明白，守住了这个点，就等于守住了阮经纬。

"猎鲨"小组在宾阳县公安机关的密切配合下，对县城广场公

寓李静的住宅进行二十四小时全天候秘密监控。受阮经纬之聘专门
照顾李静母子生活起居的月嫂告诉警方，阮经纬最近一次回来探视
儿子是 8 月 20 日，那天龙儿刚满两个月，此后再也没有露面。最
近半个多月，连电话都不打，不知出了什么事情。但看起来李静一
点儿也不着急，让月嫂在家照管儿子，自己却出去跟人搓麻将，有
时一去就是半天，月嫂有几次还把孩子送到牌桌边喂奶。

如此看来，李静肯定对阮经纬当下的处境有所了解，两人之间
肯定以某种方式保持着联系。让"猎鲨"小组感到为难的是，明知
如此，你还不敢把她怎么样。她目前正处于哺乳期，情况特殊，不
宜采取强制措施。

不能正面接触，那就迂回包抄。"猎鲨"小组通过移动公司查
李静手机最近的通话情况，发现 9 月 10 日以后，李静手机主叫很
少，仅有的几次都是打给本县的一部固定电话。到电信部门查证，
原来是本县古辣镇李静娘家的固定电话。被叫倒不少，大部分是李
静的牌友打入的，其余是古辣镇李静娘家的固定电话，未发现可疑
号码。

但这一现象本身就极不正常。李静和阮经纬之间不可能没有联
系！如果是借道行船，这条"道"应该是李静娘家的固定电话。据
月嫂反映，最近十天，李静的弟弟李峰来送过两次奶粉，这是过去
所没有的。

古辣镇李静娘家被纳入侦查视线。

机会终于出现了。9 月 30 日中午，宾阳县城芦圩镇下起瓢泼大
雨。李静接听了一个电话后，用背带背起刚满百日的儿子，还带了
奶瓶和尿布，看样子是要出远门。忠于职守的月嫂问她去哪里，晚
上是否回来。李静说龙儿的外公病了，她要回古辣探望父亲，可能
要在娘家住几天。

李静打着雨伞来到广场公寓大门外，上了一辆出租车。随后，
两辆挂地方牌照的黑色轿车一前一后尾随出租车而去。

这是李静生儿子后第一次出远门。"猎鲨"小组分析，探父病
不必带上幼子，何况这样的恶劣天气。极有可能是阮经纬思儿心

切，让李静带儿子到某处见面，过百日之喜。通过古辣派出所查证，"猎鲨"小组的判断得到印证，李静的父亲根本没有病，正跟人在文化站下象棋，楚河汉界厮杀得正激烈。

在此之前，"猎鲨"小组在对李静娘家固定电话的调查中发现，最近这部电话经常接到陌生手机号码的呼叫，每次被叫后几分钟，这部固定电话必定立即主叫李静的手机，似乎成了规律。经查询发现，陌生手机号码前两次属广州区号，后几次分别是玉林和柳州区号，极有可能是阮经纬打来的。更值得怀疑的是，今天一早，一辆挂"桂 K"牌照的枣红色上海通用从桂海高速古辣出入口下来，径直开到李静娘家大门前停下，现在还停在原地。司机是个身材高大的青年男子，从监控民警用手机拍摄的视频可以看出，这个男青年正是阮经纬的外甥岑小军！看来，这辆车是专门来接李静的。

李静乘坐的出租车出了县城，直接开上通往古辣的县道。带队跟踪的是朱万彬和廖振军，一路"护送"出租车到古辣后，他们没有继续尾随进街，而是把车开到桂海高速古辣出入口守候，两辆车、六名便衣警察在这里布下罗网。

下午二时十分，挂"桂 K"牌照的枣红色上海通用从古辣镇开出，朝桂海高速古辣出入口而来，还没有进站即被扣下。车上仅三名乘员，驾驶员正是阮经纬的司机兼保镖岑小军，李静抱着儿子坐在后排。

按照预定方案，朱万彬电话通知古辣派出所立即派一辆车来收费站，接李静母子从桂海高速绕道回宾阳县城。朱万彬嘱咐派出所民警，一定要照顾好李静母子，雨天路滑，不要开快车，要保证他们的安全。李静似乎早已有了思想准备，没有哭闹，只提出一个要求：能否让阮经纬见儿子一面，了其心愿。朱万彬爽快地说："你放心，我们会作出安排的，但不是今天，也不会在你们约定的地方。请你交出手机，让民警代为保管，适当的时候我们会完璧归赵，你也会同时获得自由。"

送走李静，朱万彬和廖振军就地对岑小军进行突审。岑小军开始不愿供认，来回就是一句话："要杀要剐随你们的便，我不能出卖舅舅。"

廖振军并不着急，笑着说："顽抗到底对你和你舅都没有好处，到头来只能加重处罚。你应该已经知道，黄权和黄德已经落入法网，黄权比你还横，但没有你这种态度。我们完全可以通过'二黄'找到阮经纬的藏身之处。你这么年轻，还有很长的人生之路要走，你不想在监狱里度过漫长的人生吧？"

和风细雨一番话，却像重锤敲打着对方锈蚀的心灵。岑小军这么个彪形大汉转眼间竟像小孩儿一样哭了起来，抽噎着说："我可以把我知道的都告诉你们，这算主动交代吗？"

廖振军含笑说："这一点没问题，你没必要有这种思想包袱。"

岑小军交代，二十天前，因广东事发，阮经纬立刻遣散队伍分头逃亡。舅甥二人逃出广州后南下湛江，又取道北海，在玉林逗留了几天。阮经纬还是不放心，不敢潜回宾阳，于六天前来到柳州。每每想起自己的龙儿，阮经纬便长吁短叹，寝食不安。今天天没亮，他就把岑小军叫醒，说你马上开车回宾阳，把你舅妈和龙儿接来柳州。今天是龙儿的百日之喜，我们要好好庆祝一下。跟母子俩见一面，我们明天就转移，到东北三省去看看。这次分别，不知何年何月再能见面……

当天下午，"猎鲨"小组押着岑小军赶到柳州，在江堤路某酒店抓获了正苦苦等待和妻儿见面的阮经纬，并在他入住的酒店客房里搜出解码器三台、干扰器五台及其他犯罪证据。

阮经纬和岑小军舅甥两人被连夜押回宾阳。10 月 1 日上午，"猎鲨"小组在阮经纬的指认下，从宾阳县城广场公寓李静住宅的杂物房里，起获大批高档烟酒和笔记本电脑等赃物，同时缴获五个伪造的广东和云南车牌。

国庆节当天，在"猎鲨"小组的精心安排下，阮经纬在宾阳县公安局信访接待室见到了李静母子。令他始料不及的是，接待室的一张大桌上，放了一盒精致的生日蛋糕，蛋糕上插着十根小蜡烛。阮经纬明白了一切，他紧紧抱住酣睡中的儿子，泪如雨下，哽咽着对民警说："谢谢，谢谢你们……"

五、猎"鲨"大会战

回师南宁,"猎鲨"小组第一时间把阮经纬落网的信息向广州警方做了通报。广州方面同时反馈,经连日追缉,"虎鲨"团伙其他成员已全部归案。

一个月内,三个以两广为根据地的车盗团伙先后被查破。经初步审查,三团伙在一年多的时间里作案五十多起,盗窃财物总值超过三百万元,作案地点遍及两广和滇、黔、川、渝及湘、鄂、赣等省。内行都知道,这个数字显然是"缩水"的。由于此类案件作案时间和空间跨度很大,案犯往往无法交代作案的准确时间、地点及被侵害的车辆号码,供词里大量充斥着"大概"、"左右"、"差不多"等模糊字眼。加上出于自我保护意识,数字往往尽量往小里说,以图减轻责任。

这就苦了"猎鲨"小组。大家心里都清楚,这样的系列团伙盗窃案件要想顺利移送起诉、报捕,最后交付审判机关定罪量刑,取证工作之艰巨是可想而知的。在接下来两个多月的时间里,"猎鲨"小组全体队员赤膊上阵,加上支队派出增援的预审大队民警,几十个人连轴转,足迹遍及大半个中国。有时为了核对一个数字,专案民警三访被害人,跋涉上千公里。有时出于种种难以言明的原因,被害人矢口否认曾经被盗,令人哭笑不得,却又无可奈何。

然而,真正令专案民警感到压力巨大的不是这些。根据目前掌握的情况,"黑鲨"、"白鲨"、"虎鲨"三团伙作案用的解码器和干扰器都是阮经纬提供的,而经阮经纬的手售出或出租作案工具的"客户",远远不止这三家。事实上,这三个团伙十几名成员(包括销赃犯罪嫌疑人)全部落网以后,利用解码器盗窃车内财物的案件发案率仅仅是下降,并没有绝迹。就在阮经纬团伙全部落网后的第十天,广东东莞又闻警报,一位珠宝店老板开车外出吃早餐回来发现被盗,放在宝马车尾厢里的五件玉器及五万元现金悉数被盗。据珠宝店老板说,这五件玉器是月底在天津举办的珠宝节的展品,每件价格都在百万元以上。这是迄今为止此类案件损失统计的最高纪录。而在同一时间内，此类案件在广西也时有发生，贵港市甚至发现整车被盗的案件。

这一事实说明，三头凶鲨虽被猎杀，但深水区的掠食现象并没有停止，为数不少的鲨鱼还在到处游弋。据阮经纬交代，他所经销的作案工具，是从位于广州的两家电子公司批发的。而这两家公司的经营范围很大，涉及广东、广西、北京、上海等二十四个省区市，阮经纬充其量不过是其中的经销商之一，而且销售"业绩"还不能算最突出的。

这锅"饭"太大了，大得难以下口。单靠区区一个"猎鲨"小组，甚至单靠广西一方之力，显然远远不够。必须在公安部的统一指挥下，全国公安机关齐心协力，统一部署，统一行动，才能打赢这一仗。

2012 年 10 月 17 日，广西壮族自治区公安厅刑侦总队副总队长杨振炎与南宁市公安局副局长吴宏飞代表"7·30"专案组飞往北京，向公安部刑侦局作了专题汇报。

听取杨、吴二人的汇报后，刑侦局领导非常重视，高度评价了广西警方的前期工作，采纳了广西警方的意见和建议，决定由刑侦局出面，协调广西、广东及全国有关省市公安机关，组成一支阵容强大的专案队伍，统一认识，统一部署，统一行动，向利用解码器或干扰器作案的犯罪活动发起全面进攻。就在这次汇报会上，该案被正式定名为公安部督办"7·30"专案。

2013 年 1 月 10 日，公安部刑侦局根据广西警方前期摸排的情况，召集全国涉案线索较多的八个省市公安机关刑侦部门在南宁市召开"7·30"专案工作会议。会议强调了信息共享、情报互通的原则，并就与会省市公安机关刑侦部门如何加强协同作战、联合办案作出具体布置，吹响了全国统一清剿利用解码器行窃犯罪活动的集结号。

七天后，即 2013 年 1 月 17 日，公安部部署全国公安机关统一开展"打盗抢，保民安"专项行动，"7·30"专案被确定为全国统一抓捕行动的五个重点案件之一，"7·30"专案进入大纵深、大兵团作战阶段。

2013 年 3 月初，公安部刑侦局领导陈小坤、董小刚率公安部督导组分赴广西、广东两地，对"7·30"专案打击行动进行具体指导、督促，并传达了公安部五局的决定：3月10日在全国范围内开展"7·30"专案统一抓捕行动。

作为"7·30"专案的主战场，南宁市公安局坚决贯彻落实公安部和自治区公安厅的统一部署，迅速成立专案收网专项行动工作组。工作组组长由市公安局副局长吴宏飞担任，副组长由刑侦支队支队长张坚担任，刑侦支队副支队长杨俊负责具体指挥，具体成员以原"猎鲨"小组为班底，还从各警种、各分局（县局）抽调能征惯战的民警予以充实，阵容可谓空前强大。

3月8日，由杨俊率领的一个分队开赴广州，朱万彬、唐郑春和李朝威等原"猎鲨"小组成员都在其中。到达广州后，他们与广州警方派出的抓捕队伍共同组成一个联合行动组。双方花了整整一天半的时间，进行阵前磨合，交换情报信息，研究联合行动的每一个细节，分析可能出现的突发情况，制订了详尽的应对措施。

联合行动组的任务非常明确，就是彻底捣毁位于广州市区内的两个制、贩作案工具的窝点。现已查明，这两个分别打着广州吉安电子科技有限公司和广州金科电子科技有限公司旗号的黑窝，名义上是分开经营、独立核算，实际上是同一个老板掌管。此人名叫郝海龙，湖南省祁东县河洲镇人。两家公司的经理一个叫王福发，是郝海龙的祁东县老乡；另一个叫郝智屏，是郝海龙的胞兄。几年来，两家公司通过网上销售，向全国各地批发、零售大量专门用于作案的汽车解码器和干扰器，使作案工具泛滥成灾，给社会治安带来极大的负面影响。南宁警方破获的阮经纬、黄德、黄权三个车盗团伙，其作案工具全部由这两家公司提供。而全国各地发生的此类案件中，也有相当一部分跟这两家公司有千丝万缕的联系。

3月10日凌晨，公安部部署的"7·30"专案全国统一抓捕行动在多个省市全面打响。联合行动组兵分三路，直扑广州市区三个涉嫌制造、销售作案工具的窝点。

朱万彬和李朝威被分配在抓捕一组。这个小组的目标是白云区龙归镇——两公司幕后老板郝海龙的老巢。

龙归，如龙归海，与郝海龙的名字暗合，寓意腾飞和吉祥。郝海龙当初选择这块风水宝地安家，就是看中其地名。后来果然沾了龙归的灵气，短短几年，郝海龙就从一个仰人鼻息、任人宰割的打工仔，变成两家生意兴隆的电子公司的老板。除了自己的艰苦奋斗，更是神通广大的龙神所赐，他对这一点深信不疑。

可是 3 月 10 日这一天，不知是龙神一时懈怠，还是有意迁怒，竟没有给他带来好运。凌晨三时，郝海龙和妻子赵某被戴上手铐。赵某在生意上是郝海龙的"贤内助"，又是公司的大管家，自始至终参与了丈夫的经营活动。

几乎是同时，杨俊小组在天河商业区、唐郑春小组在花都区花山镇分别抓获了吉安公司经理王福发和金科公司经理郝智屏。在这两家公司的仓库内，警方查获了数以百计待发售的解码器和干扰器，另外还扣押了数千份快递发货单据、数十张银行卡和大量强开车门钥匙。数量众多、涉及全国各地的快递发货单据，为日后追查作案工具的流向提供了可靠线索，可以说意义重大。

联合行动组对在广州抓获的"7·30"专案犯罪嫌疑人分别进行讯问，郝海龙兄弟和王福发都供认，两公司销售的解码器和干扰器，货源全部来自自称陈志庸的深圳供货商。

3 月 12 日，联合行动组赶往深圳，对租住福田区台湾花园的陈志庸采取行动，却扑了空。经调查证实，陈志庸听到风声，已逃回揭阳老家暂避风头。

3 月 13 日凌晨，联合行动组在揭阳市抓获正准备再度转移的陈志庸。同时获知，陈志庸仅是其化名，其真实姓名为林丛涵。令前往抓捕的民警大跌眼镜的是，林丛涵竟是个"90 后"，年仅二十二岁，且学历仅为初中毕业！

林丛涵的经历与阮经纬相似，属于无师自通、"自学成才"的民间电子专家。在讯问中他交代，自己虽然只有初中毕业学历，但从小就痴迷于电子技术，所学知识足以与大学教授交流切磋。三年前一个偶然的机会，他在广州认识了一个从事汽车故障电子检测仪器研究的海归"专家"，后以四万元的超低价从这位自叹生不逢时的"专家"手中买下汽车解码器发明专利,加上自己在电子技术领域过人的天赋,从此开始了这项尚属前沿技术产品的研究开发。他大概没有想到,自己无意中打开了潘多拉魔盒。

当天,联合行动组二赴深圳,在位于福田区台湾花园内的林丛涵工作室搜获数百台已经完工正待包装的解码器和干扰器,同时扣押用于加工、制作解码器和干扰器的频谱仪、射频发射器、电脑及电子元件等一批工具。

东线大获全胜,西线频频奏凯。3月10日当天,在广西公安厅刑侦总队的有力指挥下,统一收网抓捕行动全面打响。南宁市公安局从市区和宾阳、武鸣三个方向同时出击,抓获犯罪嫌疑人多名,缴获作案工具(包括车辆)一批,追缴被盗的高档皮包、背包、手机、笔记本电脑、数码相机、DV(数字视频)机、烟酒、首饰等大批赃物。柳州市公安局抓获犯罪嫌疑人两名,缴获解码器两台。梧州市公安局分别在该市藤县及广东佛山市南海区大沥镇抓获涉案人员两名,缴获解码器及自制六角匙等作案工具一批。玉林市公安局民警长途奔袭,抓获涉嫌伙同他人利用解码器盗窃四辆高档进口轿车的犯罪嫌疑人覃某。

3月18日,广西壮族自治区公安厅在南宁召开"7·30"专案新闻发布会,宣布截至当日,广西警方共破获"7·30"专案涉案犯罪团伙二十四个,抓获涉案人员七十名,破获重特大盗窃案件七十三起,缴获作案用解码器和干扰器共五百二十六台,作案车辆四辆,追缴被盗汽车二十一辆,赃款赃物总值三百余万元。

通过有关方面获悉,截至2013年3月12日,全国共打掉"7·30"专案犯罪团伙一百零一个,抓获涉案人员三百五十二人,破获重特大盗窃案件一千一百三十七起,缴获作案用解码器和干扰器上千台,作案车辆三十二辆,追缴被盗汽车五十一辆,赃款赃物总值一千二百余万元。

(原载《啄木鸟》2013年第11期)

星星点灯

——走近湖州公安"警务广场"

李　迪

引　子

一颗星，点不亮夜空。群星灿烂，夜空辉煌。

一块砖，铺不起广场。千万块砖，广场坦荡。

浙江省公安机关在二十世纪六十年代就总结推广著名的"枫桥经验"，在全国公安战线产生了巨大影响。"枫桥经验"开创了"发动和依靠群众，坚持矛盾不上交，就地解决。实现捕人少、治安好"的公安工作新局面。

如今，在党领导全国人民为实现"国家富

强、民族复兴、人民幸福"的中国梦而奋斗的新时期，浙江省湖州市委常委、公安局局长金伯中再次抓点带面，提出并实施"警务广场"战略，带领全局上下，全面搭建有形与无形的警务广场，让民意领跑警务，让警务保障民生。

金伯中说，警务广场，说白了，是党的群众路线！"广场"一词源于古希腊语，本意是城市道路交会处留下的空场，是人们谈论时事、发表意见、集散商品、自娱自乐的场所。我们借用这个词义，引申为发动群众参警议警，推动民警知民情、解民忧、化民怨、暖民心的全新警务模式，打造警务共同体。警务围着民意转，民警围着百姓转，天天警务广场，人人警务广场，最终实现警务民主化，保一方平安，迎全市幸福。

警务广场，业绩辉煌。为民服务，星光灿烂。

千万块砖，让广场坦荡。千万颗星，把夜空照亮。

星星点灯，星星说话。

星星说话，月亮感言——

一、不怕挨骂的局长吴佩勋

"警务广场"的雏形始于安吉。

担任安吉公安局局长多年，最让我刻骨铭心的，是一线民警工作量超大。我们这个县，一年接警约十八万件，在岗民警只有四百七十人。没日没夜，疲于奔命。有个派出所副所长，连续加班三天，晚上基本没睡，第四天晚上又让他值班。一晚上出警十七次，累得在值班室睡着了。想不到，那天正好是省厅暗访组检查接处警着装是否规范。把他摇醒后，他稀里糊涂穿个警服就出去了，没想到穿错了衣服。到了现场，警号跟身份对不上，暗访组要求处理他。我说，要处理就先处理我这个局长！你想想，他三天三夜都没睡，第四天还通宵值班，怎么能吃得消？铁打的也吃不消！

我举这个例子，是说一线民警工作量有时大到没法儿承担的地步。可是，让我想不通的是，我们付出这么多，老百姓却不满意，说我报警了，你们怎么还没来，你们干什么吃的？说明警民关系出了问题，需要我们检讨。一方面我们付出很多，另一方面老百姓不认可。当然，老百姓真的有了事儿，第一个想到的又是你，让你最好能随叫随到，他希望能有这样的服务。而上级对我们的要求和老百姓的要求不完全一样，虽然最终目标都是为人民服务，但具体操作层面不一样。比如，破案率。这没有错，但是，为破案率而破案，你破案率再高，老百姓也满意不起来。为什么？他自行车丢了，他孩子户口还没办，他所住的小区乌烟瘴气，他的生活不幸福。所以，他就不满意，警民关系就不和谐。

怎么办？不能回避！必须走群众路线，听百姓呼声，同时，也要倾听政府的诉求。让老百姓和政府对我们的满意度提升起来，让发案率降下来，让社会治安好起来。

于是，我们搞了一个大胆的举措，最初的名称叫"平安和谐大家谈"。

大家谈，怎么谈？以前我们都是通过开一些座谈会，请人大代表、政协委员，结果，你好我好大家好，茶水一喝，瓜子一吃，没多大用。那怎么办？我们调研一番，干脆，把这个"平安和谐大家谈"拓展到广场、小区、工厂车间。听真话，面对面把老百姓的意见收集上来，是公安的问题公安解决，不是公安的转有关部门，我们跟踪督促，直到解决为止。

方案定了就行动，第一次是在宁新花园小区。说实话，开始我们也"压力山大"：没人来怎么办？人来多了收不了场怎么办？心里没底。我想，万事开头难，总要有人吃第一个螃蟹。那么好了，我这个局长先吃！我们提前一个月就通知媒体公示这次活动，广播、电视、报纸一起上，又布置民警到每一个楼层去发通知，请老百姓都来参加。当晚六点钟，活动开始，小区广场上大红布标一拉，呼啦啦，来了二三百人。你说我说，争着抢着，气氛热烈，畅所欲言。老百姓跟我们的距离一下子就拉近了，好像成了一家人。

有个问题居民意见最大，就是小区里没有安装路灯，晚上黑得吓死人。这明明不是我们的事儿，为什么还要向我们提呢？因为，老百姓知道，我不但是公安局局长，还是县委常委，他们是冲我这个常委来的。我把意见认真记下来，回去一反映一抓紧，路灯安上了！老百姓就夸我们警察好。我解释说，这个好要算在安灯的城建单位头上。老百姓说，没有警察出面，我们的嘴说得起了泡，也没人管。还是警察好。有事儿找警察，管用！

"平安和谐大家谈"所提意见大部分跟公安有关。比如，消防。每个楼道都有消防器材，但是我们不会用！你要给我们培训啊！比如，巡逻。你说你巡逻了，老百姓说从来没见过。这就有问题。再比如，偷盗案件。我们破了案，钱没追回来，也不去追，老百姓还是不高兴。这就涉及我们片面追求破案率，只要案破了，贼抓到了，送去判了，就完事大吉。可是，老百姓不这样想，我被偷了一千元钱，那是活命钱，你得给我追回来，说其他的都没用。所以，从这以后，我就接受老百姓的意见，开始考核追赃面。贼抓到了，钱一定要给我追回来！第一年，我们追赃30%，后来增加到40%。这还不行！我说追赃面解决不解决，是群众路线的根本问题。发生十个案件，一个五十元万元，另外九个都是一千元的，追回五十万元的你就松手了，其他九个不追了？这不行！恰恰五十万元是一个老板的，他不缺钱。而九个一千元都是老百姓的，他们靠这个养家糊口，你必须要追回来。我现在要求追赃面要达到90%以上。要让受害群众都能够感受到公安机关是真正在为老百姓办案的，哪怕钱没有全部追回来，可多少还是追回一些了，而且立刻还给他，老百姓没有不叫好的！

这就是我通过第一次广场活动得到的启发。

后来，"平安和谐大家谈"活动越办面儿越大，从小区走向了社会。有一次，是在一个家具厂里举行的，大概来了百十号人，除了工人，还有客户，有个客户还是美国人，他也提意见。这次活动进行了近三个小时，我们把意见全部录音。有的意见提得你遮不住面，很激烈，很尖锐。但既然搞这个活动，就不怕挨骂。

有个贵州人说，他一个月工资就两千多元，放在出租房里被偷了。他打电话报警，打了两次没人来，第三次打过去，"110"给了他一个派出所电话，他又打到派出所。派出所说你过来一下，他就过去了。去了以后，给他做了个笔录，说完事儿了，你走吧。既没去看现场，也没有调查，当然，这个案件就没破。贵州人一等就是一年，再也没人理他，气得他火冒三丈。好了，这回我自己送上门儿了，他指着我的鼻子就骂，说你这个局长是怎么当的，你是怎么教育民警的？你给我赔！当着那么多人，一点儿也不留情。等他骂够了，我站起来，给他鞠了个躬。我说，对不起，不好意思。你说的这件事儿我虽然还没有调查，但我相信这是真的，我说三点意见，你看行不行？第一，你的这件事儿，让我发现本地人有欺负外来人员的嫌疑。第二，我们的工作人员接警不看现场，这是极为错误的。我向你保证，以后接警，现场必看。第三，你的意见反映出我们的工作人员不作为，我回去要严肃追查，同时向你赔礼道歉！我这样一讲，他马上消了气，说对不起，局长，我也是说说气话，也不是真叫你赔。我是个粗人，我觉得你既然是来听意见的，我有什么就说什么。我握住他的手说，你说得好，批评得对。你的这件事，我们会重新立案！

散会后，我们为此重新立案。尽管到现在还没破案，但是这个贵州人心里感到很宽慰。

那个参会的美国人跟我说，你们真不简单！这种场面在美国是看不到的，美国警察不会这样做，美国警察太强势了，不像你们这样，你们是全心全意为老百姓服务的！

后来，金伯中局长抓住我们这个"平安和谐大家谈"活动，总结调研，蹲点实践，最终形成"警务广场"战略，在全局推广开来。

星星点灯，月亮感言：

"以铜为镜，可以正衣冠；以古为镜，可以知兴替；以人为镜，可以明得失。"

吴局长以群众为镜，倾听意见，不怕挨骂，鉴照自身，服务群众，为党员干部树立了榜样。他从想不通到勇于行、见成效、得民意，生动体现了党的群众路线教育的正确、必要、及时。"照镜子、正衣冠、洗洗澡、治治病"，四大步骤，渐行渐近，从而查找问题、发现问题、纠正问题、解决问题，带领全局上下更好地为群众服务。

吴局长，赞一个！

局长前面走，是谁跟后头？噢，是民警裘力彬——

二、为安全"体检"的民警裘力彬

我没上过警校，大学毕业就报名当了警察。担任玉磬和天目社区民警后，我通过"警务广场"实践，总结出保障社区平安的三大块儿：一是人口管理；二是控制发案；三是化解纠纷。

其中，控制发案是重头。

为此，我发明了一个"安全防范健康门诊"。这个"门诊"是这样进行的：我设计了一张调查问卷，请老百姓填写自家安全防范方面的一些生活习惯。比如，出门的时候，钥匙是不是带在身上，还是塞在门缝儿里？安装防盗窗是不是图便宜？防盗门是不是空心铝合金的？再比如，你家虽然住在二楼，但是卫生间的阳台窗户跟下水管道非常近，小偷可以顺管道爬进去，对此你是否注意？问得很细，也很全面，有三十多条。

我一户一户地发放，一户一户地收回。收回后，我认真"看病"，发现谁家有"安全病症"，就到谁家"上门行医"。我一一指出他家存在的安全隐患，门、窗、卫生间、阳台，包括家里的储藏间、保险柜。我跟他说："你们家安全防范属于亚健康状态，发生盗窃案的概率非常高！"他一听，立刻紧张起来，问我怎么治，我就为他"开药方"。比如说，为防小偷爬进来，在卫生间窗户外的下水管上涂一点儿黄油，或者用防盗刺条包裹起来。

"安全防范健康门诊"不但受到欢迎，收到成效，还让我因此进入老百姓家中，自然而然地跟他们交了朋友。我肩上扛的警衔上有两颗星，老百姓戏称我是"两星门神"。说实话，如果你不帮老百姓解决实际问题，老百姓也不买你的账，说你们公安整天在干什么。

在一次"警务广场"活动中，我正在发放"安全防范健康门诊"问卷，有个老大爷走上来对我说，裘警官，我也给你"门诊门诊"怎么样？我说好啊，您说！他就说，你们公安局的街面夜巡队能不能开到我们小区里来巡逻一下？小偷一见就吓跑了。我觉得他提的这个意见很合理，就答应下来，说我去跟领导反映，你等我好消息吧。想不到领导说，我们辖区有五十六个小区，你这个小区巡逻了，别的小区巡不巡逻？如果每个小区都巡逻，夜巡队需要增加多少警力？我一听，觉得说得也对。老大爷的"门诊"听上去很合理，但是警力有限，没法儿实行。我把领导的回答如实反馈给这个老大爷。他一听就不满意了，说有病都不给治，你还搞什么"健康门诊"？我听了很尴尬。

回去以后，我睡不着觉，盘算着怎样才能把这个合理建议付诸实施呢。想来想去，想到一个好主意，我发动小区的老头儿老太太，成立"夕阳红义务巡逻队"，开展夜间巡逻。很快，"夕阳红义务巡逻队"就成立起来了，夜间巡逻也开始了。可是，反映意见的那个老大爷还是不满意，说巡逻队就巡逻到晚上十点，十点以后怎么办？一句话，又把我问住了。就算老人觉少，也不能让人家凌晨两三点还巡逻啊！我苦思冥想，又想出一个办法。我买了一个手提喇叭，把"社区民警裘力彬提醒您关好门窗"等安全防范内容录好音，让值夜班的保安在十点钟以后，时不时拿上这个喇叭，在小区里转一圈儿，放一放，达到了夜间仍然有人巡逻的目的。为我"门诊"的这个老大爷，脸上终于露出满意的笑容。

为了提高老百姓的安全防范意识，我还以短信方式，向居民的手机群发信息，比如电信诈骗啦，其他小区发生的案件啦，小孩儿游泳溺水事件啦。还有，就是发布一些公安工作方面的信息，比如公安部要开展"清网行动"，让大家关注。有一次，一个老百姓打电话对我说，裴警官，辛苦了！你刚刚发的那条短信真好，就是有一个错字，我给你纠正一下。这个电话让我感动了好几天。

除了给老百姓发安全防范短信，我还设计了像真人一样大的警察模型牌，贴上我的头像，竖在医院、影院等拎包案件发生较多的地方，老百姓看到了，就像我真的站在身边，提醒他们。在高考前，我把牌子上的内容换了一下：亲，你们高考，我为你们站岗，祝你们考出最好的成绩！当天晚上，就有一个学生发短信给我：裴警官，你是最坚强的人，不管刮风下雨，你总是站在学校门口为我们保驾护航！

我所管辖的小区老旧，老人特别多。老人有一个特点，太闲。他觉得一天给我打一个电话，已经没怎么打扰我了。可是小区有那么多老人，每人一天一个电话，也真够我受。可我从来不烦，老人喜欢给我打电话，正说明我深入民心，成了他们不可或缺的人。我每接听一个电话，都设法满足他们的要求。有一天，有个严老太打电话说，她神经衰弱，睡不着觉。楼上的住户把房子租给了一家外来人员，这家人小孩儿多，又跑又叫，有时候还扔皮球，嘭！啪！严老太对此表示严重抗议。我接到电话后，多次上门做楼上这家人的工作，给他们规定好，晚上十点以后不能发出声响。但是，过了两天，严老太又找到我，说不行，她现在八点就要睡觉。我又跟楼上讲好，八点以后别出声。过了两天，她又说不行，白天她也要睡觉，楼上也不能有声音。这就不好办了。我想了想，还是和风细雨地对她说，好吧，我现在就去找房东，让他不要租给这家外来人员了。严老太说，好啊好啊！我又说，可是，我也要跟您讲清楚，人家不可能让房子闲着啊，回头再找另外的人租住，没准儿是个夜猫子，或者是业余歌手，夜半歌声也说不定。严老太一听，脸又拉下来。我说，这样吧，您儿子做生意有钱，叫他把房子租下来，空着不住人，就不吵了。严老太咬咬牙说，行！然后，我又去找那个房东说，房东觉得把人家赶走不好意思。我求爷爷告奶奶，好不容易做通工作，把楼上搬空了。严老太的儿子把房子租下来，这才"国泰民安"了。

想不到，这严老太一高兴，就到处跟别人说，你们哪家楼上吵，就去找裘警官，他能帮你们赶走！结果，好几个老太太都打电话给我，让我赶人，弄得我哭笑不得。我赶紧去找严老太，严阿姨，您千万不能这么广播，您这样我要吃不消的。那些老太太可不能跟您比，她们的孩子都是"啃老族"啊！我好说歹说，严老太这才不广播了。而被赶走的那家外来人员，又哭着喊着找到我，说至今也没个地方落脚。这真是，按下葫芦浮起瓢！我呢，又赶紧帮他找房子，把中介公司、搬家公司都发动起来，终于为他找到一处一楼的房子。那外来人员说，裘警官，谢谢你给我找了房子。其实再住下去，我也吃不消了。这严老太，动不动就上楼砸我家门，咚咚咚！我现在搬过来安静多了，再也没人咚咚咚了。

我的辖区常住人口十万多，分住在十五个小区。分局领导问我，你的辖区里有这么多老百姓，他们为什么都知道你？说出来让大家学学。我笑着说，"警务广场"不管有形无形，目的都是为老百姓服务。如果老百姓连你都不认识，你还服什么务啊？反过来，如果说你是住在这个小区里的老百姓，你早上出来，看见民警站在门口；到了班上，又接到民警的一条防诈骗短信；晚上下班，你刚进小区就被民警拦下，拿出一张"安全防范健康门诊"问卷请你填；晚上你出来散步，民警又带着义务巡逻队从你眼前经过；就算你没碰上巡逻队，夜里保安又拎着一个话筒对你喊，民警提醒你要关好门窗。也许这天晚上你为琐事儿跟老婆吵了一架，得，老婆又打电话把民警叫过来，跟你来个面对面！如果每个民警都这样做，小区里的老百姓还能不认识他吗？

其实说白了，就是责任心。我是凭着一颗责任心做事。我身边的老民警们不都是凭着一颗责任心在做事吗？一些快要退休的老民警时时感动着我，他们退休年龄都到了，但值班照样像我们年轻人一样，从早上八点值到第二天早上八点。夜里刚要眯一会儿，就来情况了。接警，处警，一晚上起来好几次，比整夜不睡都累。老民警本来可以不出警，但是他说："我身体还吃得消，让我去好了。"
老民警凭的就是一颗责任心。我也一样。说实话，一定要让我往大
里讲，为人民服务，就有点儿戴高帽子。像我这样的年轻人，很多
方面都比不上老民警。但是，但是……他们没有我会总结啊，比
如，"安全防范健康门诊"，呵呵！

星星点灯，月亮感言：

大学生民警裘力彬，以老同志为榜样，以保安全为
己任，精心设计、推广"安全防范健康门诊"，收到实
效，赢得民心。其心暖人，其情感人！同时，也为党的
群众路线教育树立了典型。以改进作风为目标，做到纠
风治乱与建章立制相结合，加强作风建设与满足群众期
盼相结合，着力解决人民群众反映强烈的突出问题，切
实维护好人民群众的根本利益。这一切，正是群众路线
教育所要达到的目的。难道我们不应该从裘力彬身上得
到一些启发吗？

哦，是谁得到启发要发言？哇噻，又是一个公安局
局长！

三、啃硬骨头的局长沈秋伟

我们开发区公安局有一百零八个民警，我称他们为一百单八
将。"警务广场"开展后，我说，从我开始，所有民警都要"广
场"起来，要倾听四万八千户住家和企业、商铺的意见。政府部门
都说为人民服务，可老百姓想跟政府沟通，却比登天还难。搞来搞
去就是转圈子，不给老百姓解决问题。"警务广场"就是要从根儿
上解决这些问题。我这个局长要"广场"哪一片儿，由派出所
来定。

结果，派出所把一个有房屋质量纠纷的小区交给我，让我去听

意见。

这是一块硬骨头，所以让我去啃。

在这个小区里，老百姓为房屋质量与开发商闹得很凶，公说公有理，婆说婆有理。老百姓认为房子质量差，买回去住不踏实。开发商说万丈高楼平地起，质量不好我不卖。为此，老百姓上访、示威、告状，一天都不消停，好像个火山口。我了解情况后，配合老百姓跟开发商商量，走上鉴定之路，用科学的方法鉴定房子质量究竟怎么样。结果，鉴定下来了，表面看起来房子确实有裂缝，鉴定结果却说地基稳定，房子没问题。老百姓当然不满意，要诉讼要上访，说鉴定公司跟开发商是一伙儿的，是皮裤套棉裤。我说，好，你们要上哪儿，我陪你们去！上法院我跟你们去，找法官我跟你们去。都解决不了，你们上访，到市里，到省里，都可以，我也跟你们去。只要能解决问题，我奉陪到底！听我这样一讲，老百姓又改主意了，说我们哪儿都不去，我们就找你了！你不但是公安局局长，还是开发区副主任，远水解不了近渴，我们找谁都没用，就找你！

我说，好，你们找我，我就应下来，咱们一起再想办法，没有过不去的火焰山！

其实，为这件事儿，他们想去的地方早就去过了，最终发现，真正替他们说话，帮他们思考问题、研究问题、解决问题的，还是我。这时候，我感觉到公安工作真的很难，老百姓有困难政府部门不管，一上访，就以群体事件处理，就动用警察。结果，老百姓的困难得不到解决，还跟警察结了仇，恶化了警民关系。怎样才能把矛盾化解在基层？这就需要我们换位思考，如果我们是这个小区里的老百姓又该如何？

想来想去，我跟大家商量，由业主自己请一家鉴定公司重新鉴定。我对业主请来的鉴定公司说，房屋质量到底好不好，裂缝究竟是怎么产生的，你得给我说清楚！你们专家不给我说清楚，我没法儿跟老百姓交代。鉴定是要产生费用的，老百姓掏不起。我又把开发商找来，我说这个鉴定费按道理应该由你们出，你们敢说房屋质量好，就出这笔鉴定费。真金不怕火炼！开发商不高兴，说已经鉴定过了，干吗还要鉴定？脱裤子放屁！这个开发商是杭州的，不是湖州的，我这个开发区副主任管不着他，只有靠说服。一次不行就两次，两次不行就三次，我一定要帮老百姓这个忙，让老百姓看到公安是真心在为他们办事儿。

尽管问题到现在还没解决，但是我不抛弃不放弃。老百姓都看在眼里了。人心是秤。

我再讲讲路灯的事儿吧。什么是公安工作，什么不是公安工作，你很难分清。一个小区的路灯不亮，那个地方就容易发生抢劫。发生了抢劫，就成了公安的事儿。我们在凤凰一村、二村开展"警务广场"活动，老百姓就提出，因为没有路灯，夜里经常发生抢劫。散会后，我马上把建设局、公用事业管理处的人叫来。我说，这个路灯的事儿你们给我办好，办不好不行。你们还要把小区的视频监控安装起来，你们就是管这些事儿的。这回，我的开发区副主任的行政资源用上了，这些部门都买我的面子，动作很快。路灯一亮，监控一安，好了，老百姓夜里安全了。我们又跟进其他措施，比如，设立警务站，加强巡逻。这样一来，案件基本没有了，老百姓见到我们就竖大拇指。所以说，路灯也是公安工作，这就叫民意领跑警务。

星星点灯，月亮感言：

　　啧啧，局长沈秋伟为群众啃硬骨头，不抛弃，不放弃，整个儿一"沈三多"！换位思考，化解矛盾，为民做主，为民吃苦。老百姓欢迎这样的好干部，老百姓依靠这样的好干部。保持党的先进性和纯洁性，坚决反对形式主义、官僚主义、享乐主义和奢靡之风，解决人民群众反映强烈的突出问题，保持党同人民群众的血肉联系。沈局长，你做到了，你要坚持！

　　哎哟喂，那是谁在喊啊？十里八乡都听见了，嗓门儿咋这么大？

四、举着喇叭喊叫的民警马长林

我是罗师庄的社区民警。围绕警务保障民生，我讲三件小事儿。

前年深秋一个下雨天，一个姓潘的村民跑到警务室，说他的出租房里有个女的突然要生小孩儿了。这个女的还没结婚就怀上了孩子，男朋友因为盗窃刚刚被抓了。她不敢跟自己的爸妈说，又没钱上医院，只能在出租房里生小孩儿。我一听，这可是人命关天的事儿，急忙带上警务室的一位女工作人员赶过去。来到出租房一看，情况十分危险，女孩儿也就二十出头，躺在床上，羊水都破了。当地一个接生婆拿着一把剪刀就要接生。我拦住接生婆，又马上赶到医院，叫来一位妇产科医生。不多时，一个女婴呱呱落地，我的心也落了地。我跟房东商量，请他们先帮忙照料几天，一切花费由我出。他们说，不用，马警官你去找她的亲人好了，这里交给我们！我还是不放心，当晚留宿罗师庄，让房东有事儿随时叫我。还好，一夜平安。

接下来我就去寻找女孩儿的亲人。女孩儿死活不让我去找她父母，说父母要知道她出了这丑事儿，非气死不可。没办法，我只好去找她男朋友的家人。她男朋友家离这儿很远，好不容易找到他母亲，老人说，我只知道儿子被抓起来了，想不到他还造了这个孽，我丢不起这人。我说，现在不是丢人，是救人！你儿子在里边知道了也会感激你。说得她眼泪都下来了，认下这个没过门儿的媳妇。老人跟我到了湖州后，想把母女带回去照料。她说，我们哪儿有钱住在外面坐月子啊！我当场掏了五百块钱给她，说请您一定帮忙照料好这对母女，让她们渡过难关。有什么困难，就给我打电话。老太太带母女俩走后，我还发动当地的朋友们常去照顾。后来，好消息传来，母女平安健康。

再讲一个。来自四川的无业人员小黑，是罗师庄出名的小混混，自封为"罗师庄庄主"，吃拿卡要，大事儿不犯，小事儿不断。

我想，管理这样的人，硬碰硬就像火点炮，不行！我就脱下警服，换上便装去他家里找他。我说，小黑，你别怕，我今天不是警察，我来跟你交个朋友。你跟我儿子差不多大，跟你妈妈从四川到湖州来打工不容易。你的弟兄们都说，你人不坏，心也不坏。但是你带一大帮兄弟这样疯下去，总有一天会出事儿。小黑说，我上次打架的事儿不是处理了吗，你还来教育我是怎么的？说完，就走了。我不生气，过了三四天又去。那天，下大雨，我衣服全湿透了。我给他家带去了米、油等生活用品，还带了两斤肉。我说，小黑，咱们把饭煮上，把肉切了。今天我没什么事儿，在这儿跟你们一起吃个饭。那时，他家生活很困难，常去市场捡人家不要的肉皮吃。他妈妈看我这样诚心，很是感动，又让座儿又倒水。我跟小黑说，说穿了，我是把你当儿子看。我打算给你找一份工作，这样，你家的日子就好过了。小黑说，谁敢要我？我说，让我试试看。他说，咱们打个赌，你输了就请我的弟兄们吃个饭。我说，好！他说，我能叫来一百多人，你请得起吗？我笑着说，你怎么就知道我会输？要是你输了怎么办？他说，我要是输了，你让我怎么办就怎么办。我说，行。我不要你别的，就要你学好！

第二天，我找到自己熟悉的电器厂老总，求他收下小黑。他说，这可不行，你介绍他来，不是要我的老命吗？我说，说实话，小黑心不坏，就是因为没个正经工作才混成这样。这样好了，如果小黑在厂里犯了什么事儿，你就找我老马。天大的事儿，我来承担！我苦求电器厂的老总，眼泪都急出来了。我拉着他的手说，你就让小黑试试，就当他是我儿子，行不？他看我哭了，就答应了。我趁热打铁，又说，还有他妈妈，很能干，你也收下吧，在厂里做点儿什么都行。娘儿俩一起上班，一起下班，不但有个伴儿，他妈妈还能帮着管管他。老总说，老马，我算服你了，卖葱还搭蒜！

当我把这个大好消息告诉这娘儿俩时，小黑都傻了。第二天，我领小黑来厂里报到，老总对他说，小黑，为了让我收下你，马警官在我这儿哭了一场啊！小黑一听，眼泪当时就下来了，说马警官，往后您就看我的吧！

后来，小黑不但工作得很好，当我组织社区义务巡逻队的时候，他登高一呼，把他的弟兄们全都带进来了，维护治安，照料孤寡，成了我的得力助手。小区人戏称，"黑社会从良"。

第三件。我刚到罗师庄的时候，这里才开发，本地村民才一千多人，外来人口却有一万八千多人，治安很乱。偷窃，抢劫，动刀子……搞得当地人晚上不敢出门。我呢，当时住在村边的一个破车棚里，一张桌子，一把凳子，一张床。为了尽快开展工作，必须让老百姓认识我，可如果挨户走访，太费时间了。我就想了个办法，买了一个手持喇叭和一个便携式扩音器。喇叭拿在手里，扩音器拴在腰上。天一亮，我就到处转，哪儿人多往哪儿转，工地啊，马路啊，菜市场啊，边走边喊："村民们，我是刚来的辖区民警，我叫马长林！我住在村边那个车棚里，你们有什么事，就来找我马长林！"这一喊，不得了，大人孩子追着我看热闹。有的说我是收破烂的，有的说我是疯子。快来看，这个疯子又过来了，这个疯子又在发疯了，哇啦哇啦不知道在喊些什么。其实，我在喊，年纪大的老人走路要当心，住户晚上睡觉要关好门窗！

这时，有个叫胡怀宝的老汉也追着我看，他问我，你当真是警察吗？我说是啊。他说你当真是警察，我倒有一个事儿想找找你。我说什么事儿，请讲。他就说，现在我们这个地方这么乱，我们当地人晚上都不敢出去。你来了能给我们解决吗？我说，这正是我想要解决的。你们当地人现在都把房子租给外来人住，你是不是也一样啊？胡老汉迟疑了一会儿说，是的，我对外出租了十七间房。我说，那你是大房东啦，正是我要依靠的对象。你看，我这儿有个登记本，是派出所发的。我现在发给你，你家有多少房客，是男是女，哪里的人，有没有身份证，手机号是多少，这些你都要登记下来，交给我。胡老汉问，登记这个干什么？我说，就是为了解决你刚才说的问题。你不是想要安全吗？那就要从登记外来人口入手。你登记了，我就能查到这个人是好人还是坏人。胡老汉说，我那里没有坏人，不需要登记。我笑着说，只要你一登记，就能发现问题，你试试好不好？胡老汉将信将疑，拿走了登记本。临走时，我对他说，万一发现了情况，你千万别露声色，赶快到车棚来找我。他笑起来，不可能！你们当警察的，看谁都像坏人。

结果，胡老汉真的发现了情况。一个姓李的房客正好该交房租，胡老汉打算连收房租带登记。他进屋一看，床上躺了三四个人，身上都刺了画儿。胡老汉愣住了，租房的时候，姓李的说只有他一个人住，现在这些人都是哪儿来的？胡老汉对躺在床上的人说，该交房租了。床上的人说，你找我们老大去！胡老汉没办法，看姓李的不在，只好走了。晚上，他又去了，姓李的正好在。胡老汉就跟他要房租，姓李的说明天给你。胡老汉说，房租明天给可以，但是你们今天要登记。你来的时候说只有你一个，现在住了这么多，一个个都要登记，派出所要查。姓李的说，行，你把登记本放这儿，登记完了，明早连房租一起给你。

胡老汉放下登记本，一晚上都没睡好。第二天一大早，他没去拿登记本，而是慌慌张张跑到车棚来找我。我一听情况，二话没说就赶往他家。快到出租房时，我把胡老汉拉到一边，说你别进去了，当心出危险！说完，我就一个人冲上前去，推门一看，哪儿还有人啊，登记本丢在地上，一个字也没填。胡老汉这下傻眼了，说这些家伙不敢登记，房租也不给，一定不是好东西！我说，这回你相信了吧？胡老汉说，马警官，谢谢你！要不是你，哪天我被他们抢了也说不定。往后，我不但自己要仔细登记，还要跟其他出租房子的老哥老姐们宣传，让他们都配合你做好入住登记。不要怕登记了吓跑客人，说不准就留下个杀人犯在屋里，哪天脑袋掉了，要钱还有什么用？

从这以后，在胡老汉的带动下，出租户都认真做好入住登记，为我以房管人整顿社区治安打下了良好基础。而且，正因为胡老汉严格登记，还配合我们抓到了一个强奸犯。

星星点灯，月亮感言：
　　摆正位置，放下架子，沉下身子，听取群众意见，了解群众心声，解决群众困难，以干部的"辛苦指数"提升群众的"幸福指数"，这就是举着喇叭喊叫的民警马长林给我们的感动。马长林用自己的实际行动，践行"一切为了群众，一切依靠群众，从群众中来，到群众中去"，用他的真心换得了群众的真情。

这不，胡老汉就急着要抢话筒——

五、胡老汉说，"警务广场"是老百姓的宝葫芦

马警官说得没错，这个强奸犯就租住在我的房子里。那天，马警官打来个电话，说老胡你的租房登记全不全。我说，滴水不漏！他说，好，你赶快拿到警务站来！我拿着登记本赶到警务站，他立刻上电脑查。查着查着，突然叫起来，304！我忙问，304 怎么啦？马警官说，昨晚出了一个强奸案，嫌疑人就住在 304。啊？我赶忙说，他是个油漆工，贵州人。马警官说，没错儿，一口贵州话，满身油漆味儿，就是他！我抓抓脑袋，乖乖，家里住了个强奸犯！幸亏就我一个老头子！马警官抄下油漆工的手机号，报告了派出所。后来，便衣警察叫油漆工的一个朋友打电话，约他在酒店见面。这家伙一到，就被抓住了。

案子破了，公安局领导特别来感谢我。我说，这要归功于马警官，是他天天举着喇叭喊，才让我懂得了出租房子要登记！

现在，有了"警务广场"，我们老百姓可高兴了，有什么事，"警务广场"上一说，就解决了。那天晚上，我们这里搞"警务广场"活动，金伯中局长亲自到场，就坐在我面前。他说，大家有什么问题就提出来，我们能解决的马上解决，不能解决的通过关系给你们反映。那天晚上，大家提出的一些问题，不出十天就解决了。这要在以前，想也不敢想，谁能面对面跟局长讲话？现在好了，有了"警务广场"，老百姓有什么说什么，说错了也不怕。我记得当时有个商户说，警察在我家门前挖沟，影响我做生意，你们要赔。

金局长说，这个情况我了解，你家门前的路是修好了，可是没装消防栓。前面是新房子，后边还是老房子，万一失火了，水都接不上，受损失的还是商户。现在我们挖沟，就是为了埋消防栓的管子。影响是暂时的，受益是长久的。你们放心，我们会抓紧施工，埋好后照样把路铺好！听金局长这样一说，这个商户就高高兴兴地收回了意见。过后，他还给施工人员倒茶喝呢！

像这样的大型"警务广场"活动不可能天天搞，平日里，马警官就举着个喇叭到处喊，叫学生过马路等红灯，叫老人晚上睡觉前在窗后摆个瓶子，万一有贼推窗户，瓶摔碎了就发出声响。马警官这样做呢，也是"警务广场"，我给他起名儿叫"一个人的警务广场"。

马警官的喇叭，感动了我们，也提醒了我们。我们这些老头儿没什么事儿，为什么不能跟他一起干些实事儿呢？我就挑头儿组织起七八十个老人，成立了"夕阳红义务巡逻队"，在小区里巡逻。告诉小孩儿不要玩打火机，家门钥匙不能给别人，还提醒住户出门前检查水电，睡觉前关好煤气。

有一天，我们正在巡逻，忽然看见一个外地来打工的小伙子，站在五楼上要往下跳。我急忙对他喊，小伙子，你别跳！就在这时，我惊喜地看到，马警官已经站在五楼上了，正在劝他呢。两个人有一段距离，小伙子不让他靠近。马警官手里拿着一瓶水，叫小伙子喝点儿水，有什么事儿慢慢说。小伙子说他还没结婚，女朋友已经怀孕了，她想把小孩儿打掉，然后跟他散伙。小伙子不愿意散伙，就用跳楼吓唬她。马警官再怎么劝，小伙子都不听，非要跳。这时，马警官说，你还有什么亲戚？你临死前也要告诉他们一声啊。小伙子说有一个舅舅。马警官问，他手机多少号？小伙子说了。马警官用自己的手机拨通后，把手机递给他听。小伙子刚要伸手去接，马警官飞身上去，一把抱住了他。楼下围观的人们又鼓掌又叫好。这时，"110"也叫唤着赶到了。小伙子得救了，小区也恢复了往日的宁静。

马警官就是这样一个人，他干起工作来晚上都不回家，就睡在警务室。罗师庄这个地方外来人员多，马警官很体谅他们。他说，这些外来人员租住在本地老百姓的出租房里，是本地人的收入来源，要照顾好这些外来人员，使他们生活安定，身体健康，他们的收入平稳了，本地人的收入也就平稳了。社区和谐，人民就幸福。

这些外来人员在"警务广场"上提出，放暑假了，孩子们不上学了，都在马路上乱跑，很危险。马警官就说，谁家没人照管孩子，就把孩子送到警务室来，我给他们上课。早上八点送来，晚上吃饭领回去。马警官本来就忙，哪有时间带孩子？但是他有办法！他动员师范学校的老师当志愿者，请他们到警务室来教孩子们。外来人员真是感动啊，纷纷把孩子送来。后来，他们又在"警务广场"上提出，外来人员看病难。马警官就到湖州第二人民医院去做工作，请医生过来帮外来人员看病，测量血压，检查身体。检查身体不是一件简单的事儿，要好几百块。但是，通过马警官跟医院领导做工作，医院同意为外来人员免费检查，这批安排一百个，下批安排五十个。当地妇女每年都有体检，马警官把医生请过来，给外来妇女也检查一下。有些妇女检查出毛病要治疗，怎么办？治疗费减掉一半……

你看，"警务广场"真成了老百姓的宝葫芦，想要什么就有什么。

罗师庄现在的大好局面来之不易。我一闭眼，还能看见马警官当初来到这里时的样子，腰里拴个扩音器，手上举着个喇叭，像个收破烂的一样，一边走一边喊："村民们，我是刚来的辖区民警，我叫马长林！我就住在村边那个车棚里，你们有什么事儿，就来找我马长林！"

星星点灯，月亮感言：
听了胡老汉的话，为"一个人的警务广场"感动！感动之后，又陷入沉思：当前，一些领导干部在如何对待人民群众上存在一些不容忽视的问题，如一些党员干部宗旨观念淡薄，高高在上、漠视群众；有的不关心群众疾苦，不尊重群众的意愿，不是真正地帮助群众解决实际困难和问题，而是置群众于"被服务"的境地；也有的把个人名利看得过重，缺乏为人民服务的精神和热情，甚至跌入贪污腐败的泥坑；在个别部门和单位，形式主义、官僚主义严重，违背群众愿望、侵害群众利益的现象时有发生。因此，失去民心，遭民唾弃。难道我们的这些干部还不应该自省吗？还不应该在此次群众路线教育实践活动中，对照民警马长林的言行，"照镜子、正衣冠、洗洗澡、治治病"吗？

一花独放不是春，百花齐放春满园。说完马长林，再说郭春华。你看，他来了！

六、"开茶馆"的民警郭春华

我们垄山社区"警务广场"的故事，要从一只鸡说起。

一天，我忽然看到警务室门前放着一只老母鸡。我问保安这是谁的，保安说是王大妈送给你的，我跟她说你不会收，她瞪了我一眼，放下就走。

王大妈今年八十多岁了，一个人过日子，紧紧巴巴，家里就养了两只鸡，还给我一只，这哪儿行？我赶紧把鸡送回去。王大妈一看鸡回来了，马上又抱到警务室，走得很急，一脸是汗。郭警官，今天你要不把鸡收下，我就不走了！她嗓门儿大，又在小区门口，人家还以为发生了什么事儿，就围过来看热闹。王大妈便把嗓门儿提高八度，你们大家评评理，前年下大雪，我老太婆一个人住在土坯房里，生怕房子给压塌了。一大早，郭警官就爬上房把雪给扒掉了；去年刮台风，郭警官跑来把我安置好，又帮我排掉门前积水；今年呢，他把我的旧房子拍成照片，向政府申请改造。大家都看到了，我老太婆现在住进新瓦房啦！我该不该谢他？听说他最近身体不太好，我老太婆也拿不出什么好东西，就送一只鸡让他补一补。

你们评评看，我对不对？围观的老百姓被高八度的煽情感动了，七嘴八舌地说，郭警官，这就是你不对了，老人家诚心实意，你再不收下，我们也要跟你急！

得，谁急也不能让老百姓急，我只得把鸡留下。回到家，老伴儿说，咱们不能白拿人家东西。第二天，我跟老伴儿就到商场，给王大妈买了两套花衣服。老人家一穿，大小刚合适，高兴得合不拢嘴，说郭警官你怎么知道我的身材。我说，我眼里有把尺！王大妈特别喜欢穿着我送的衣服到处走，哪儿人多往哪儿扎，见人就说这是郭警官给她买的，你看漂亮不漂亮？人家就说，王大妈老来福气老来俏，郭警官比儿子还周到！

好，再说一个故事。我这个人在家待不住，用不着跟谁商量，自己就取消了双休日，天天都在小区里转，看老百姓有什么需要帮忙的。一个星期天早上，打工青年小田对我说，郭警官，我的皮夹丢了，里面有身份证、银行卡、发票，还有一千多块现金。我一听，哦，东西不少，对一个打工的来说，可是件大事儿，忙问他是怎么丢的。他说，嗨，想不起来，反正没出小区！又说，郭警官，我没抱什么希望，就是跟您打个招呼，万一有人捡到呢。

小田说完就急着上工地了。他没抱希望，我却抱了希望。我顺着通往出租房的路，边走边找边打听。路口上有一个修自行车的摊子，师傅跟我关系不错，常到警务室坐坐，喝喝茶。我问他，看见有人捡到皮夹吗？他把眼朝对面的小商铺一斜，悄声说，女老板捡了一个。我心里一亮，有门儿！又一想，如果她不承认不配合怎么办？怎么让她把皮夹交出来又不伤面子呢？思索半天，心里有了数。我走进商铺，笑着说，大姐，今天你做了一件好事儿！她说什么好事儿啊？我说，你捡了一个皮夹，我代表失主前来对你表示感谢！我单刀直入，又满面春风。她被我这样一说，也不好意思了，赶紧说是的是的，把桌子抽屉拉开，拿出皮夹交给我。我说，再次感谢你啊！

我来到出租房，只见小田的父母都在家，我把情况一说，他父亲一下子跳起来，没想到丢掉的皮夹还能找回来。他马上打电话给儿子。小田接到电话后立刻赶到警务室。我说，你看一下东西对不对？他一看，一样儿也没少，噌地一下又跑出去了。皮夹还放在桌上。一会儿他买了两条软中华回来，非要谢我不可。我说，你出来打工不容易，这两条烟我不能要，你把它退掉。他死活不肯。我拖着他来到烟店，跟老板娘说了事情的经过。老板娘也感动了，说郭警官，按理说卖出去的烟是不退的，既然这样，今天我破例给退了。小田的眼泪当时就下来了，他说有三个没想到：第一，没想到郭警官真的把这当回事儿，帮着去找；第二，没想到皮夹还真找回来了；第三，没想到老板娘居然把烟钱给退了。湖州电视台《关注民生》栏目闻讯要采访他，他非常高兴，特意请了半天假。他说，我要对大家说说心里话，我们的警察真好！

小区故事多，有快乐的，也有悲伤的。我经过上山下乡，吃过苦，知道苦。上班第一天，我就四下打听小区里有多少困难户需要帮扶。有个老百姓跟我开玩笑，说郭警官，有的人一来就打听小区里有多少当官的，多少老板。你跟他们不同，你是穷帮穷！

经过了解，严增荣可以说是最可怜的。他是个残疾人，患了类风湿关节炎，手脚肿大变形，鞋子穿不进去，一年四季穿个拖鞋。原单位让他回家休息，每月给三百块钱。他妻子是个哑巴，儿子有些智障。这个家庭濒临绝境。我跑上跑下求人，给他妻子找了一份食堂的工作，又把他儿子介绍到一家印刷厂。然后，我三天两头去他家里看他，一百块二百块地带去给他花，或者拿些吃的给他。我老婆说，冰箱里的东西都被你搬空了！

一天去外地开会回来，有人跟我说，增荣病得很重，想见见我。我一听，家都顾不上回，就买了些吃的去看他。他躺在床上，看见我进来，眼泪马上掉下来，硬撑着挪动了一下说，郭警官，我的病不会好了，活不了几天了。这么多年你对我们全家的帮助，我没有能力回报了。郭警官，你是个好人！我听了非常难过，握着他冰凉的手说，你不要这样讲，都是我应该做的。你的病会好的，家里的日子也会好的。

安慰了增荣后，我马上赶到他原来的工作单位，找到董事长。

我说，我知道你们单位一直照顾他，为他买了养老保险。我想跟你商量商量，这个保险是不是先停掉，把买保险的钱拿给他活命，改善他眼前的穷困状况。据我估计，他恐怕活不到六十岁。如果能活到六十岁，我们大伙儿再想办法，把这些年花掉的钱补齐。没想到董事长说，没有这个先例，我们办不了。无奈，我又来到村委会，把情况跟村委会干部说了，请求村委会把他送到医院去。村委会干部说，他这是老病，用不着送医院，等会儿叫诊所医生去检查一下，如果确实严重，再送医院不迟。到了傍晚，村干部打电话给我，说已经去检查过了，血压、心脏都正常，你就放心吧。可我就是不放心，一晚上都没睡着。第二天一大早，我想，我自己掏钱也得把他送医院去。没想到刚出门，一个人就跑来告诉我，增荣凌晨两点去世了。我一下子懵了，赶紧跑到他家，一看，我的眼泪就下来了。增荣凌晨两点去世，现在都七点多了，尸体还躺在床上。他老婆和儿子站在床边，看着尸体发呆。真是太惨了！这时，左邻右舍看见我来了，也都围上来。我说，各位乡亲，增荣走得突然，家里又这么困难，我们大家帮帮忙，把他安葬了吧。说完，我先掏了三百块。我的话很管用，大家你三十，他五十，当场捐了三千多块。我又赶到他的原单位，争取到一千八百块。最后，在大家的帮助下，把后事办了。

看着增荣的遗像，我止不住泪。我说，增荣，我对不起你，你才五十出头就走了，我为什么要信他们的不把你送医院？要是早点儿送你去医院，你也许还有救。我的老弟唉！

直到现在，一想起来，我还恨自己。

说完了病人，我再说说老人。我的辖区里"二老"多。哪"二老"？老房，老人。政府拆旧盖新，本来是件好事儿，可同时也带来安置问题。拆迁过渡的几年时间，让这些人住哪儿去？年轻人可以找房租房，老人怎么办？俗话说，六十岁到人家不过夜，七十岁到人家饭都不留你，意思是害怕老人万一有个好歹不好办。你说让这些七八十岁的老人到什么地方去住。我提出给老人盖过渡房，政府说是有这个计划。于是，就盖了一些瓦房，让老人到里面去过渡。实际很惨，说是过渡，这些老人今年走几个，明年走几个，最后能搬进新房的没多少。我想，人人都会老，越是老人就越要有人关爱。过渡房是凑合事儿的，设施好不了。我就跟老人们说，房子出了什么问题就找我，我随叫随到。

当年年三十，老人们正在忙年夜饭，突然，过渡房全部停电。年夜饭搞了一半电饭煲停了，怕冷的老人电热毯不热了，更别说看春晚了，连灯都不亮。老人们马上报告我。我想，大年三十打电话叫人修不可靠，我必须亲自跑。结果，跑到相关部门，求爷爷告奶奶，总算来了人。我一直跟着他们干，直到把线接通，家家户户都亮起了灯。这天夜里，我不放心，怕再出什么事。当家家都团聚的时候，我一个人开着电瓶车在过渡房区里到处转。这时，一位老人看见了我，就喊起来，老哥儿们，郭警官这么晚了还在为咱们操心呢！一听见喊，呼啦啦！一下子出来好几位老人，七手八脚把我拖进房子里去暖身子，跟他们喝口酒。说实话，当时我的泪水一下子流了出来。

第二天，大年初一，我又来到过渡房。这回我看清楚了，供电单位昨夜临时拉了一根线。这可不行！一是不安全，再一个也不是长久之计。必须立电线杆拉专线，再安一个变压器，确保这些老人能够用上安全电。为了达到这个目的，我天天到有关部门去磨，真是跑断腿说破嘴，硬是把石头揣进怀里焐热了，最终彻底解决了过渡房的用电问题，为老人们办了一件实事儿。

想不到，就这么一件小事儿，却改变了一个人。谁呀？住在警务室隔壁的董老头儿。

这董老头儿一向"仇警"，说警察没有一个好东西。我就在他隔壁办公，他从来没理过我。我主动搭话，他装聋。他为什么会这样？因为好多年前，我还没到这里的时候，他在家里跟几个朋友打麻将被派出所抓了，让交三千块罚款才放人。他没办法，只好打电话给儿子，让儿子替他交了。他怎么也想不通，说我不过在家打打麻将，块儿八毛钱的输赢，你们凭什么抓我？罚了三千块，还没收据，真黑！所以，他对警察一直耿耿于怀。

春节过后的一天，董老头儿突然笑嘻嘻地走进警务室，拉着我的手说，郭警官，你来小区为老百姓做的好事儿我都看到了，你一个春节都没过好，到底为老人们解决了安全用电问题。在你身上，我看到了一个人民的好警察。我给你评价三点：第一，你在警务室调解纠纷，我都听到了。闹了纠纷再怎么调解，总有一方不满意。但你老郭是个好泥瓦匠，两头儿抹平，让双方满意。走的时候，你还让他们握握手。我活了这么大岁数，没见过！第二，你把老百姓当成亲人，有困难随叫随到，忙得连家都不要，我佩服你！第三，你办事公道，没挑儿！

说实话，听他这样讲，我感觉比吃肉都香。能通过为老百姓办事，扭转他对警察的看法，真是难得。我高兴地说，董大爷，欢迎你常过来坐坐。有些事儿以前我们做得不对，我给您道个歉，请您原谅！想不到，董老头儿又说，唉，现在这个社会，好比一部机器，好多地方都坏掉了，但也有一两个好零件。你郭警官就是一个好零件。可是，整个机器都坏了，你这样一两个好零件管用吗？我听明白了，董老头儿这是忧国忧民呢！我就笑着说，董大爷，如果连一个零件都不好，这机器还能运转吗？董老头儿愣住了，瞪着眼看我。我又说，不管怎么样，好的零件还在机器里起好作用，机器还在运转，对不对？机器没停下来，就说明好零件管用。当然，好零件越多，机器转得越快！董老头儿乐了，说我算服你了。

董老头儿走了，可他说的话，却引起我两点思考。

第一，老百姓很看重调解纠纷的公正，在这方面我今后更要下力气做好。

最近，我就处理了一起纠纷，不妨说说。

有一天晚上，有一个外地民工的女儿被小汽车撞了，开车的没停就跑了。民工马上报警。交警来到现场一排查，说车不是我们小区的，做个记录就走了。这个外地民工就不服，说警察偏向当地人，不把民工当回事儿，吵得非常厉害。我闻讯赶来，他正骂骂咧咧，四周围了一些他的四川老乡。我一看，这事儿如果处理不好会闹成大事儿。我急忙上前劝导。他说我女儿要上医院检查，我没钱！我说，我给你钱，你先去医院。说完，就把口袋里的钱都掏出来。想不到我的这一个动作，马上让他转变了态度。他说这不行，哪能要你郭警官的钱？我说，看病要紧，快拿着！他说，不要，不要！那天下暴雨，我们都在工地上，想起衣服还晒在院子里，玩儿命跑回来一看，早被你给收了。我们走了全国那么多地方，住过那么多工棚，从来没有一个警察为我们收过衣服被子！我感谢都感谢不过来，哪能要你的钱？周围的民工都点头，你一言，我一语，说过年的时候，你郭警官连家都不回，跟我们一起过，还带来花生米，跟我们喝喝小酒儿，聊一聊。没见过你这样的好警察！算了，我们哥儿几个带孩子上医院吧！我一听，心里很感动。我说，好，我一定要想办法找到这辆车。可是，我费尽心力，也没找到这辆车，只好跟这个民工道歉。他说，郭警官，没找到就算了，我女儿在学校有一份保险，你帮我跟交警要个事故证明，好让我女儿能够得到保险公司的赔偿。我说，行，这个我能做到！我很快为他开了证明，解决了他的困难。他说，老郭，你是好人，我跟你交朋友交定了！这件事儿说明，老百姓是讲理的，关键看我们怎么做。

董老头儿带给我的第二个思考是什么？他说整个机器都坏了，是对当前社会有看法。这就提醒我这个社区民警，不但要让警务保障民生，还要加强跟老百姓的思想交流，解释疑惑，传递正能量。

怎样才能更好地加强思想交流呢？

想来想去，我想了个开"茶馆"的主意。

我们这地方，老百姓忙了一天，晚上吃了饭，喜欢捧个茶杯出来喝喝茶、聊聊天。好，我就请他们到警务室来。特别是夏天，我这里空调开着，凉爽，大家都喜欢捧个茶杯来，有小孩儿的还抱着小孩儿，还有人打着毛衣来。男女老少，七大姑八大姨。有的自己带茶杯来，我把茶叶摆上，随便拿。开水管够，随便倒。没茶杯的我准备好。你不是远道来的客人，而是我的兄弟姐妹，所以，喝茶自己倒，茶叶自己放，很随便，就像到了自己家里一样。小区居民、外来民工，你来我来，天天晚上爆满！有时候我去所里开会回来得晚，警务室里早就里里外外坐满了人，连我的位子都被占了，就是看见我也想不起来让座位。太熟了，没这个习惯。

好了，我这个"天天警务广场"就这么形成了。老百姓天天都来，七嘴八舌，连喝带说，小区里的大事儿、小事儿、新鲜事儿，张家长李家短，我都能在第一时间掌握。老百姓有什么意见建议，边喝茶边说出来。我呢，充分利用这个机会，讲党的方针政策，讲新时期取得的伟大成就，讲中国梦。大家相互交流，气氛热烈。我还根据外来民工的特点，准备了一些毛巾、牙膏、肥皂等生活用品，然后把跟他们有关的法律问题、治安常识编成问卷，谁回答对了，小礼品就拿走。这样一来，人人遵纪守法，小区和谐平安。

看着夜晚灯光下，围坐在"茶馆"里人们的一张张笑脸，让我想起毛主席说的，我们共产党人好比种子，人民好比土地，我们到了一个地方就要同那里的人民结合起来，在人民中间生根开花。

我是一个民警，社区好比土地。我来到这里，就应该在老百姓中间生根开花。

星星点灯，月亮感言：

我们共产党人好比种子，人民好比土地，我们到了一个地方就要同那里的人民结合起来，在人民中间生根开花。

这是毛主席在1945年说的话，六十多年过去了，仍然那么亲切，那么生动，那么深刻！郭春华始终坚持着这一真理，深入基层、深入群众、深入实际，持之以恒为人民群众办实事儿、解难事儿、做好事儿，帮助群众解决生活中遇到的实际问题。他的"茶馆"开得好！大家都去喝一杯吧！

你也去吧，王法金。什么，你没空儿？你说救人要紧！

七、冲进火海的民警王法金

警务保障民生。我只说说在文苑社区当民警时的惊险一幕。

那是个大年夜，轮到我值班。我管的社区很大，里面有个老旧小区。这天晚上，老旧小区的一家饭店突然失火，我闻讯赶过去一看，不得了！火光冲天，大呼小叫。"119"来了，可是房子老，水龙头接不上；道路窄，消防车进不去。里面住的全是七八十岁的老人，眼看惨剧就要发生。怎么办？老百姓的生命危在旦夕，没有别的办法，只有豁出去，冲进火海救人。

我正要往里冲，站在一边的保安拼命拦住我，说王警官，危险！你不能去！里面的煤气罐都烧红了，说话就要爆炸了！我当时什么都没想，脑子里想到的就是救人，救人是最最重要的！火这么大，老人们根本就跑不出来。我不去救，谁去？

我打开水龙头，把警服浇湿，浇成个水人，一头冲进去，把老人一个个往外拖。看到我进去了，这个保安也来了胆儿，跟着往里冲。因为我平时老在这里走访，对现场比较熟悉，厨房在哪里，煤气罐在哪里，水龙头在哪里，我都清楚。先用水冲煤气罐，给它降温，然后就去救人。一个又一个，总算把四五个老人都救了出来。万幸，煤气罐没爆炸！我大难不死，托老百姓的福，托共产党的福。

老人们的子女闻讯赶来，看到爹娘得救了，就要给我下跪。我说，你们千万不能这样！

现在回想起来，如果爆炸了，我就"光荣"了。就算"光荣"了，我也不后悔。

为了老百姓，生死关头就要冲得上去。谁叫我是人民警察呢！

星星点灯，月亮感言：
说短话，说实话，要向你学习，王法金！
"为了老百姓，生死关头就要冲得上去。谁叫我是人民警察呢！"

这话，给力。顶起走！

八、"摆摊儿"所长王永年

我这个龙泉派出所的所长摆的什么摊儿？不是老鼠药，也不是麻辣烫，那是什么？

"警务广场"！

老实说，开始的时候，对开办"警务广场"，派出所的同志们不理解，我也不理解。怎么说呢？像我这个当所长的吧，有一套老经验，反正年年都是这么一些事儿。年初弄个思路，弄个计划，局里面领导看过了，听过了，好的，就这么做。到了年终，报个总结，领导来听听，考察一下，弄个点评，好啊，好啊，今年工作不错，就算圆满结束了。年年如此，年年顺溜。现在，金局长带领全局搞起了"警务广场"，要以民意为主导。我就感觉不理解了。我这个所长当得好不好，你领导说了算呀，怎么能看民意呢？老百姓到我们派出所来骂的，天天都有，总不能满足所有老百姓的要求吧？我就这样想的。

我在基层干了二十多年，本身也是贫苦人出身，我对下面的事很清楚。表面看，莺歌燕舞，形势一片大好。实际上，老百姓要落实一个事儿很难。干群关系紧张，穷人仇富，百姓仇官，有的当官的也怕群众。你让他去做群众工作，他们不去做，就盯着几个基层干部。基层干部呢，见了老百姓也很为难，也怕老百姓。这是社会发展到这个阶段普遍存在的现象。外部是这样一个环境，我们公安内部呢？像我们派出所，老同志原来在岗位上都有职务，副所长、中队长，你安排他在社区当民警，突然之间要叫他听民意，也就是说要跑下去，要发名片，要跟老百姓沟通，要"警务广场"，有的老同志就跟我拍桌子，指着我说，你要我命啊，我这么大岁数了，叫我公布电话？公布手机？我这么大一个辖区，上万人，肯定天天有事情找我呀，你叫我怎么过日子？我岁数大了，半夜里打个电话进来，后半夜就别睡了。

老同志有反对的，我自己也有想法。本来蛮好的，何必呢？但是，又一想，老百姓的确对我们的工作有很多意见，值得我们深思。

比如说，我们这个辖区是老旧小区，拆迁户、农转非、下岗工人多，穷人多。治安不好，老百姓的电瓶车、摩托车被偷的很多。被偷之后，他到我们这儿来报案，我们给他做笔录。他做笔录的时候，还丢下一句话，说我本来不想来报案的，我怕小偷骑我的车撞死人，所以我来报案。这话是什么意思呢？报了案也没用！作为一个警察，我们听了这话心里也酸溜溜的。有这样一个例子，我们派出所对面小区里有一家人，女的是个下岗工人，老公也是打工的，儿子是商店营业员。在两天之中，儿子被偷了摩托车，老公被偷了电瓶车，她自己也被偷了电瓶车。一家人两天之内被偷了三辆车，夫妻俩气得在家里打架，女的想不通，又打不过男的，就跑到派出所来，站在门口骂，你们这些吃干饭的，不管我们老百姓死活！你们有钱坐汽车，我们买一辆电瓶车要攒一年的钱！她一边哭一边闹。这时，她老公也来了。民警就让他们进里边坐，正好那天我在，她老公就上三楼来找我，见了我，也是开口就骂，你们吃干饭的，你们不为我们穷人做事，眼睛就盯着老板，你们……他骂得很难听。我就叫他坐下，因为我家里也很穷，所以对他很理解。我问他有什么要求。他说，我要跟你借一辆电瓶车。我一听也傻眼了，派出所没办法借给他。如果破例借了，传出去，明天派出所门口借车的能排起队来，怎么吃得消？我没办法。他说，我就知道找你也没用！你们整天坐在这儿什么也不干！

他的话让我难过。我们派出所，所长也好，民警也好，每天都干得很苦，加班加点。但是，老百姓不认可，说你整天吃干饭！

我们在大会上讲得很好听，全心全意为人民服务是我们的宗旨，每个民警都会说。但是，在行动上，往往是跟着领导的任务走，专项斗争、反诈骗、缉毒，我们执行就是。任务从省里下到市里，市里下到分局，分局下到派出所，一定要完成，否则你要犯错、做检讨。我一天到晚为完成任务"压力山大"。每年四个季度四次考试，如果两次在末位，就要被调整。我平时光想这些了，确实没有考虑老百姓的需求。

现在，湖州公安局开展了"警务广场"活动，金伯中局长给全局干部上课，听到中午十二点多，大家一句话都没有，眼泪都掉了。我们总说要管好老百姓，管字去掉竹字头，就是一个官字！哪怕我们的一个小保安，他也认为自己是个官。好，官就官吧，总要有人当官。但是，当官不为民做主，不如回家卖红薯。

实际上，老百姓也不要你做什么主，他更需要沟通，需要服务。让民意领跑警务，让警务保障民生。我算想通了！好，还有没想通的人继续想，我可要带头干起来了——

"摆摊儿"！

2010 年春天，我推出了第一个所长服务日。在社区广场上，拉起一条横幅，上写"龙泉派出所王永年所长服务日"。横幅是大红色的，横幅下摆一张桌子，也用大红布铺一下。中国人喜欢红色，红色代表热情，所以我用红色作为基调。桌上摆着治安宣传材料、不结实的防盗窗样品、防盗门报警器、小偷作案的工具，等等。

老百姓一看我"摆摊儿"，呼啦啦都围上来，非常感兴趣。我亲自操练起来，说你们看小偷是怎么偷车的。我边说边拿起一把液压钳，轻轻地钳一下，车锁马上就断掉。老百姓都叫起来，哎哟哟，厉害！原来小偷偷车不费吹灰之力呀！我还以为 U 形锁肯定没法偷了呀，想不到这么简单！七嘴八舌，情绪热烈。我又演示小偷开锁、破防盗窗，也引起老百姓一阵惊呼。我搞出味道了，比坐在办公室里开心。你要跟老百姓沟通，就要实实在在为老百姓办事。我看看来的人越来越多，真跟赶集一样，就趁热打铁，大声吆喝起来："欢迎大家给我提意见、提要求，想骂也行！"大家你一言我一语，提意见，说要求，听上去都是掏心窝子为派出所好，让我很感动。当然，也有说话难听的，比如，有个老百姓说他的三轮车上放了一台电焊机，转眼就丢了。他报了案，十年都没破。他就骂起来，你们这些警察是干什么吃的！还有的说，我家楼上有人养鸡，臭得要命，叫我怎么过日子？居委会不管，街道不管，你们派出所也不管，难道非要逼得我打人吗？你们……她就开始骂起来。我说，你骂得有道理，这件事我记下来，散会后一定解决。那位丢电焊机的同志，真对不起你，案发时间太长了，我只能给你道个歉。这件事让你生了十年气，真的对不起！他说，所长都道歉了，我从第十一年起就不生气了！

有一位工程师，年纪很大了，原来是建筑设计院搞设计的。他说，在小区公园里，靠水边有个凉亭，里边的凳子底下高，靠背矮，很危险，小孩儿去玩会摔下去，年纪大的人不注意也会掉水里。我给市长热线打过电话，也没动静！这位老工程师说着说着，就开骂了。他很认真，看不惯这个。我理解他。其实我也看不惯现在社会上的一些现象，有些事儿，只有到好多人都看不惯的时候才会改变。我就说，老人家，您别生气了。这位工程师就说，王所长，我知道这不是派出所的事儿，可是你叫我提意见，我就提这个事儿。我说，您提得好！人真的掉水里了，就成了派出所的事儿。现在辖区里一天到晚搞拆迁，建设局的主要领导我都熟，我马上打电话跟他们反映这个事儿，您就等我消息吧！后来，经过我的努力，建设局派人把靠背加高了，凳子安全了，老工程师高兴了。

我在"摆摊儿"中发现，老百姓有一种习惯，先看后动。真正找你解决问题的，不会马上过来，他要看看你是真心办事，还是摆样子作秀。他们的眼睛雪亮，一眼就能看出来。最先到我摊子前面来的，有的就是看新鲜，吹吹牛，警察怎么样，国家怎么样。真正有问题的，从远处看，到近处听，最后再到摊位上来跟你交流。有一个蛮文静的女同志就是这样，在我跟老工程师对话的时候，她就在远处观望。她岁数虽然大了，但衣着干净，有气质。过了一会儿，她又往前移了移，听我跟老百姓说什么，看我究竟能服点儿什么务。我感到她心里有话，就主动问，大姐，您有什么需要我帮助的吗？她终于走到摊位前说，我女儿在上海，我有个事儿要找派出所办，派出所相互推诿，搞来搞去，一直都搞不好。我说什么事儿，您讲讲看。原来，她是个教师，离了婚，女儿跟她过。后来，女儿考上了复旦大学，毕业后到上海中科院工作。女儿买了一套房子，想把她接到上海落户，需要一张母女关系证明。这件事儿涉及好几个派出所，这个推那个，那个推这个，推来推去，说查不到底档没法儿开。因为她女儿迁出去了，电脑上就没了。我说，大姐，您别急，这个事儿我来办！

散会后，我马上叫内勤查，查来查去说确实没有底档。我说，你再追下去，看问题出在哪儿。后来，一直追到开发区的一个派出所。我跟他们教导员说，这件事儿你无论如何为老百姓做个主，出了事儿我担着！最终，开发区派出所开出了这个证明。女教师特意到办公室来感谢我。我说，让您久等了，不好意思！嘴上这样说，心里却跟她一样高兴，真正体会到什么叫助人为乐。

还有一次，我正在小区外"摆摊儿"，忽然听到小区里打起架来。我急忙赶过去。是两家邻居在打架，一个是年轻女人，细皮嫩肉；另一个是老头儿，七八十岁了。他俩打得十分激烈。我赶过去之后，把他们拉开，问他们为什么打架。原来，是为了一只宠物狗，已经纠缠多次，结了怨。这个女的呢，对狗喜欢得不得了，一天到晚抱在胸口，要么就在家门口遛。这个老头儿呢，住她家楼上，有一个外孙，当成宝贝似的，含在嘴里怕化了，顶在头上怕摔了。外孙上小学一年级时，曾经被这狗咬过一口，女的付了打针费、营养费，态度很好。但老头儿不是说要你多少钱，他心疼外孙。所以每天上下学，他都要陪着，这天，刚好出门看见这条狗，就冲狗骂了一句，你怎么到现在还不死啊！这个女的就不干了，她宁愿自己死也不愿狗死。两个人就吵起来了。老头儿本身就火得要命，说我天天送外孙接外孙，不就是因为你这条狗吗？女的说，就算咬了你们，可我赔了多少钱啊，一千多块呀，你这么黑心啊！老头儿说，你那些钱算什么？我外孙被狗咬一口要影响一生啊！女的说，我不管，没有法律规定我不可以养狗！老头儿说，哪怕我死了，也要把你这个狗给弄掉！女的更气了，就上了手。结果，相骂无好言，相打无好拳。女的被老头儿掴了一个耳光，鼻子出血了；老头儿叫女的把耳朵咬破，住院了。

我现场拉架过后，又楼上楼下来来回回跑了八九趟，做双方调解工作。大道理，小道理，嘴都说歪了，双方就是不肯让步，主要是涉及狗的问题。狗怎么办？我看那狗也很委屈，这回我又没咬人啊，是你们自己打起来的。经过我再三说服，女的终于同意把狗先寄养到男朋友家，反正没几个月就要结婚，她也搬过去住了。好了，这下问题解决了，死结松开了。双方在调解协议书上签了字，握手言和。两个人都受了伤，相互赔对方钱。老头儿主动对女的说，我多赔你一些，你的鼻子，还有你的狗……

这个场面让我也很感动。

打这以后，两家好了，楼道平静了，整个小区也和顺了。老百姓都说，还是王所长好，这么难办的事儿都给办好了。要不是"警务广场"，这种事儿谁来管？说不定真会闹出人命！

我上街"摆摊儿"，不但为老百姓办了实事儿，自身也受到了教育，同时也教育了那些思想不通的民警。跟我吵过的老同志主动找到我，说王所长，你对了，"警务广场"对了。这是群众路线的路子，毛泽东思想又回来了。听他这样说，我从心里乐开了花。

就这样，全所上下都"摆起摊儿"了。哪儿人最多，就在哪儿摆。商场、菜场、学校、工厂、居民区……我们把"摆摊儿"形成制度，每周四所有的社区民警都要摆，叫"周四服务日"。

通过实践，我体会到，"摆摊儿"只是"警务广场"的一个方面。"让民意领跑警务"要渗透到我们公安工作的方方面面；"让警务保障民生"要落实到百姓生活的年年月月。"警务广场"是走群众路线的便捷通道，也是上连上级机关、下接百姓民情的桥梁。

人的价值是什么？就是得到人家的一个认可，一句赞扬。"金杯银杯不如老百姓的口碑"，这话说得很有道理。我当了十几年所长，到了这个年龄，已经不把工作看成一个职业，而是看成终身爱好。所以，这么苦，这么累，我开心，我喜欢。我什么都不想要，只要辖区老百姓说，王永年所长是好样的，就够了！

星星点灯，月亮感言：

王所长，你"摆摊儿"辛苦了！你真心实意和老百姓交朋友，主动深入到群众中去，把群众当成自己的亲人，为百姓做实事儿，为百姓排忧解难。你坚信，不管是什么时候，群众都是我们最有力的后盾，都是我们党永葆生机的源泉。所以你痛定思痛，所以你找到良方。

我们每个党员，如果都像王所长一样，通过群众路线教育，以党章、法律为镜，用党性的要求、党员的标准对照自己、警示自己；以先进模范、优秀共产党员为榜样，规范自己、提升自己；以人民群众为亲人，深入群众、学习群众、服务群众；党群一心、干群一心、警民一心，中国梦定会美梦成真！

警务广场，群众路线。为民服务，警民共建。
流血流汗，创造幸福。同心协力，梦想实现。
星星点灯，星星说话。
星星说话，月亮感言……

（原载《啄木鸟》2013 年第 9 期）

断 齿

——中国海关缉私警察打击象牙走私纪实

衣向东　初日春

引 子

　　曾经在北京地铁里看到这样一则公益广告，一头小象边走边对大象说："妈妈，我长牙了。"象妈妈没有回答。小象又说："妈妈，我长牙了。"象妈妈仍旧沉默。小象似乎有些委屈，说："妈妈，我长牙了，你不为我高兴吗?"后边，是一行省略号，象妈妈知道，小象长牙了，危险也将随时降临。每次看到这则广告，心里都酸酸的。

　　据史料记载，早在商代时，我国象牙雕刻的工艺就达到了很高的水平。周代时，我国已经有了象牙雕刻的行业，那个时候也只有诸侯才能持用象牙笏，象牙因此成了古时将相身份的象征。《诗经·鲁颂·泮水》有载："憬彼淮夷，来献其琛。元龟象齿，大赂南金。"至此，象牙作为财富象征成为商品，被先人注入了特殊的价值。随后，经过历朝历代的发展，元代时，皇宫内城里有了象牙雕刻部门。清康熙年间，隶属清宫造办处的牙雕工匠们的象牙雕刻技艺已经达到出神入化、登峰造极的地步。新中国成立后，柬埔寨、赤道几内亚和多哥等国家的领导人把象牙作为国礼，分别赠送给毛泽东、周恩来和邓小平。经过几千年的历史传承，象牙作为一个特殊的载体，被世人视为珍宝。

改革开放之后，国内收藏市场的繁荣，加上国际上对大象种群的保护使象牙的供应量减少，让象牙制品成为炙手可热的抢手货。高额的利润催生了罪恶，走私犯罪分子把黑手伸向了象牙。国家海关总署早已把打击走私象牙犯罪列为重点，各地海关缉私分局纷纷查处了一大批大案要案，取得了辉煌的战果。

第一站：首都机场

内勤民警的缉私梦

军转干部王慕义是共和国第一批海关缉私警察。

王慕义到北京海关面试的时候，专门为自己挑选了一身蓝色的西装，因为他觉得这身蓝色服装跟海关制服的颜色相近，他渴望把自己在部队里练就的一身本事用在缉私一线。但是，以优异成绩进入海关工作的王慕义万万没有想到，从报到上班的第一天起，他就成了办公室内勤。军人出身的王慕义当然不会挑肥拣瘦，他知道什么叫干一行爱一行。虽然他内心想办案的愿望非常迫切，但他却在内勤这个岗位上一干就是一年。每次整理同事们办案的卷宗时，他都会仔仔细细地研究上好几遍，他要把这些卷宗全都消化掉，他深信自己一定会成为最优秀的缉私警察。

机会终于来了！

　　2000 年 6 月的一天，王慕义陪同领导到首都机场检查工作，恰好赶上海关值班员正在对一件行李进行检查。行李的主人——一个彪形大汉看了一下腰间的 BP 机，说了句："我去回个电话。"就神色慌张地向机场出口走去。大汉回头张望时刚好跟王慕义打了个照面，这让王慕义心里"咯噔"一下，他暗自思忖，行李中肯定藏着不可告人的秘密！能坐得起国际航班的人会用不起手机？如果这其中没有猫儿腻，他干吗要如此紧张？王慕义向带队检查的领导说了自己的疑虑，还没等他把话说完，检查行李的海关工作人员那里就炸了锅："象牙！十六根象牙！"

　　果然有鬼！

　　王慕义跟另一位缉私警察拨开人群，三步并作两步冲到机场出口，但彪形大汉早已踪迹渺然。

　　眼瞅着让问题行李的主人从身边溜走，王慕义攥紧了拳头，他一路无言，回到缉私局，就去敲科长办公室的门。

　　王慕义一声"报告"之后，打了一个标准的敬礼："科长，我请求办理机场这宗象牙走私案。"

　　科长心里有些矛盾，他担心这个案子毁了这员爱将的前途。道理很简单，开弓没有回头箭，案子一旦破不了，很容易给别人落下笑柄，甚至可能让这个虎虎生威的军转干部从此一蹶不振。科长思虑再三，对王慕义说："现在咱们人手紧，等过两天……"

　　"科长，哪怕您安排一位女同事跟我一起去办案也可以。"说这话的时候，王慕义把身体站得笔直，他恨不得像当兵时一样，马上递上一份请战书。

　　"小王，你的心情我能理解，但你也要知道这起案子对你来说意味着什么。"

　　响鼓不用重锤敲，王慕义听出了科长的话外音，他斩钉截铁地说："当兵的就是要冲锋陷阵，就是要攻碉堡、抢山头！"

　　做通了科长的工作后，王慕义没有丝毫兴奋，有一点他心知肚明：破案子绝不是靠勇气和信心就能搞定的，更何况他目前唯一的线索就是彪形大汉的护照信息：郑某，牡丹江市人，无业。可茫茫人海，到哪儿去找这个郑某呢？

　　回到办公室，王慕义拿起电话打给机场的同事，他想从那里寻找些蛛丝马迹。电话那边传来的信息令人失望，但王慕义不想放过丁点儿线索。他从听筒里听到机场广播的声音：今天上午，机场保洁人员在二号航站楼三号门附近的男洗手间垃圾桶里捡到手机一部，请失主速到服务台认领。二号楼？三号门？垃圾桶？手机？一连串的信息从王慕义的脑中闪过，好好的手机怎么会在垃圾桶里？王慕义连忙吩咐机场的同事，立即跟机场工作人员交涉，拿到这部手机。

　　果然不出王慕义所料，手机正是从机场逃走的彪形大汉郑某遗弃的，手机卡是牡丹江的移动全球通号码，上面显示的最后一个未接电话是牡丹江市政府某局的科长刘某。

　　王慕义立即把获取的线索向领导汇报，得到批准后，他跟一位女缉私警连夜赶赴牡丹江。

　　列车车轮撞击铁轨的"哐当"声遮掩不住王慕义此时的"怦怦"心跳，他恨不得插上翅膀，飞到这个黑、蒙、吉三省交界的城市。

　　"你小子胆儿真大，这旮旯可是古时候的流放之地。"接站的哈尔滨海关缉私局李处长的这句话把王慕义逗笑了。

　　"曾经的军人，如今的缉私警察还怕危险？"王慕义说。

　　李处长也被王慕义憨厚的样子逗笑了，但接下来通报的犯罪嫌疑人的情况，却把李处长的笑声生生地憋了回去。李处长神情凝重地对王慕义说："你碰上难啃的硬骨头了！"

　　因为曾经在牡丹江工作过的李处长知道，王慕义要抓捕的郑某是牡丹江有名的"三哥"，黑白两道都吃得开。

　　怎么办？王慕义想起了脍炙人口的样板戏《智取威虎山》，他决定像孤胆英雄杨子荣一样，深入犯罪嫌疑人的生活圈子。王慕义跟哈尔滨海关缉私局的李处长一商量，直接住进了跟犯罪嫌疑人有联系的刘姓科长所在单位的招待所。

　　在这个没有暖气的招待所里，王慕义裹着厚厚的衣服，跟李处长商量对策，但商量来商量去，不外乎是通过刘科长找到郑某的下落。这里必须提一下李处长。干了大半辈子缉私工作的李处长有着丰富的办案经验，当他听说北京海关缉私局一个新手主动请缨，带着一个年轻的女同事到牡丹江办案，便立即放下了手头儿正在忙活的案件，带着自己处里的侦查员赶到牡丹江，来帮助这个"初出茅庐"、素未谋面的同行开展工作。李处长到牡丹江的第一件事就是想方设法让王慕义跟刘某套上近乎。

王慕义知道，李处长跟自己的想法一样，绝不能打草惊蛇。他不敢在刘某面前提及郑某，担心被对方看出破绽。在李处长的帮助下，王慕义跟刘某有了几回接触，就是在这仅有的几次交往当中，细心的王慕义得到了一个至关重要的信息：刘某确实认识郑某，而且郑某第二天就要回家给孩子过生日。

王慕义在李处长的帮助下连夜制订了抓捕计划。面对窗外繁星点点的夜空，王慕义心里有些隐隐不安。

危机四伏的押解路

王慕义的预感很快就应验了。

爱子如命的郑某，竟然没有在孩子生日当天出现，在郑某家附近蹲守了一天的王慕义和战友们只能无功而返。但他们锲而不舍地继续寻找其他战机，功夫不负有心人，到了第十天傍晚，李处长通知王慕义：郑某现身了！

王慕义和李处长带来的侦查员在牡丹江市公安局民警的配合下，根据事先的侦查，轻车熟路地摸到了郑某居住的五楼，敲开了门。王慕义向开门的人通报了身份，没费多少口舌，郑某就出门了："整啥？你首都来的就想把我带走？跟你走一趟怕啥？明着跟你说了吧，你来抓人可以，想把我带去北京，除非太阳打西边出来！"

事后，牡丹江市公安局的民警告诉王慕义，他们刚一上楼，楼下就有人打电话给郑某报信了。"你们这么上去真是太冒险了！"

王慕义淡然一笑，说："郑某那么疼自己的孩子，我料定了他不会在自己的家门口打打杀杀，所以，我们才能这么顺利地把他带回来。可是，他最后说……"

王慕义现在最大的担心就是能不能把郑某带回北京。

当天晚上，李处长就把从牡丹江市公安局那边传来的消息告诉了王慕义：市公安局认为这里是他们管辖的范围，而且传话的人专门告诉李处长，人家副支队长说了，走私珍稀动物及珍稀动物制品案是破坏社会主义市场经济罪，是经侦部门的事儿，按照《公安部刑事案件管辖分工规定》，这也算刑侦部门的事儿，你们缉私警察算是哪个部门的？

也没啥稀奇，那年头海关缉私警察这支队伍刚成立，有些人真搞不清案件的隶属关系。

不过，既然人家托人带了话，那情况就再明显不过，抓人可以，想把人带走，难！

李处长和王慕义知道，此时不能激化矛盾，他们必须使用缓兵之计。王慕义跟李处长简单一合计，就向上级汇报了自己遇到的困难。这一夜，远在北京的有关领导和待在小招待所里的王慕义都没合眼，犯罪嫌疑人抓住了，却不能让他归案，这是他们始料不及的。北京海关的分管领导连夜开会，安排夏副处长尽快赶到牡丹江，增援王慕义。夏副处长当晚便赶到北京市公安局，办齐了相关手续，天还没亮就赶到了火车站。

经过二十多个小时的行程，夏副处长来到牡丹江市，在李处长的带领下直接赶到牡丹江市公安局。当时正值全党进行"讲学习、讲政治、讲正气"的三讲教育，在向牡丹江市公安局的分管领导简要汇报了案情和面临的困难后，李处长从讲政治的角度要求该局配合押解，该局领导痛快地答应了。

郑某终于被顺利地押解到车站。这一夜，在郑某断断续续的呼噜声里，夏副处长、王慕义和那位女同事一夜未眠。

还好，他们顺利到达北京。

郑某对自己从尼日利亚走私象牙的罪行供认不讳，被依法判处有期徒刑六年。

王慕义这一仗打得漂亮，而且打上了瘾。2001 年，王慕义又成功侦破犯罪嫌疑人辛某通过贿赂某国大使馆官员走私象牙案件，查获象牙 14.6 吨。在王慕义破获的多起案件中，2009 年 1 月 17 日的走私象牙案，是他打得最漂亮的一仗。

一起无头案

"1·17"案办得极其辛苦，从案发到结案，耗时十六个月，可以想象其中的曲折和艰难。

2000 年牡丹江那起案子是王慕义经手的第一起走私案，那个时候王慕义办案更多的是凭借"一定要拿下"的信念，但 2009 年时，王慕义办案靠的则是智慧，因为在很多人眼里，这原本就是一起死案。

2009 年 1 月 17 日，由津巴布韦飞抵北京的 UM770 国际航班刚刚到港，首都机场海关旅检处的工作人员发现，以吴某名义托运的十六件行李箱中所装物品全部为象牙制品，重约 480 公斤。这时，有三名刚下飞机的中国籍旅客刚要从传送带上搬行李箱，但又很快放弃了这些箱子，急匆匆地朝海关出口处走去。旅检处的工作人员看到这种情况，急忙拦下三名旅客，把他们分别带到了不同的办公室询问情况。

这三名乘客都姓刘，刘某芳和刘某是母子关系。刘某芳若无其事地回答："这些行李是在飞机上认识的一个姓吴的南蛮子让俺帮忙带的，答应给俺们三个人每人一万元好处费，俺觉着挺合算，这样的好事干吗不整？"

刘某跟母亲刘某芳的回答如出一辙，不过他说，这批行李在登机前就已经帮吴某搬运了。

而另一位叫刘某云的反应大相径庭，她神情沮丧地告诉工作人员："你看俺这一大把年纪了，年轻时候落下了风湿病，阴天下雨就疼得迈不动步，我原想着带点儿这东西回国治病，全是俺赊来的，俺男人还押在津巴布韦那旮旯呢。"说完，她居然抹起了眼泪。

虽然三人的回答有明显漏洞，但都拒不承认与这些行李有任何关系，而行李票上的名字与三人不符，按照有关规定，工作人员只能将三人放行，暂扣十六件无人认领的行李箱。

这些线索移交到北京海关缉私局后，立即引起局领导的高度重视，成立了"1·17"专案组。此时，王慕义作为专案组的骨干，再次成为风口浪尖上的人物。有好心的同事提醒他，不要因为这起案子，砸了自己这么多年竖起的"牌子"。王慕义爽朗一笑："这算啥？办案子还能挑肥拣瘦？跑了和尚还跑得了庙？"

话虽这么说，但坏消息很快打乱了王慕义的计划。2009 年 2 月初，与案件有关的三名刘姓犯罪嫌疑人和吴某陆续从北京和珠海离境。

当时正值春节放假期间，但王慕义和其他办案人员谁都没心思过节。他们通过常住人口信息网站和出入境管理网站，很快查明了刘某芳、刘某云和刘某的身份，又利用行李单上的英文名字，结合出入境的时间和地点，锁定了犯罪嫌疑人吴某。而且，他们还查到吴某在 2008 年 8 月至 10 月期间，以及 2009 年 1 月 10 日至 17 日期间在津巴布韦逗留过。王慕义和专案组成员分析，如果吴某是主要犯罪嫌疑人，那他第一次去津巴布韦，极有可能是去考察象牙市场，而第二次则有可能是专门去采购，但这只是推断，一切都得靠证据。

"春节刚过，四个人就相继出国，是巧合吗？不可能！"王慕义开始跟自己较真儿。他很快又注意到一个被大家忽略了的细节：1 月 17 日那趟航班的登机牌记录显示，吴某与刘某同坐在 21 排，而刘某芳和刘某云则同坐在 25 排。看来吴某跟其他三人在登机前就已经认识，那刘某芳为什么要撒谎？欲盖弥彰的谎言恰恰露出了他们的马脚，这使王慕义更加认定了先前的推断：刘某芳、刘某云和刘某跟行李的主人吴某，有合伙作案的嫌疑。

王慕义不相信这四个人会在国外待一辈子。他通知相关部门，锁定四个人的入境信息，守株待兔。

各式各样的案件，让王慕义和他的同事们忙得不可开交，但不管再忙再累，王慕义都没忘记这起象牙走私案的四个犯罪嫌疑人，他恨不得每天都跟相关部门通一次电话，询问吴某等人是否回国。

有个别同事对王慕义的行为很不理解，甚至有位同事笑他得了强迫症。但王慕义却认为自己是"打私控"，只要犯罪嫌疑人一天不落网，就有可能再次走私象牙，只要走私濒危物种的犯罪一天不灭绝，就会破坏我们和谐的生活环境。有人说王慕义是杞人忧天，或许正是这种杞人忧天式的悲悯情怀，才让他对这起象牙走私案投入了更多的精力。

等待的过程是漫长的，漫长得让王慕义心焦。三个月过去了，心急如焚的王慕义终于等来了吴某和刘某芳回国的消息。5月14日，吴某和刘某芳同时从大连口岸入境，通过调查，专案组发现5月下旬，两人频繁往来于北京和沈阳之间。王慕义立即带侦查员到刘某芳的户籍地排查。

在辽宁省沈阳市法库县依牛堡乡派出所，户籍民警告诉王慕义："刘某芳等三人常年不在户籍所在地。"王慕义又跑到村里找治保主任和村民暗访，他们告诉王慕义："刘某芳一家子都是能人，早就把房子卖了，在非洲一个叫津巴布韦的国家发财呢。"

身着便装的王慕义灵机一动，从口袋里掏出一盒烟塞给村民："老乡，我们是从外地来的，经人介绍来找刘某芳，想通过她看看有没有啥发财的机会，也该着不顺，来的路上手机丢了。"王慕义是想通过村民找到刘某芳的联系方式，但他很快发现，村民们确实对刘某芳回国的信息一无所知。

不过，王慕义此行还是有了一个意想不到的收获，一个热心的村民告诉他，刘某芳的侄女那某，刚从津巴布韦回国。

王慕义马不停蹄地找到了那某，还是以生意人的身份打听刘某芳的情况。那某向王慕义证实，自己跟刘某芳一起于5月14日回国，在津巴布韦，有个姓吴的南方人经常到姑姑开的饭馆吃饭。那某还告诉王慕义，刘某芳一直独来独往，跟亲戚、朋友接触不多，也没有国内电话，回国后一般都是在沈阳住酒店。

王慕义一行又赶到沈阳，查遍了所有酒店的入住登记，没有发现刘某芳的相关信息。王慕义又查遍了沈阳市所有购买商品房的登记，依然没有刘某芳一家人的任何线索。这个刘某芳难道人间蒸发了？

"内鬼"露出了破绽

专案组对四人进行的外围工作难以取得突破，案件侦破几乎陷入僵局。怎么办？王慕义决定从源头查起。

公安部通过国际刑警组织，联系到了津巴布韦警方，很快，津方反馈：吴某、刘某芳、刘某云、刘某四人涉嫌贿赂哈拉雷机场的欧文等八名工作人员，将大量象牙制品走私出境。津巴布韦警方已据此逮捕了参与此案的机场工作人员。在我方专案组的要求下，津方为我方提供了吴某等人走私象牙的相关证据，这让王慕义终于下定了抓捕四人的决心。

2009 年 6 月，专案组锁定了吴某，他在福建莆田一带，这里是吴某的老家。

该出手了！王慕义决定立即南下莆田。

莆田，对于常年跟象牙走私案打交道的王慕义来说是再熟悉不过了。中国木雕之城、中国银饰之乡、中国古典工艺家具之都、中国珠宝玉石首饰特色产业基地等美誉，让人们很自然地联想到，这里也有一个国内象牙雕刻方面最大的民间市场。但王慕义没有忘记，莆田还是中国武术之乡，不敢说莆田人个个都是习武之人，但在乡间寻上几个有真功夫的人，也是张飞吃豆芽——小菜一碟。从来不打无准备之仗的王慕义，第一时间赶到吴某常住地的派出所。派出所民警告诉王慕义，吴某所在的村子民风朴实，美中不足的是，村民的族群意识极强，遇事儿非常抱团儿，尤其是碰到村民个人利益受损时，他们会不惜一切代价"捍卫"家族尊严。派出所的民警提醒王慕义，吴某所在的村子出现过暴力抗法的情况。

不入虎穴，焉得虎子。王慕义临时召集专案组成员，细心研究了抓捕计划，决定先通过蹲守，摸清吴某的活动规律。

6 月的莆田，天气已是非常炎热了，专案组跟吴某的家人打起了"游击战"。这是一段让专家组成员们记忆犹新的经历。水土不服让办案民警吃尽了苦头，民警小张和小林每天都要就着矿泉水，咽下一把黄连素，这是他们对付痢疾和肠胃炎唯一的办法。成片的桂圆、荔枝树为专案组提供了隐蔽的最佳场所，但果林里的花蚊子，却让办案民警们疼痛难熬。让王慕义心疼和感动的是，准备的风油精全被同事们抹到了太阳穴上，他们咬紧牙关、铆足精神，观察吴某家人的一举一动。做了亏心事的吴某家人似乎有所察觉，他们每天骑摩托车，不断变换着路线，穿梭于田间地头和附近村庄的亲戚、朋友家。漫长的一周过去了，始终不见吴某的踪影。

专案组再次分析了吴某的通话记录，一致认为：吴某就在住所一带活动。就在专案组成员恨得牙根儿痒痒的时候，派出所民警通知：吴某出现在家中。王慕义当即决定：进村！抓捕！

吴某太狡猾了！当专案组来到吴某住所的时候，只见到了他的妻子和孩子，专案组迅速对楼房布控，但吴某早就溜了。

出师不利，王慕义索性在吴某的家中对其妻子郑某进行政策攻心，但郑某死活不肯承认吴某回过家。王慕义盯着破绽追问，逼问急了，郑某口不择言地辩解，这些象牙根本不是吴某的，都是一个东北人老徐出钱买的。郑某感觉自己"祸从口出"后，就彻底地变成了闷葫芦。

老徐是谁？王慕义再次筛选了吴某的通话记录，果然发现他跟一个辽宁鞍山的徐某通话频率较高。就在这次筛选号码的过程中，王慕义又发现了一个细节：吴某1月17日抵达北京后接到的第一个电话，是一个北京号码打进来的。原本就对刘某芳等三人突然放弃行李感到蹊跷的王慕义，一下子找到了答案，这个北京号码的机主，一定是给吴某通风报信的"内鬼"。

北京移动公司很快查到了那个北京号码的机主，调查得知，此人是某公司驻首都机场的报关员。一切都水落石出，这个报关员就是"内鬼"，他利用职务之便，发现海关方面对吴某的行李做了相关标识，就通风报信，让刘某芳等人出关时玩了个"金蝉脱壳"。

为了防止再次打草惊蛇，专案组决定把这个报关员作为重点监控对象。

王慕义带领专案组回到了北京，他们做的第一件事就是控制吴某等人出境。但令王慕义无奈的是，从莆田家中逃走的吴某一下子销声匿迹了，其他相关犯罪嫌疑人也都好像从这个世界上消失了。那段时间，王慕义真正体会到了什么叫度日如年，没有一个领导和同事埋怨过他，但他对吴某的逃脱却始终耿耿于怀，他脑子里每天都在念叨一个事儿，那就是早日将吴某等人绳之以法。

2010 年春节后，蛰伏了半年多的吴某开始不安分了。莆田警方在电信部门的配合下，发现吴某多次与一个东北籍女子联系，专案组分析该女子极有可能是一直潜逃的刘某芳。王慕义协调莆田等相关警方，终于在 2010 年 3 月 25 日将两人成功抓获。

此后，刘某云、刘某相继归案。5 月 10 日，徐某也被北京甘家口派出所捉拿归案。至此，"1·17"走私象牙案的六名犯罪嫌疑人被一网打尽，这场"马拉松"式的案件终于画上了圆满的句号。公安部刘金国副部长专门作出批示：海关缉私局案子破得艰苦、漂亮！展示了很强的攻坚能力和水平！向同志们致敬！

然而，当同事们向王慕义表示祝贺时，他却一个劲儿摇头，似乎很不开心。一问才明白，原来他破获的案子越多，心里越是难受，用他自己的话说，不论是太平洋的海龟，还是北美洲的蝴蝶、冰岛的虾米，看到它们大批被杀害，心里就不得劲。他打了个比喻，说这些野生动物都是维系我们人类生存的生物链的重要环节，任何一个物种的灭绝，都会给人类的生存带来极大的威胁。当维系我们生存的物种大量灭绝时，人类还能生存下去吗？

也正是出于对保护濒危物种的这种朴素认识，王慕义对经手的所有濒危物种走私案件都是零容忍。

第二站：杭州邮局

翠绿"笔筒"的真面目

海关是我国在沿海、边境或内陆口岸设立的执行进出口监督管理的国家行政机构，很多人以为海关人员就是一支在港口码头、涉外机场等场所工作的队伍，但很少有人知道，还有一批海关人员工作在邮政局，他们负责进出境邮递物品、印刷品、音像制品及邮递快件的通关、监管以及查毒业务。

杭州市邮政局邮办处，就是承办这些业务的一个工作场所。这是一个在邮政分拣场地上搭建的不足四十平方米的玻璃房，里面设有两台 X 光机。海关驻邮政局办事处的工作人员每天到达这个场地之后，都会先去剪关锁，然后审核邮政人员递交的路单、详情单，对世界各国入境的邮件进行风险评估，评估完毕后就开始进行 X 光过机查验。

这个弹丸之地，每天都会有三万余件邮件进出。这是一个常人难以想象的苦差事，刚走进工作场地，就能感觉到飞扬的尘土，即使戴了口罩，时间久了也会感觉咽喉干痒，甚至头痛恶心。在这个冬天寒风彻骨、夏天闷热难耐的狭小空间里，海关人员日复一日、年复一年地重复着同样一件事儿，那就是站在电脑屏幕前看图像。但这单调枯燥的动作，却容不得半点儿马虎。他们必须保持高度警惕，目不转睛地盯住每一个经过的邮件。一位刚参加工作的年轻海关人员戏称："档案上肯定填错了户籍，我这辈子是生在了'上有天堂，下有苏杭'的杭州，但上辈子绝对是齐天大圣孙悟空。"玩笑归玩笑，但这群人如果不练出一双像齐天大圣孙悟空一样的火眼金睛，还真没法儿应付这份看似简单的工作。

周鑫锋就是这其中的一位"孙大圣"。2011 年 5 月 10 日上午，需要查验的进口特快邮件有两千多件，就在十一点多一点儿的时候，邮局一位工作人员跟他打招呼："小周，你昨天还发高烧，今天中午干脆早点儿休息。"周鑫锋瞅着电脑屏幕目不转睛地回答："这才查了一半，还早着呢。"周鑫锋刚说完，便感觉喉咙干燥，头晕眼花，一瞬间，他有一点点分神，心里立即对自己说：撑住！再撑一会儿！

十一点半左右，一个邮包过机，图像上显示出翠绿色的圆筒，周鑫锋揉了揉已经酸胀的双眼，仔细查看，随后过机的三个邮包，显示出的图像都是翠绿色的圆筒。多年的经验告诉他，高密度的物质才会在 X 光下呈翠绿色甚至深绿色。周鑫锋赶忙把四个邮包挑出来，这些邮包都是日本同一寄件地址，分别寄给杭州四个不同的收件人，在申报单上填写的都是笔筒。什么样的笔筒居然需要如此高密度的材料来做？周鑫锋还没来得及细想，就又发现了一宗怪事，邮包的包面详情单上标注的笔筒价值是一千日元，而邮费却高达三万多日元！这寄件人是脑子里进水了？邮资跟物品价值倒挂，这让周鑫锋断定这些翠绿色的笔筒绝对有问题。

周鑫锋开始对这四个机检图像可疑的邮包进行人工开拆查验，打开一个邮包，周鑫锋隔着口罩就闻到了一股腥臭味。取出内件，里面是一个中空的"笔筒"，横截面被细心的主人"乔装打扮"了一番，涂抹了一层颜料，"笔筒"外侧也用颜料画了几笔，还编了号码。周鑫锋和一起值班的同事找来砂纸，仔仔细细地打磨掉截面上的颜料，隐约可见象牙特有的网格状纹路。

周鑫锋把剩下的三个邮包都打开，邮包里装的都是这样的"笔筒"，他数了数，这批邮包里一共有十二个"笔筒"。周鑫锋把这些问题邮包的情况报告给上级，杭州海关当天就派专人把这些"笔筒"送到了上海野生动植物鉴定中心。

没想到，这批送检的"笔筒"还没出结果，杭州海关驻邮局办事处的工作人员们又发现了更多的"笔筒"。

5月11日，查验人员再次在同一入境渠道中查获伪报"笔筒"的四个邮包。

几天后，上海野生动植物鉴定中心的鉴定报告出来了，送检邮包里的物品均为非洲象牙。其中，从第一天的四个邮包里查获象牙十二段，重11.59公斤；从第二天的四个邮包里查获象牙十五段，重14.79公斤。

消息传到周鑫锋的耳朵里，他有些后怕，这种将邮包内物品进行迷惑性瞒报、伪报，并掩盖主要特征的走私手法，具有很强的迷惑性和隐蔽性，如果当天因为身体不适稍微打个盹儿，那会是什么结果呢？

这些"笔筒"被移交到杭州海关缉私局，缉私局决定立即抽调精兵强将，成立专案组侦查此案，案件代号"5·11"。

难觅踪迹的收件人

从海关以往查到的象牙情况来看，大多是作为个人收藏的象牙制品入境，而这一次，两天的工夫，来自日本同一寄件人的邮包居然统统出了问题。专案组认为，寄件人极有可能是通过"蚂蚁搬家"的办法，连续分散走私象牙入境。但究竟是不是这么回事儿，还得靠事实说话。

侦查人员对快件单子进行仔细比对，发现了疑点：所有快件单上的字迹相似，且寄件地址相同；5 月 10 日查获的四件快件中，有两件收件地址虽然不同，但实际指向同一地点；四件快件中有两件收件人的联系电话相同；象牙切断面上有编号，极有可能是将象牙锯开后分别邮寄，入境后方便对上。

这些疑点让专案组的侦查员们产生了一连串的疑问——

谁是真正的货主？

收件人是实际货主，还是代收人？

是否存在大规模走私的可能？

但狡猾的犯罪嫌疑人留给办案人员的线索少得可怜。调取收件人的手机话单，发现这是一张从地摊儿上买的没有机主登记信息的手机卡，无法查明机主身份，加上零星的通话记录，让专案组意识到，这个手机号码有可能是为了收取快递专门办理的。

专案组分别对第一批邮件的四个收件地址进行调查。其中两个收件人的地址是杭州某房地产开发有限公司，还有一个收件人的地址是杭州某汽车销售公司，最后一个收件人的地址是杭州某高层小区的住宅。专案组又对收件人的户籍信息进行调查，发现其中两个收件人为假名字，他们只能尽快找到另外两个收件人。

专案组分析，一般送到单位的快件，他人代领的可能性较大，难以布控。但如果把快件送到住宅地址，收件人本人签收的概率较大。专案组决定首先选择位于中河南路的某小区进行控制下投递。

在邮递车驶进小区大门的时候，邮递员打电话给收件人李某，让他携带自己的身份证到单元门前签收国际邮包。李某相当警觉，说现在没空儿。随后没多久，李某又打来电话，让把邮件暂放小区门卫，随即挂断电话。李某的反应完全在专案组的预料之中，专案组调取了李某的通话记录，发现李某在接听邮递员电话后，马上与一个"150"开头的手机号通话。

为避免刻意投递引起嫌疑人怀疑，专案组临时决定放弃控制下的交付行动，所有人员全部撤回。

收件人神龙见首不见尾，可以看出犯罪嫌疑人警惕性高、反侦查意识强，而且很有可能是单线联系。如果此时仓促行动，只抓住一两个人，很容易导致破案的被动，甚至因此前功尽弃。案件侦查一时之间陷入两难的境地。

专案组专门开了个碰头会，会上决定，对这批邮件来个内紧外松，跟犯罪嫌疑人玩一回"无间道"。为了防止犯罪嫌疑人通过网络查询邮件进程，也为了给犯罪嫌疑人造成海关查验为常规流程的假象，专案组不但在 EMS 网站上为已经查获的第二批问题邮件录入了"海关查验放行"的信息，还协调邮局方面，对第一批控制下交付时收件人未领取的邮件，在网站上录入了"未妥投，等待继续投递"的信息。专案组欲擒故纵的招数，彻底迷惑了犯罪嫌疑人。而此时，专案组把突破点放在那个"150"开头的手机号码上。

这个手机号码的机主究竟是谁？他跟这起案件到底有什么关系？

梦碎网络的研究生

侦查人员很快查到了"150"开头的手机号码的机主信息。

机主洪某，1984 年生，安徽省马鞍山市人，杭州某高校在读研究生。单从身份看，专案组很难把他跟这起象牙走私案件挂上钩。虽然之前已经掌握洪某与邮件收件人有着密切联系，但并不能说明他就是主要犯罪嫌疑人。

不论真实货主是谁，一定会寻找渠道销售象牙，专案组想到可以从销售的终端环节倒查。在互联网上输入洪某的手机号码一搜索，发现这个号码是一个网名叫"非和田不玉"的联系电话，"非和田不玉"多次在"雅昌艺术"、"盛世收藏"、"上海文玩论坛"等知名古玩收藏、交易网站上兜售象牙。

"非和田不玉"在网上发帖：本人通过正当渠道购回一批日本回流老象牙（注：《濒危野生动植物种国际贸易公约》发布前的象牙，即不受管制的象牙），货真价实，假一赔十。有需要者速与本人联系，联系电话：150××××3248，QQ号码×××。帖子上还配有象牙的图片。

至此，专案组基本确定，洪某为走私象牙的主要犯罪嫌疑人。

5月16日，杭州海关缉私局在杭州市公安局的配合下，在杭州吴山通宝城内将洪某抓获，在他的住所内查获33.5公斤还没来得及倒卖的走私象牙。

经过突审，洪某承认了自己走私象牙并倒卖牟利的犯罪事实，供出了他的走私同伙、杭州某房产公司部门经理杨某和江苏无锡的莫某。专案组当天在杨某办公室将其抓捕归案。为避免惊动莫某，专案组让洪某接听莫某电话时佯装无事，稳住莫某，同时立即派侦查人员连夜赶赴无锡，在无锡市公安局的配合下顺利抓获莫某。

主要犯罪嫌疑人到案后，专案组对犯罪嫌疑人洪某和莫某电脑中的电子数据进行整理，获取了两人合作走私进口象牙的对账单及QQ聊天记录，查明了走私进口象牙的总量，并且利用这些证据，彻底打消了洪某企图隐瞒相关犯罪事实的妄想。在大量的证据面前，洪某交代了自己犯罪的经过。

2011年2月，喜欢古玩收藏的犯罪嫌疑人洪某结识了做古玩生意的付某，两人一来二去成了臭味相投的酒肉知己。听到付某谈论做古玩生意的发财经，已经在某知名高校读研的洪某开始蠢蠢欲动了，他不再安心学业，做起了一夜暴富的白日梦。洪某决定铤而走险，他甚至把中央电视台综艺频道"心有多大，舞台就有多大"的公益广告词作为自己的座右铭。有了"梦想"的洪某跟付某一拍即合，两人决定寻找一条从境外走私象牙到国内倒卖牟利的"生财之道"。当他们得知日本雅虎拍卖网有象牙出售的信息时，就专门找到从事日本商品代购的犯罪嫌疑人莫某，由莫某通过其在日本的同伙吉鹤（日本籍），以网络竞拍及直接购买等方式采购象牙。购得象牙后，莫某与洪某通过 EMS 速递渠道，以伪报品名的方式走私。

没过多久，由于利益分歧，洪某与付某分道扬镳。为了早日实现自己的发财梦，洪某不但没有收手，反倒更加肆无忌惮。他很快找到了新的合作伙伴杨某。因为担心邮寄象牙数量多，引起海关怀疑，杨某提出分散收件人和收件地址。就这样，杨某提供了包括本人、妻子的工作单位及家庭地址在内的多个地址，用于接收象牙邮包。洪某还把远在安徽老家的高中同学尹某及其女友拉下了水。当然，在读研究生洪某不愧是高等学府的高才生，他对每一个细节都深思熟虑，因为他读过一本叫《细节决定成败》的畅销书。为了逃避追查，洪某专门编造了虚假的收件人姓名，并购买了接收象牙邮件专用的手机号码。但洪某万万没有想到的是，自己那些经过再三推敲的鬼把戏，被杭州海关的工作人员和缉私警察一眼就识破了。

本该在象牙塔里实现人生梦想的洪某，却被自己走私的象牙断送了前程，这让人有些惋惜。但更让人遗憾的是，洪某虽然有那么一丝悔意，更多的却是抱怨自己时运不济，他不是不懂法，而是专门研究了法律，想冒险走钢丝为自己淘上"第一桶金"。他甚至对侦查员说，这个险冒得值，就算被抓了，也判不了几年。

洪某的态度，让侦查员们心里很不是滋味。如果相关法律法规对走私濒危野生动植物种犯罪的惩处力度更大一些，足以让那些犯罪嫌疑人望而生畏，这位高等学府里的佼佼者，还会做这样的发财梦吗？洪某走私链条上的那些象牙买主，是不是会有所顾忌呢？

千奇百怪的淘金梦

抓捕洪某看起来很轻松，但寻到真正的象牙买主，把这个走私链条上的所有犯罪嫌疑人全部端掉，却考验了专案组的韧性。

专案组从电脑中提取的由莫某制作的购买象牙对账单显示，他们从日本走私进口的象牙有 380 公斤，当时实际从海关驻杭州邮局办事处和洪某家里查扣的象牙仅有 80 公斤，还有 300 公斤象牙下落不明。

专案组从相关快递公司调取了洪某、莫某等犯罪嫌疑人发送的所有国内邮递快件单据。几千份单据摆在桌上，像一座大山压在了侦查人员的心头。很多单据上的字迹已经模糊不清，更有一些字迹潦草得让人难以辨认，最关键的是这些邮递快件里有的是象牙，有的不是象牙，那就必须用最原始的方法把它们挑出来。没有电视剧里那些曲折离奇的故事情节，专案组开始了这份完全没有技术含量、大海捞针似的枯燥工作。

清晨的第一缕阳光洒向美丽的杭州城时，民警小朱、小赵从座位上站起来，活动了一下有点儿僵硬的脖颈，透过窗户把目光投到办公楼外不远处的小河边，随风起舞的柳树梢让小朱一阵眩晕，整整熬了一个通宵，他和同事们终于查完了所有邮递快件单据。

一条连夜从快递信息里筛查出的线索显示：二十多位买家与洪某和莫某有联系。专案组决定组织六个行动小组，分赴广东、福建、重庆、吉林、辽宁、北京、江苏等十多个省市，对所有象牙买家逐一调查，追缴走私的象牙！

抓捕张某，让行动小组费了不少脑筋。

张某是甘肃省某市城市管理行政执法局的中队长，这一特殊身份让行动小组不得不多加一份小心。身为政府工作人员而且是执法部门的小头头，张某能老实配合工作吗？会不会遭遇其他阻力？

姜警官作为赴甘肃小组的组长，趁着浓重的夜色，围着临时居住的假日连锁酒店快步行走。这是他转业到海关缉私局后养成的习惯，他喜欢在快走时分析复杂的案情。不知走了多少圈，分析了多少可能碰到的突发情况，当额头上沁出汗珠的时候，姜警官终于下了决心，就到张某的工作单位实施抓捕。

第二天一早，在当地海关缉私局同行的配合下，姜警官带领抓捕小组的三名同志，以张某朋友的身份去了张某的工作单位。张某的同事告知，张队长带队到辖区某路段执法去了。姜警官让张某的同事打电话告诉他，说朋友找他有急事，抓紧回单位。张某很快回到了单位，他对这个素不相识的"朋友"有些戒备。在张某的办公室，姜警官趁着周围没人的时候，凑到了张某身边，压低了声音告诉他："张队长，我是杭州海关缉私局的警察，来了解一下你购买象牙的情况。"话音刚落，张某脸色大变，小声说："有什么事吗？"看得出，他不想让单位同事知道自己买象牙这件事。抓住了张某"大事化小、小事化了"的心态，姜警官提出需要他到当地海关缉私局做一份笔录，张某不假思索地答应了。在张某看来，姜警官脸上的那份从容给自己吃了一粒"定心丸"。他想，抓紧时间配合人家把情况搞清楚，也免得让单位同事有所察觉。自己是这个单位的部门领导，事情搞大了对自己肯定不好。临走前，张某对单位同事说"我跟朋友有点儿事情出去一下"，就这样，他被姜警官带领的抓捕小组"请"进了海关。

张某归案后对自己的罪行十分懊悔。他告诉专案组，因为自己喜欢收藏，就经常上网查看各类收藏信息。当他看到洪某出售象牙的帖子时，在明知洪某网上销售的象牙是从日本直接走私入境的情况下，两次向洪某购买象牙共 5.7 公斤，支付人民币三万余元。另外，他还帮助洪某加工象牙 8.3 公斤，他的单位有专门用于加工象牙的机器设备。

据张某供认，最初购买象牙，是要把象牙作为礼物送给领导，让领导在提职的时候给予关照，到后来就纯粹是为了实现自己的发财梦。

佛经上有一句话，叫作"无欲则刚"。一个人如果没有什么欲望的话，他就什么都不怕，什么都不必怕了。但升官发财的欲望葬送了张某，张某被依法判处有期徒刑十年，并处没收个人财产。

跟张某及其他犯罪嫌疑人不同，洪某的高中同学尹某是安徽某市的特警，从开始参与到归案，他没有购买过一克象牙，也没有从任何人手中得到一分一厘的报酬，但他却为了哥们儿义气知法犯法。这位曾在部队当过侦察兵、在大学里学习过侦查专业的年轻特警，对自己的罪行供认不讳，对自己应得的惩罚心知肚明。最终，尹某被判处有期徒刑七年，其未婚女友周某也被判处有期徒刑六年六个月。

此后，犯罪嫌疑人徐某、高某等先后在广东中山等地归案。至此，这起全国邮递渠道最大的走私象牙案完美收官。

第三站：石湖口岸

神秘莫测的举报人

2011 年 8 月初，厦门热得出奇。火辣辣的太阳蒸烤着大地，路边的榕树抵挡不住太阳的暴晒，叶子全都蜷成了卷儿。风也是热的，裹挟着海水的潮气，让空气黏稠得令人窒息。这段时间，甲斐（化名）的情绪坏到了极点，干扰他心情的不是糟糕的天气，而是他办公桌上的电话。

甲斐也不知道为什么，每天上班时间，他都会接到很多个莫名其妙的电话。刚开始，甲斐一接电话，那边就挂了。过了三五天，甲斐接通电话后，听筒那边会沉默片刻才出现忙音。再到后来，他的手机也跟着遭了殃，每到深更半夜，手机铃声就会冷不丁地响上几次，接通电话后，对方依然是沉默不语。这让劳顿一天后的甲斐痛苦不堪，自己一个人辛苦倒也罢了，有些神经衰弱的妻子也跟着寝食难安。甲斐几次想关掉手机睡个安稳觉，但他不能也不敢这么做，作为海关缉私警察，他必须保证自己的手机二十四小时畅通。

那些天，甲斐总是拖着疲惫的身子到单位上班，看着他乌黑的眼圈和憔悴的面容，老处长跟他开玩笑："甲处长龙体欠安？让案子压的吧？小心你的身子骨！"

甲斐听罢只能尴尬一笑。常年跟走私分子打交道，甲斐多次接到过骚扰电话甚至恐吓电话，但像这次持续一周，在电话里不吭一声的情况还是头一回。谁打的电话？他是从哪儿得到我的办公电话和手机号码的？甲斐请有关部门对骚扰电话进行了排查，对方告知，这个骚扰电话是海外网络电话。

骚扰电话又持续了一周。8 月下旬，甲斐有两天没接到骚扰电话，正纳闷儿的时候，电话又响了。这次，电话那端传来了一个低沉的声音，用闽南语告诉甲斐："我举报一起走私案，详细情况回头再打电话。"甲斐心里"咯噔"一下，宁可信其有不可信其无，甲斐拨通了电信局的电话查询，发现这个声称要举报走私案的神秘人物，用的是街头公用电话，再从市公安局指挥中心调来视频一看，那个时间段经过这个公用电话亭的人多得不计其数。

下午上班时，甲斐再次接到电话："在你们厦门海关缉私局石狮分局管辖的石湖口岸，将有大批象牙夹藏在其他货物里走私入境。"还没等甲斐问话，电话就迅速挂断了。甲斐来不及多想，立即打电话请市公安局指挥中心帮忙，用街头巷尾的"电子眼"寻找这个神秘的举报人。接着，甲斐连气都顾不上喘，跑到分管副局长的办公室，汇报了接到这个举报电话前后的情况。他不等分管副局长说话，就接着说："局长，这起象牙走私案要盯紧，举报的走私关区是咱们管辖的，举报的走私方式是在货物里夹藏，举报的走私港口是石湖口岸，应该八九不离十，这是我的直觉！"分管副局长点了点头，只说了四个字："注意保密！"

甲斐随即通知了石狮分局的局长和政委，把相关情况介绍完之后，让他们安排可靠民警盯紧石湖口岸。

举报的情况究竟是否属实？甲斐拿捏不准。但他对一些事情天生敏感，说得神秘一点儿，是他的"小宇宙"里有第六感觉。他从来不怀疑自己的判断，但现在要证明自己的判断正确与否，除了查获走私的象牙，再就是抓紧找到举报人。

举报人在哪儿？调查结果显示，神秘举报人这次是在海后路上打的电话，居然跟海关缉私局驻地近在咫尺！再次调出视频资料比对，行色匆匆的人群当中，一个上身穿花格子短袖 T 恤的矮个子中年男人进入了他的视线。视频定格，画面锁定的这个中年男子长相普通，除了鼻梁上的那副遮盖了大半个脸的大墨镜之外，再无任何特点，甚至可以说，这是一个丢在人堆里就再也找不到的家伙。对照户籍信息查找这个中年人，无异于大海捞针。

这个时候甲斐特别希望举报人能再打一次电话，半夜里，他甚至会情不自禁地从枕头边拿起手机，摁下键盘翻看通话记录。甲斐预感这个人不会再打电话，但他就是控制不住自己，因为他太想从人群里找出这个举报人了。

举报人举报的真实目的是什么？甲斐找不到满意的答案，他只想出一个理由：举报人跟走私团伙过往密切，甚至本人就是团伙成员，因为利益冲突或其他原因，想借他人之手替自己……

这毕竟只是甲斐的猜想，想着举报人或许就在不远处盯着自己，他不由得攥紧了拳头。没办法，既然找不到举报人，只能静观其变，等待走私分子自投罗网了。可时间一天天过去了，他们究竟会在什么时间作案呢？

子夜下达的立案令

就在甲斐处长查找神秘举报人期间，厦门海关缉私局根据这条举报线索成立了专案组，并把专案组直接派到了石狮海关缉私分局。石狮分局在专案组的指导下，开始了细致入微的摸底排查工作。他们对之前控制的重点人员进行了秘密摸查，发现石狮人何某可能与走私象牙案有关，又通过知情人得到了一个信息，何某可能受陈某委托，将以某对外贸易有限公司进口腰果和某五矿（集团）公司进口铜矿石（铜矿砂）的名义，分两批向海关申报进口。一切都只是可能，但专案组和石狮缉私分局不敢放过一点儿蛛丝马迹。

8月26日傍晚，运输铜矿石（铜矿砂）货物的"鑫源16号"货船停靠石湖口岸，厦门海关缉私局决定按兵不动，对船舶和货物进行秘密跟踪。与此同时，厦门海关审单处对该货船的相关报关电子数据、石狮海关对船舶和舱单数据分别展开秘密调查。

8月27日，专案组根据前期获得的情报，初步锁定犯罪嫌疑人陈某和陈某林在厦门、莆田的住宅、工厂和店面地址，并予以重点控制。

8月29日，专案组派出民警对犯罪嫌疑人陈某林在上海的象牙销售点进行摸查，同时石狮分局民警认真查找负责通关环节的犯罪嫌疑人何某的行踪。

就在8月29日这一天，厦门海关缉私局得到消息，香港海关已经查获了一批走私象牙，共计794支。这个意外的信息，让整个案件的前景变得扑朔迷离。是继续按兵不动，还是马上立案？如果这批在香港查获的走私象牙与这起走私案有关，那这些犯罪嫌疑人肯定会像惊弓之鸟一样，一旦有个风吹草动就会逃之夭夭。如果马上立案，抓捕犯罪嫌疑人，那些走私的象牙可能会在短期内转移，一旦象牙被转移，海关就会失去嫌疑人的作案证据，没有证据，即使有再大的嫌疑也只能放人！也就是说，如果"鑫源 16 号"的铜矿石（铜矿砂）里根本就没有夹藏走私象牙，不但要无条件放走犯罪嫌疑人，还要承担一定的法律责任。

厦门海关缉私局的相关领导连夜赶到了石湖，专案组和石狮缉私分局的民警继续对相关犯罪嫌疑人进行跟踪。

8 月 30 日，犯罪嫌疑人何某找到泉州某报关有限公司的报关员曾某为其代理报关业务。

当天夜间，犯罪嫌疑人陈某到石狮跟何某接头，并送给何某一份资料。

与此同时，专案组派往上海、莆田的警力全部到位，收网计划的各项准备工作已经全部就绪。

厦门海关缉私局的领导赶到石湖，与其说是到一线坐镇指挥，不如说他们是必须在这个进退两难的节骨眼上作出抉择。厦门海关缉私局的领导和专案组、石狮分局的办案人员挑灯夜战，一个疑点一个疑点地分析，像剥粽子一样把裹在案情表面上的所有"障眼法"一层层地剥开来，案情越来越明朗。局领导当场拍板，要重视香港海关传来的信息给我们带来的压力，必须提前行动，把原来"人赃俱获"的部署改为"先人后货"！

8 月 31 日凌晨，石狮海关缉私分局对这起走私象牙案正式立案，并决定对相关犯罪嫌疑人立即实施抓捕！

凌晨三点整，石狮、莆田、上海三地的抓捕小组同时行动！

石狮缉私分局的王局长负责在陈某老家莆田的住所抓捕，在这个时间点实施抓捕，在他看来是最好的时机。多年的办案经历，王局长积累了丰富的抓捕经验，谁负责踹门，进门之后，谁负责控制门窗，谁负责抓人，甚至用什么动作制伏犯罪嫌疑人，他都在脑子里过了一遍。然而，让他想不到的是，当他们冲进屋子后，房间里却空无一人。陈某哪儿去了？是走漏了风声让他逃了，还是他另有藏身之地？

王局长立即把情况报告专案组，专案组分析，陈某在与何某碰面后可能没有返回，仍然在石狮，那就继续在石狮撒网。

负责抓捕何某的行动小组，也在其住所处扑了个空，何某又去了哪里？难道真的走漏了风声？

绝不能浪费一分一秒，如果犯罪嫌疑人得知了消息，再抓捕就困难重重了。专案组把寻找陈某作为突破点，在石狮所有酒店查找陈某的踪迹。凌晨四时五十五分，专案组得到消息，陈某用自己的身份证在某酒店开了一个房间。专案组马不停蹄地赶到酒店，想在天亮之前完成抓捕，结果又扑了个空！

犯罪嫌疑人陈某、何某果真的畏罪潜逃了？

专案组迅速找到酒店管理方，又协调市公安局加派警力，确保酒店的人只进不出。

专案组继续对陈某、何某的去向进行分析。当陈某一个不起眼的爱好进入视线时，大家眼前为之一亮：陈某喜欢做足疗。王局长立即带队对酒店附近的洗脚城进行排查，时间一分一秒地过去，终于传来了喜讯，陈某、何某正在石狮市某水疗会所做足浴。为避免打草惊蛇，专案组协调市公安局以治安检查为名进入会所，顺利将陈某、何某捉拿归案。

与此同时，犯罪嫌疑人陈某林在上海某象牙制品销售点被抓获，犯罪嫌疑人曾某在泉州海关报关大厅被抓获。至此，四名犯罪嫌疑人无一漏网。

口出狂言的伪大师

前面说过，抓捕犯罪嫌疑人只是办理走私案的一个环节。找到足够的犯罪证据，将走私团伙移送至检、法机关完成审判，才算是一个圆满的终结。就这次"先人后货"的抓捕行动而言，突击讯问，寻找证据，成了至关重要的一个关口。

犯罪嫌疑人被带回厦门的时候，石狮海关对石湖口岸被扣留的货柜开箱查验，当场查获走私象牙 524 根，净重 1870 多公斤。莆田行动小组在陈某的加工点查获已经加工的象牙 31 段，重 8 公斤。9 月 9 日，从香港传来消息，"腰果"一票货物的两个集装箱，拟由一艘名为"仕泰 008"的集装箱船从香港起运。

9 月 13 日中午，"仕泰 008"集装箱船抵达石狮石湖港。经开箱查验，当场查获走私象牙 702 根，净重 1840 公斤。

讯问的过程十分艰难，犯罪嫌疑人陈某对民警提出的所有问题避而不答，只是一个劲儿地强调："我只是一个搞雕刻的，合法经营收入也很高，我为什么要干违法乱纪的事情？"

最后，办案民警把在他的加工点查到大批走私象牙的证据摆在他面前的时候，他还是不肯交代，甚至口出狂言："你们敢这样对待一个遵纪守法的大师，回头我会委托我的律师告你们，非把你们的乌纱帽摘下来不可！"

这个大师究竟何许人也？陈某，福建莆田人。在莆田，他有自己的加工厂，最关键的是他是国家一流的雕刻师，颇受人尊重。因此，陈某不但敢跟专案组公开叫板，还三番五次地拿一些地方领导的名头来要挟办案民警。

好像事先商量好了一样，犯罪嫌疑人何某也矢口否认与这批走私象牙有关。

倒是犯罪嫌疑人陈某林，非常"配合"专案组。作为陈某的胞弟，陈某林的身上，从里到外透着一股生意人的精明，他不但帮专案组认真"分析"了自己的亲哥哥陈某为什么与这批走私象牙无关，还见缝插针地向办案民警推销起了自己的"合法"产品。办案民警索性看陈某林一个人演独角戏。正所谓聪明反被聪明误，陈某林越是想要掩盖事实真相，真相就越是明显地暴露出来。陈某林此地无银三百两的伎俩，被办案民警看穿，可这毕竟不是证据，专案组现在最需要的就是证据。

犯罪嫌疑人曾某是个不满三十岁、看上去很精干的小伙子，专案组本想把他作为讯问的突破口，但曾某也是一问三不知。

作为专案组里的骨干，甲斐处长可真是寝食难安了。越来越热的天气让他胸闷，毫无进展的讯问让他着急。几个回合较量下来，甲斐处长知道这次碰上了难啃的"硬骨头"。常年跟这些犯罪分子斗智斗勇，甲斐心里明白目前的处境。我国的法律规定拘留分三种：行政拘留、刑事拘留、司法拘留。行政拘留和司法拘留的期限一般是一至十五天；刑事拘留的期限一般为七天，加上报请批捕的时间可能达到十四天；案情重大复杂的，可以延长至三十天，加上报请批捕的时间，最长三十七天。如果在这有限的时间里，不能撬开犯罪嫌疑人的嘴巴，拿不到有力的证据，那这起走私案恐怕就真的变成虎头蛇尾了。甲斐决定从外围寻找相关证据，命令石狮海关缉私分局的黄政委去莆田搜集情况。

黄政委前脚刚走，有人就后脚赶来了。来人是 A 市的一位领导，他是来找厦门市政府的一位领导当说客的。这位地方政府的领导显然不清楚陈某的真实面目，信誓旦旦地为陈某求情，要为他办理保释。缉私警察也不是活在真空中，很多案子的办理还需要地方政府的支持，他们不得不去参加这场"鸿门宴"。厦门海关缉私局的领导那天喝醉了，当然不是真醉，是装醉，他借着酒劲儿朝甲斐发威："小甲，你听好了！别拿着纳税人给你的工资不办人事，限你三天之内把案子办好，还陈大师一个清白！"甲斐知道局领导是在暗中给他鼓劲儿。他什么话也没说，一仰脖子把杯中的酒干了。那杯高度酒入口有些辣还有些苦，但有股说不出的劲头一下子冲到了脑门，甲斐感觉，太阳穴的血管也跟着"突突"地跳了起来。

这股酒劲儿让甲斐想起了一个好主意，他朝局领导憨厚地一笑，甚至想扯开嗓子唱上一段流行歌曲《中国功夫》：

外练筋骨皮，内练一口气，刚柔并济不低头，心中有天地。清风剑在手，双刀就看走，行家功夫一出手，就知有没有。

甲斐心里琢磨了一招儿，他要用这招儿撕下戴在大师脸上的假面具。

在查摸这些犯罪嫌疑人家庭和社会关系的时候，甲斐注意到一个细节，曾某的儿子出生后没多久，他的父亲得了重病，曾某因此欠下一屁股债，而他的妻子不堪生活重负与其离婚。所以，原本是公司优秀员工的曾某铤而走险，最大的可能是因为家庭困难。正是这个细节，让甲斐决定打亲情牌。第二天上午，甲斐让处里的女民警以社区工作人员的身份，请曾某的母亲带孙子到社区医院参加免费体检，甲斐则将曾某带到了附近的咖啡厅。坐在咖啡厅里的曾某看到马路对面白发苍苍的母亲吃力地抱着孙子，泪水扑簌簌流了出来。

曾某要了一支烟，只抽了一口就招了。他在咖啡厅里把陈某如何请他帮忙将走私象牙通关、许诺多少报酬等细节全都供了出来。

短信暴露出的真货主

石狮海关缉私分局的黄政委玩了一把"潜伏"，他以工艺品店老板的身份，出现在莆田皇石工艺品一条街。

陈某还真对得起一流的雕刻师的头衔，在这条街上，只要一提他的雕刻，就会有人竖起大拇指。黄政委"慕名"找到了陈某的加工点，那些工人很热情地接待了这位"山西商人"。黄政委跟工人绕了很大的圈子，取得了他们的信任后，才提出了自己的要求："我这次来莆田，是听说这里有象牙雕刻，象牙在我们那儿市场好，好多人，尤其是有钱人都喜欢。"其中一个年纪较大的工人犹豫了一下，才把黄政委拉到了办公室："不瞒你说，我们这里有象牙雕刻，但这段时间货源紧张。"黄政委若无其事地反问："这算啥事？货源紧张？怕我付不起钱？"对方答："老板，你想多了，前段时间风声紧，查了一批象牙。"黄政委紧跟着问："造假被查了吧？"对方分辩："哪儿是造假啊，都是货真价实的真象牙。"黄政委递给对方一支烟，笑了笑说："别蒙我了，到哪儿找那么多真象牙？国家每年就开那么一点点口子，真象牙可都是极品啊。假象牙也不要紧，只要你实实在在告诉我，我卖的时候心里有数就行。"对方听了这话，把烟卷掐灭，生气了："告诉你，我这儿的象牙都是真的，我师傅出去接象牙去了，你就把心放到肚子里吧。"

"你师傅？"

"对啊，就是国家一流的雕刻师陈老板啊，我们这些工人都是他的学生，他的能量大着呢！实话告诉你吧，我们的象牙全是从非洲莫桑比克进来的……"

真相终于被陈大师的爱徒泄露出来，陈某取保候审的美梦彻底破灭了，而且不得不承认自己是两批走私象牙的买主。

让陈某老老实实认罪，案件有了阶段性的进展。接下来，专案组又接连查获了两批走私象牙。

专案组在跟陈某较量的时候，还在关注着其他疑点。通过对案情全面分析，专案组认为犯罪嫌疑人是在非洲组织象牙货源，然后采用多批次、分时段的方式，陆续夹藏到各类货物中走私入境。如今，陈某的爱徒交代的线索更印证了这一点。据此，专案组对船务代理公司和进出口代理公司的有关领导进行约谈，要求对富达公司、泉州五矿、罗江公司从非洲到香港至石湖航线的货柜进行全面筛选，掌握到还有两批次的货物有疑点。

专案组决定对这两批货物进行跟踪。10 月 6 日，专案组成功查获夹藏在"蓝湿牛皮"中的象牙 160 根，粗加工象牙制品 26 包，两者重约 1693 公斤。

10 月 28 日，专案组又成功查获夹藏在"工厂使用有色金属混合材料"中的走私象牙 737 根，净重 2191 公斤。

对这两批走私象牙，陈某、何某一问三不知，成了摇头的"拨浪鼓"。但因为这两批象牙与先前查获的几批走私象牙发货人相同，专案组断定，这两批走私象牙肯定与他们脱不了干系。

发货人赵某显然低估了中国海关缉私警察的能力，她根本没想到所有走私象牙已经被查扣，没过多久，在她大摇大摆地从珠海的拱北口岸入境时，一头扎进了专案组早就为她布下的口袋里。

犯罪嫌疑人赵某跟先前归案的陈某、何某一样，嘴巴闭得紧紧的，除了承认自己受人委托，在非洲组织货源发货外，对其他情况一概守口如瓶，问得多了，她就使出女人的看家本领，哭哭啼啼没完没了。

尽管讯问陷入了僵局，但犯罪嫌疑人陈某、何某、赵某等参与走私象牙的情况已经确定无疑，那究竟谁是真正的货主？专案组开始了艰难细致的调查取证工作。

专案组做的第一件事，就是寻找 8 月 30 日陈某与何某接头时的那份资料。这一次，何某倒是异常积极主动，他认真地告诉专案组侦查员，那份资料就在自己家客厅电视柜的抽屉里，而且生怕让办案民警累着似的，反复叮嘱那份材料在电视柜的中间抽屉里。何某如此主动，难道他的家中有不可告人的秘密？何某有些反常的行为，一度分散了办案民警的精力，但最终的结果让办案民警大跌眼镜。陈某给何某的材料是一份出国旅游的介绍，而在何某家里没有发现任何有价值的线索。

坚决不能被犯罪嫌疑人牵着鼻子走，专案组决定重新梳理所有证据材料。

专案组提取了何某的电子邮件，邮件中虽然有与走私象牙相关的信息，但言辞模糊。这是因为陈某对电脑网络一窍不通，何某每次都是把电子邮件发给陈某手下的工人，再通过工人转给陈某。这些含糊其辞的邮件，再多也无法证明这批走私象牙跟陈某有直接联系。

功夫不负有心人，专案组终于在与陈某等人有关的烦琐杂乱的疑点中抽出了一条线索。

线索是一条短信。短信是办案民警在陈某的一部不常用，甚至不怎么开机的手机上发现的。短信是赵某发给陈某的：陈哥，你委托我购买的象牙已经准备齐全，前两批已经发到了香港，请抓紧把余款结清，后两批下个月会准时发货。祝陈哥财源广进，生意兴隆！

当然，跟这条短信相关的还有几条，都是赵某在陈某手机打不通的情况下，催促陈某付款的短信。

办案民警豁然开朗，赵某一定是没想到陈某已经被抓，在久等不见货款的情况下回国讨债的。有了这条短信，办案的过程就顺畅了，专案组又调取陈某付款给赵某的银行账户记录，证据越来越充分，犯罪嫌疑人陈某的心理防线也越来越脆弱。11 月初，陈某终于放下了"大师"的架子，像挤牙膏一样，一点点供述了自己组织走私象牙的所有犯罪事实。催款短信像一面照妖镜，逼得陈某现出了原形。

2012年8月21日，泉州市中级人民法院濒危物种庭对这起走私象牙案作出一审判决，相关犯罪嫌疑人被绳之以法，重达7.68吨的走私象牙被依法扣押。

得知审判结果后，甲斐处长从办公椅上站起来，步履沉重地走到窗前，他的目光越过了鹭江，定格在美丽的鼓浪屿上。

他又想起了一年前那个神秘的举报人。

第四站：南海港口

销声匿迹的嫌疑人

2012年2月12日，佛山海关驻南海办事处九江监管科在一批进口废黄杂铜中查获走私象牙112段，总重量428公斤。南海海关缉私分局在做好现场勘查、货物扣留、送检鉴定等工作的同时，于当日对该案立案侦查。

经查，这批进口废黄杂铜，系福建籍犯罪嫌疑人黄某在2月初以一般贸易方式，通过佛山市某进出口贸易有限公司，向佛山海关驻南海办事处申报的。该贸易公司在得知货中夹藏走私象牙后，积极配合南海海关缉私分局，第一时间提供了黄某的相关线索。案发当日，南海海关缉私分局在南海里水三优货场将黄某抓获，经对其办公场所及人身进行搜查，在其随身携带的钱包中，发现一张写有两个电话号码的纸条。经讯问，黄某交代，这批货物是台湾商人林某委托代理的，林某要求货物通关后，电话联系台湾地区的收货人接货，而纸条上的139×××××58正是林某的手机号码，另一个号码则是台湾地区收货人在台湾的电话号码。

办案人员立即调取台湾地区商人林某的相关资料，并马不停蹄地赶往其经营的佛山市南海区大沥圆山不锈钢有限公司。但以往车水马龙的公司，此时不仅人去楼空，而且连办公电脑的主机、日常文件都全部被清空。办案人员很恼火，他们没想到林某行动如此神速，看来这个林某还不是个善茬儿，刚刚案发就玩起了"金蝉脱壳"！恼火归恼火，办案人员还是迅速投入工作，开始在公司里仔细搜查。在一堆满是尘土的废纸中，办案人员发现了揉成纸团的公司通讯录，通讯录的第二行就是 00886 - 93 × × × × × ×9 的电话号码，跟黄某纸条上的台湾电话号码相同，但通讯录上没有电话号码主人的真实姓名，只标着"二嫂"。

办案人员带着这份通讯录撤回。面对这唯一的收获，个别年轻民警垂头丧气，但带队领导却很知足。事实证明，这个被林某公司工作人员遗弃的通讯录，成为日后破案的重要线索。

值得一提的细节是，在办案人员去公司搜查时，虽然办公楼内寂静无人，但看大门的两名保安人员却"恪尽职守"，他们态度粗暴地阻拦搜查，甚至在民警搜查的过程中恶语相向，试图干扰正常执法。

常人面对身着警服的执法人员一般都是礼让三分，但这些出门打工的保安为什么如此"强势"？只能说明一个问题，林某对这一切有着充分的心理准备，此时他或许正躲在某个不知道的角落里，脸上带着冷笑观望着这群风尘仆仆的办案人员。

办案人员分析了林某可能藏身的所有地方，以最快的速度赶了过去，但全都是无功而返！办案人员又对犯罪嫌疑人的手机通话记录进行分析，但嫌疑人的手机处于关机状态，林某一下子从人们的视线里消失了。

所有迹象表明，林某拥有一定的反侦查能力。办案人员决定逼蛇出洞，他们冻结了林某四个实体公司的所有账户，又找来了公司的会计许某，调查林某公司的所有资金往来。

会计许某是个时尚的女孩儿，办案人员决定从这个女孩儿身上找到突破口。

没有哪个女性不爱美，更何况像许某这样拥有美貌和年轻资本的女孩儿。负责讯问的史大姐没有急于求成，她跟许某拉起了家常，没几句就拉近了彼此间的距离。当然拉的不是别的，全是女人之间美容化妆、穿衣打扮的私房话，在场外等候的其他民警有些急了，这个史大姐聊这些七零八碎的话题干什么？难道真要交流点儿做女人的心得？但大家很快发现，史大姐很会控制节奏，她冷不丁地对许某说："妹子，别看我是警察，跟你还真是有共同语言，在很多方面还得向你多请教。对了，咱得说点儿正事，前段时间接到群众的举报，说你们公司付款不及时，涉嫌欺诈，所以才扣了你们的货，封了你们的账。你是公司的会计，我们这次叫你来，只是想通过你了解一下公司的经营情况，没什么大事，请你多多配合。"

听到这里，等候结果的民警们才恍然大悟。史大姐的确是做足了功课，她在见许某之前，就已经梳理了林某公司的经营情况，她现在要做的是让许某传话，迷惑对方，让林某放松警惕。

虽然办案人员抓不到林某本人，但还是通过电话掌握了他的"行踪"，林某的电话开机了，他的业务开始"忙碌"起来。

调查显示，林某在福建厦门，但在办案人员对厦门机场、车站布控时，林某又到了广州。办案人员跟到广州，林某又去了广西钦州。还没等办案人员在钦州撒网，林某又回到了广州，此后又去了辽宁沈阳。这个林某，难道是《封神演义》里的土行孙？难道他会遁地术，能日行千里？

既然林某没有在机场、车站出现，那他最大的可能是乘坐私家车，但办案人员通过侦查发现，林某的驾驶员马某一直在广州。这是怎么搞的？办案人员有些懵了。

提供伪证的女会计

史大姐讯问许某时，刻意回避了自己的真实身份，现在办案人员对林某的驾驶员马某也同样隐瞒了身份。

面对"经侦警察"，马某竹筒倒豆子一样交代了林某的真正"行踪"：林某让马某开车把他从福建厦门接到了广州，带了一些换洗衣物后，又紧接着乘坐大巴车去了广西钦州。林某去广西之前，专门安排马某把手机充满电，开着机寄到广西，随后林某又把手机寄回广州，让马某再把手机充满电开机寄到沈阳。

　　这个林某果然不一般！他在人为地制造人机分离，混淆办案人员的视线。好狡猾的狐狸！

　　办案人员将计就计，把驾驶员马某放了回去，不过这次办案人员透露了那批货中夹藏了走私象牙，而且放出口风，只要林某能证明走私象牙与自己无关，就可以安心做自己的生意。

　　办案人员把鱼饵下了，鱼钩也甩了出去，但他们不能跟姜太公一样干等着鱼儿上钩。其实，在这期间，南海海关缉私分局的民警们做了大量的调查取证工作。

　　他们调查了这批货物的流通过程，发现该批货物是在 2011 年 3 月由台湾发至香港某货场，并由货场货主阿达完成了这批货物在香港的出口清关手续，而后由货场文员李某根据相关资料，委托佛山市某经贸有限公司文员杜某在南海九江码头制作虚假成交资料，以佛山市某进出口有限公司的名义，利用佛山市南海区某金属有限公司的固体废物许可证额度，将货物走私入境。

　　如此复杂的流程超乎了办案民警的想象，但这正是林某的阴谋，这么多环节，这么多头绪，林某是在千方百计遮掩自己的犯罪事实。

　　办案人员对已经掌握的情况进行梳理分析，认为能够提供相关线索的，除了香港某货场货主阿达，就只有黄某了。

　　办案人员再次提审黄某。这一次，黄某交代，跟林某商定进口这批货物后，是从会计许某那里取得了该柜货物的货物编号、重量、香港联系人姓名及电话等资料的。看来，先前放走的许某，或许是知情者。

　　这次负责讯问许某的不是史大姐，而且这次讯问十分困难，许某表示对走私象牙根本不知情。面对表情严肃的民警，许某的脸上始终挂着一丝微笑，那是跟她的年龄不相符的淡定。随后，史大姐再次出现了，她跟许某家长里短聊了很长时间，没有涉及跟案子有关的任何内容，末了，她告诉许某："妹子，为了人家发财，你当什么巾帼英雄？我知道拿人薪水替人打工也该给老板顶点儿事儿，但如果真因为这么个事儿进去了，可惜了这么好的年纪，这么俊的模样，大姐都替你着急呢。"

史大姐的话让许某沉思良久，她有些委屈地告诉史大姐："我真不知道走私象牙的事儿……"

"妹子，你想明白了，如果你知情不报，那就脱不了干系了。"

"我确实不知道那是一批走私象牙，大姐，你相信我。"

"我相信你，但你再想想，你们老板有没有让你跟香港某货场联系过？"

"有，但都是让我通过电子邮件跟他们联系的……"

史大姐在得到了许某的邮箱和 QQ 密码之后，再次请求上级把许某放了回去。

办案人员在许某的邮箱里，提取了林某的儿媳陈某发送的香港某货场涉案货柜催款单若干张，并发现在 2012 年 3 月 1 日，也就是许某第一次被放回去后的次日凌晨，林某的女儿林某莉给她发邮件，要求许某如果再次被办案人员询问，必须作伪证，并许诺赠送房产一套等诱人条件。

在利益面前，许某这个年轻的女会计作了伪证，但百密一疏，她忘了邮箱里还有这么一封邮件。此时，办案人员产生了分歧，一种意见是抓紧让许某归案，防止她想起邮件畏罪潜逃；另一种意见则是先稳住阵脚，伺机行动。后一种意见占了优势，办案人员在秘密控制许某的同时，静观事态变化。

果然不出所料，当天下午，许某的 QQ 就上线了，上线没多会儿，就有一个好友头像闪动起来，对方问："是按照事先约定办理的吗？"许某答："是的。"对方说："速到公司面谈。"之后，许某的 QQ 立即下了线。

公司不是早就人去楼空了吗？原来，林某狡兔三窟，他把公司办公地点迁到了某小区。

办案人员跟踪许某来到小区，一直等到了天黑，又跟随许某踩着月光回到了自己租住的住所，才出现在她的面前。许某看到办案人员，先是吃了一惊，随即恢复了镇定。在警车上，她一个劲儿地问："今天白天所有情况我都说清楚了，干吗还要抓我？"办案人员默不作声，许某越发着急。

许某这次被办案人员晾在了一边，两个多小时过去了，时针指向了深夜十一点，许某要求见史大姐。

半夜，史大姐的手机响了，把她三岁的孩子都惊醒了。她叫起已经睡下的父母，把哭闹的孩子撂下，就直奔局里。

这一次，史大姐没有客气，她直接把邮箱里的邮件和 QQ 聊天记录摆在许某面前，许某看了一眼就花容失色，继而痛哭流涕。史大姐抽了一张面巾纸递过去，许某才止住哭声，抽泣着向史大姐供述了其接受林某的安排，于 2011 年年初联系香港某货场将货物自台湾运输到香港，并转柜存放至 2012 年 2 月的事实。

史大姐再次苦口婆心地向许某讲了相关政策。许某供出林某的儿媳就在自己白天去的小区里，那里是公司租用的临时办公地点。

清晨五点，史大姐回到了家中，她顾不上换拖鞋就跑到父母的房间，看见熟睡的儿子脸上满是泪痕，她轻轻地亲吻了儿子的脸，然后到厨房为儿子和父母做早餐。她知道今天不能休息，因为今天对整个案子来说，或许就是最关键的一天。

部队大院的写字间

3 月 16 日早上六点，史大姐就跟其他办案人员一起到了许某所说的小区，她看着早起晨练的人们，想起跟自己一样做警察的丈夫，心里有种说不出的滋味。

这个念头只在史大姐的脑子里一闪而过，因为她发现犯罪嫌疑人林某实在是个狡猾的狐狸。这个小区是部队的家属区，选择这样的地点办公，隐秘而安全，林某真是煞费苦心。

上午八时十分，林某的儿媳陈某出现了，办案人员跟着上了楼。虽然办案人员都穿着便装，但陈某只看了一眼，就知道自己今天插翅难逃了。她在民警面前懊悔不已，说自己不该再来公司，因为家里的其他人全走了。办案人员以为陈某在耍滑头，但在这里等了一整天，确实没再见到其他人出现。

在这个部队大院蹲守期间，办案人员从陈某的邮箱里提取了香港某货场关于涉案货柜自 2011 年 3 月 31 日至 2012 年 2 月的全部催款邮件。货柜在香港存放了十一个月，高额的租金更加证实林某对走私象牙早有预谋。但为什么要拖这么长时间，选择在 2 月 12 日才出手？陈某交代，林某认为这个时间中国传统的春节和元宵节刚过，而西方的情人节马上就到，海关方面或许会放松警惕，检查的时候可能会比平常松懈许多。听了这话，办案民警笑了，陈某也笑了，只不过陈某的笑是苦笑。

当然，陈某也不是那么配合这些不请自来的缉私警察的，直到这天的傍晚，她才向办案人员供述：林某的儿子、自己的未婚夫去了香港；林某的女儿林某莉去了马来西亚；林某的妻子赖某回了台湾。

办案人员清楚，陈某是在拖延时间，给这些台湾地区的亲属留出充足的时间，让他们纷纷逃到境外。目前最关键的是找到林某。林某在哪儿？陈某回答不知道。史大姐暗示陈某，如果不把林某的藏身之处交代出来，那这个案子的所有罪过都会记到她一个人的头上。陈某显然经历了激烈的思想斗争，她跟办案的男民警要了一支烟，用颤抖的手送到了唇边，直到烟头烧到了手，她才在烟灰缸里掐灭了烟头。又是许久的沉默之后，陈某用牙齿咬了咬自己的下嘴唇，向办案人员摇了摇头。

心细如发的史大姐发现，陈某总是低头看自己的香奈儿手包。李大姐把她的手包打开，除了化妆品等一些女人随身携带的零碎儿外，就只有一个手机。史大姐打开手机界面，发现陈某的微信显示登录状态，打开一看，有一个名叫"二哥"的人接连发来很多语聊信息：阿忆，你在哪里？阿忆，你在哪里？为什么不回话？阿忆，你在哪里？快回话……

史大姐再看陈某，陈某的脸憋得通红，接着又变得煞白。不用说，这个发来信息的人就是林某。是否回复？史大姐的脑子转了起来，必须回复。该怎么回复？史大姐有些拿不定主意了，她把其他民警叫到一边小声商量。说"没事，一切安好"，这样能麻痹林某，以便继续侦查，但做了这么多工作，林某始终没有露面，再侦查下去，又有多大的意义？如果让陈某告诉他自己已经被抓，那林某会不会躲得更远、藏得更深？冻结了他所有的账号，生意上的巨大损失都没能把他逼出来，难道一个未过门的儿媳妇就能逼他就范？

陈某恐慌地盯着围在一起的民警，她似乎看出了民警们是在议论她，但她搞不清他们在议论什么。就在陈某满心忐忑的时候，史大姐让陈某主动告诉林某自己被抓，因为史大姐看出了陈某不同寻常的紧张，更关键的是，她能听得出林某在微信里焦急的声音。史大姐请示上级得到批准后，让陈某告知"二哥"自己的情况，但陈某拒绝了。

"为什么？"史大姐厉声喝问。

陈某支支吾吾地回答："这个'二哥'是我老公的朋友。"

"你老公的朋友？"

"嗯，他叫安某。"

"安某又是谁？他在哪儿？他跟林某还有你们家族究竟是什么关系？"

面对办案人员一连串的追问，陈某的汗珠滴了下来。看样子这个安某一定不是等闲之辈，他肯定是这起象牙走私案的知情者，甚至是参与者。

寻找安某！

相关部门很快传来了资料：安某，台湾人，曾做过多年刑警，后因参与一起绑架勒索案被台湾警方通缉。

再查，发现安某与林某是发小，被通缉后逃窜至大陆投奔林某。难怪林某的反侦查能力这么强。得到这些信息，办案人员更是摩拳擦掌，对手越是强大，越能激发这群缉私警察的斗志。

办案人员调出安某的资料，火速赶到他的住处，但安某早已从林某处得到消息，仓皇逃窜了。这个时候，有些民警埋怨不该把陈某被抓的消息告诉"二哥"，但史大姐却坚信，发给"二哥"的这条微信一定会让林某现身！

安某在哪儿？林某这只狡猾的狐狸又藏在哪里？

主动投案的林老总

林某投案自首了！

主动投案的林某对自己走私象牙的犯罪事实供认不讳，南海海关缉私分局以涉嫌走私珍稀动物制品罪，将林某刑事拘留，送南海看守所羁押。

办案人员还没来得及喘口气，新情况就接二连三地冒了出来。

先是林某远在台湾的父亲委托当地民间组织来到大陆，又通过南海台湾协会、台商协会等组织，请求有关方面网开一面，能够放人。

然而，任何人都不能凌驾于共和国的法律之上。

遭到拒绝的林某父亲，又委托自己的朋友带着红包找到了缉私局，想"破财消灾"，花钱买一份"平安"。

再次遭到拒绝后，林某公司的法律顾问——一位当地小有名气的律师出现在了看守所。律师走后，林某推翻了此前的有罪供述，声称货物属于台湾人赖福相所有，自己对中间夹藏象牙并不知情。

这个棘手的情况让办案人员挠头了。办案人员只能将林某和其儿媳陈某异地羁押，防止两人串供，同时，不得不再次梳理案情，寻找新的证据。

厚厚的案卷记录了林某出尔反尔的狡辩——

是你联系的香港某货场吗？

是我，我是替朋友办事，动动嘴就有报酬，有钱不赚说不过去。

为什么指使许某作伪证？

我在大陆一直是合法经营，知道查出了走私象牙，我当然害怕牵扯到自己，我是个讲诚信的商人，我也不想让朋友笑我不讲义气啦。

你儿媳陈某邮箱里那些催款单怎么解释？

做生意用货场得交租金，这是天经地义的嘛。

做生意不是很讲究成本吗？那么高昂的租金都出，难道这不是做生意的大忌？

租金再高也不是花我的钱，这些钱全都是赖福相支付，我担心什么？

赖福相在哪儿？你们是怎么联系的？

他在台湾，我不认识他，是朋友介绍认识的，他的名片在我公司里有。

办案人员不敢相信自己的耳朵，林某的公司上下他们早已仔细搜查过，连个碎纸片都不会放过，怎么可能有赖福相的名片？但真的是见鬼了，等办案人员再次来到林某的公司时，好多办公桌上都有一张名片，上面印着"台湾高雄市四海贸易公司董事长赖福相，联系电话：00886-93××××××9"。当然不会有鬼，如果有，也是有人在装神弄鬼！

办案人员调取小区安保视频录像，装神弄鬼的居然是藏匿在人海中的安某。办案人员又紧急协调市公安局指挥中心，调取相关街道的视频，发现安某是打出租车离开的。令民警们遗憾的是，安某所乘坐的出租车号码模糊，无法继续追踪。

侦破工作又扎进了死胡同，办案人员中不少人叹起了气。但有一个人却深深地舒了一口气，他就是参与办案的张峰科长。张科长冲着手里崭新的名片嘿嘿一笑，他发现了一个至关重要的问题，这个号码正是林某公司通讯录中排名第二的"二嫂"的电话。

提审林某！

张峰科长冷不丁地问："二哥，二嫂可好？"

林某刚要答应，又低下头装作没事的样子，跷起了二郎腿。

"林老板，你在家排行老二，你就是二哥，你妻子赖某就是二嫂。"

"我，嗯，没错，我就是二哥，二嫂是我妻子。"林某结巴了半天终于勉强回答。

"那你告诉我，你妻子的电话怎么会跟赖福相的电话相同？"

"我妻子这个号码早就不用了，后来送给了赖福相，现在是赖福相在用。"林某的心理素质的确不错，只是几秒钟的工夫，他就调整了状态，再度编起了谎言。

"这说明你认识赖福相。"

"认识，不，不认识，是通过朋友介绍认识的。"

林某的慌不择言，让自己的供词露出了破绽。张峰盯住破绽穷追猛打，林某开始焦躁起来，但他还是抱着一丝侥幸：只要抓不到安某，自己咬定不认识赖福相这个"事实"就会万事大吉。

林某的心思逃不过张峰科长的眼睛，他下了狠心，无论如何也要把安某抓到。可是，这个做过台湾刑警的安某藏在哪里？张峰一时半会儿也找不到答案，但他相信安某一定还会出现。

张峰安排民警身着便装到林某的公司蹲守。安某终于露面了，他是要到林某的公司看一下大陆的缉私警察有没有来找那张名片，以此判断先前与林某订下的攻守同盟有没有被瓦解。

安某被带到南海缉私分局的时候，他明白了，自己这次是栽到了大陆海关缉私警察的手里。

安某输得心服口服，面对头顶警徽的张峰科长，他老实交代了自己伙同林某走私象牙的犯罪事实。林某自然不会想到这个跟自己一起光着屁股长大的发小，竟然来了个坦白从宽。

在证据面前，林某只能乖乖地伏法，当他在讯问室外看到安某时，眼神里有怨尤、有愤怒，但更多的还是问号。林某忘了一点，安某跟自己一样有欲望，自己因为金钱的欲望铤而走险，安某这个有前科的刑警因为自由的欲望，恳请大陆警方不要把他遣送回台湾。

案子终于破了，这天傍晚，史大姐给张峰科长发了一条短信：今晚回家吧，再不回家，孩子该不认识你了。

这个张峰，就是史大姐心里时常挂念的那个当警察的丈夫。

第五站：中山海域

扬长而去的闯关者

黄埔海关缉私局杨海平处长受邀为美国 DEA（肃毒署）授课期间，DEA 官员在非正式场合对我国海关工作人员说："'10·9'专案后，南亚某国贩毒组织头目提起黄埔海关就一个劲儿地摇脑袋说：'No，黄埔！'因为在他们眼里，黄埔是全世界最危险的地方！"

说这话的时候，DEA 官员竖着大拇指，眼里满是敬佩和疑惑。敬佩是因为黄埔海关缉私局一次性查获了 1036 公斤高纯度海洛因。1036 公斤高纯度海洛因是什么概念？如果按我国现行法律标准，这批毒品可以将贩毒的犯罪嫌疑人枪毙三千四百五十三次！说他们疑惑，是因为他们觉得黄埔海关缉私局的办案能力有些令人难以置信，在他们眼里，黄埔海关缉私局几乎可以跟美国屡破大案、神探辈出的联邦调查局媲美！

黄埔海关缉私局到底有什么独到之处？用该局杨海平处长的话说，他们是借鉴了解放军合成作战的模式。是啊，任何案件的侦破，都不能靠海关缉私部门单打独斗，它需要协调、依靠地方公安部门、安全部门、武警等多部门多警种联合作战，更需要海关缉私局将侦查过程前伸后移，形成完整的证据体系。简单地说，"后移"就是在把犯罪嫌疑人缉拿归案后，一直盯到案件审判终结，进而总结经验和教训；"前伸"就是在情报处得到情报时，侦查处即行介入，并与之一起研究情报。杨处长说，我们经常会争个面红耳赤，甚至拍桌子"骂娘"，当然不会真的骂娘，而是用这样的方式去解读情报、分析案情，为的是得到是否可以立案的科学依据。

是否抓捕犯罪嫌疑人何某国，就经历过这样的"争吵"，可每一次争吵的结果，都是时机不成熟放弃立案，以至于何某国在民警们的眼皮子底下逍遥法外。

2012 年 10 月 12 日晚上九点半，在听完黄埔海关副关长兼黄埔海关缉私局局长王钟文简短有力的动员之后，杨海平处长情不自禁地代表专案组全体民警表态："这回不管有多大的困难，一定要把何某国逮住，我们都盯他好几年了！"

何某国，外号"何老大"，人长得并不高大，样子倒是有点儿像网络上流行的一个词——"屌丝男"，不过，他只是矮、矬，却并不穷，而且很富有，他靠帮走私分子"闯关"获取了巨额不法收入。这一次，何某国又打起了如意算盘，他计划用高速快艇，帮走私分子把象牙从香港偷运至广东中山一个非设关的码头。

跟很多传奇小说一样，那是一个月黑风高夜，海浪冲涌出一个个漩涡，夹杂着骇人的吼声，喷溅出灰白色的泡沫，摔到了岸边的礁石上。稍微有点儿常识的人都知道，纵使他"何老大"真的艺高人胆大，也绝对不敢在这样的鬼地方"闯关"，但办案民警经过实地勘查，认定这个礁石林立的海域，正是他"闯关"上岸的地方。这里要提一下民警肖信龙。小肖是沈阳中国刑警学院毕业的高才生，打小在烟台海边长大，凭着对大海特有的敏感，白天来这里的时候，他动了些脑筋。这片礁石异常陡峭，海风把浊浪掀起，再狠狠地砸到礁石上，船只根本无法靠岸。小肖一边观察地形一边思考，虽然这里有路直通国家一级公路，但把"闯关"地点选择在这样的地方，除非"何老大"真像孙猴子一样有通天的本领。难道情报处提供的线索有误？小肖百思不得其解，焦急当中，他狠狠地踹了一下脚下的礁石，"扑通"一声，一块岩石滚进水中，眨眼的工夫，就涌起了水泡。盯着瞬间消失的水泡，细心的小肖摸着门道：涨潮时，此处海水依傍礁石，谁也不会把这里当作船只停泊的港湾，但退潮时，这里却是一个天然的海港，而且有天然礁石作屏障，隐蔽性强，狡猾的"何老大"选择此地作为"闯关"地点，可真是煞费心机呀！

现在，专案组的民警们潜伏在礁石之间。凌晨一点，潮水退去，凌晨一点半，终于等到了"何老大"的快艇！办案民警个个摩拳擦掌，准备打个痛快仗，谁知负责现场指挥的陶建华副局长却迟迟不下命令，民警们眼睁睁地看着"何老大"吆五喝六地指挥喽啰们卸货装车……

看着"何老大"扬长而去的背影，办案民警心中都很焦急，但没有命令，谁也不能贸然动手！陶建华副局长为什么要放走"瓮中之鳖"？因为他想捉住后边的大鱼。陶建华副局长胸有成竹，反正都是一根绳上的蚂蚱，还能跑得了他？

载货的车子加足了马力，一路疾驰而去。凌晨三点多，车子开上了东莞市厚街镇下卞村大岭山某无名山峰。上还是不上？山上的情况我们一无所知，为了将犯罪嫌疑人一网打尽，也为了办案民警的自身安全，专案组及时调整了行动计划，先按兵不动。

专案组调出了大岭山这座无名山峰的卫星地图：面积约74平方公里，最高点海拔530米，山中有一间小平房，这应该就是走私象牙的藏匿地点。但这只是专案组的猜测，卫星地图无法显示小平房里的情况，必须进山探个究竟！陶建华副局长有些为难了，专案组的成员个个人高马大，再怎么乔装打扮也会被犯罪嫌疑人一眼认出来。无奈，专案组连夜派人赶到下卞村，请村委会帮忙派村民进山。为了确保村民的安全，专案组要求村民无论如何不能靠近小平房。天刚蒙蒙亮，村民就上山了，专案组所有民警都为这位年近六十的村民捏了把汗。一个多小时的焦急等待，村民安然无恙地返回了，他肯定地告诉专案组，那个废弃许久的小平房里有不小的动静，房子里有狗叫个不停。

这个信息对专案组太重要了！

逃出深山的主谋人

村民带回来的信息有两个，一是山林里闲置的平房有可能是象牙藏匿点，二是犯罪嫌疑人养狗自防。专案组决定继续蹲守，等候最佳的抓捕时机。专案组的决策是经过了深思熟虑和全盘考虑的，要想把犯罪嫌疑人一网打尽，不是把这群坏蛋抓起来就万事大吉，关键的是要取得完整的证据链，否则抓捕行动就没有任何意义。"闯关"入境的走私象牙已经被运到了山里，这只是掌握了走私链条中"闯关"这一个节点，至于储存、运输、销售等三个节点还是未知数。现在，专案组要做的就是继续跟进，伺机行动。

负责走私象牙"闯关"入境的何某国，虽然大摇大摆地扬长而去，但他的行踪早已被专案组锁定。何某国上岸后，除了给自己的老婆去了一个电话报平安，其他电话都打给了同一个号码，虽然通话内容跟走私象牙没有半点儿关系，但深更半夜神神秘秘打电话聊家常，本身就不合常理。专案组怀疑犯罪嫌疑人使用了别人无法听懂的暗号，随即锁定了这个何某国联系多次的电话号码。

这个被锁定的号码一直很安静，但专案组的民警却忙得不可开交。正所谓知己知彼方能百战百胜，办案民警私下里找到下卞村的村民，凭着村民的口述了解大岭山的地形地貌，这项工作做得很细致，尽可能地把了解到的情况都标注到地图上。负责这项工作的何洪海科长不敢有半点儿马虎，因为准备得越充分，抓捕的成功率就越高，办案民警所面临的风险就越小。负责排兵布阵的是吴斌副处长。这个部队转业的大个子，把专案组的民警掂量来掂量去，小何孩子太小，小肖还没结婚……他把自己排在了最危险的地方。不用说，杨海平处长肯定急了，但他拗不过吴斌，因为在这个时候一切都得以大局为重。不是故弄玄虚，更不是刻意拔高我们的海关缉私警察，无论是谁，在一个陌生的山林里执行任务，怎能不考虑自己的安危？

2012 年 10 月 13 日晚，专案组趁着浓浓的夜色摸进大岭山。这是对办案民警的极限考验。久旱无雨的天气，就像烤箱一样蒸干了山林里的所有水分。如果只是干渴和闷热也就罢了，可花蚊子、跳蚤这些虫子都跟着凑起了热闹，办案民警的身上被叮得又痛又痒，伸手一抓就是一片红疙瘩，没半个小时的工夫，办案民警的身上就挠出了血水。

10 月 14 日傍晚，犯罪嫌疑人终于露面了。专案组通过电话监听到犯罪嫌疑人告诉买主"货到了"，随后，就有一辆厢式货车开进山里。坐镇指挥的王钟文副关长果断下达命令：15 日零点三十分，中山、虎门、下卞村和深圳同时行动！

不到一点，指挥部就接到报告：在中山抓获陆地运输走私象牙的犯罪嫌疑人方某！在虎门抓到负责海上"闯关"的犯罪嫌疑人何某国！但是，在深圳的主要犯罪嫌疑人、货主陈某赞却不见踪影！

此时，指挥部的领导们心急如焚，大岭山的办案民警怎么迟迟没有报告情况？

此时，大岭山的办案民警正在跟犯罪嫌疑人进行着真刀真枪的较量！

还未接近平房，黑暗处就蹿出几条恶狗，虽然办案民警事先有所防备，但没想到居然有六条！杨海平处长眼疾手快，扣动手枪的扳机击毙了两条恶狗，另一位民警拿警棍打倒三条，吴斌副处长用脚踢飞最后一条狗后，径直走向平房，他给自己定的任务是抓人！

刚一进门，就有一把砍刀猛地劈向吴斌，吴斌侧身躲过，刚要抓对方持刀的手腕，那砍刀又侧转方向带着呼呼的风声向他的耳部砍来！

连续几个回合下来，吴斌感到对方绝非等闲之辈，硬拼消耗时间太多，看样子只能智取。吴斌佯装招架不住，退出了门外。对方见吴斌败下阵去，挥起手中的砍刀跟着出了平房，刀刃闪着寒光，夹着风声，刀刀都是奔着吴斌的要害部位。几招儿下来，犯罪嫌疑人呼吸有些急促，吴斌瞅准时机，飞起一脚，猛踹犯罪嫌疑人的腹部，对方一个趔趄险些摔倒，吴斌又一侧身闪到对方背后，身体跃起，一个侧踹，踢中对方的后脑勺，只听"扑通"一声闷响，犯罪嫌疑人摔倒在地。

还在跟其他办案民警纠缠的另一些犯罪嫌疑人，看到自己的"老大"被轻松拿下，彻底放弃了抵抗，乖乖地举手投降。

就在这个时候，何洪海科长发现有一个黑影跳窗而去，何科长一个箭步来到窗下，紧跟着黑影追去，但只几秒钟的时间，黑影就趁着茫茫夜色消失在大山深处。

就地突审，办案民警这才知道逃走的黑影，正是主要犯罪嫌疑人陈某赞。

这一仗有些惊心动魄，当场缴获走私象牙 290.16 公斤。

尽管首战告捷，但陶建华副局长、杨海平处长、吴斌副处长，还有参与抓捕的专案组民警的心里，都有一种说不出的滋味，遗憾、自责、愤懑……陶建华和杨海平相视而望，没说一句话，但他们已经用眼神告诉对方：一定要抓到主要犯罪嫌疑人陈某赞！

塞进嘴里的提货单

仓皇逃走的陈某赞，给这起案子带来了很多未知的变数，如果真的让他溜走了，这起案子将会成为专案组的耻辱。王钟文副关长在指挥部也是彻夜未眠，他比谁都了解手下这批精兵强将此时的复杂心情，他没有对他们说一句安慰的话，他知道专案组民警现在需要的不是安慰，而是线索！

王钟文副关长命令指挥部的民警，紧急联系地方公安部门，寻找陈某赞的下落。不久，消息反馈回来，公安机关获知，中午十二点，陈某赞将在东莞虎门长途汽车站与香港的联系人见面。

没有什么消息比这个更大快人心了，专案组连夜赶到虎门长途汽车站。一到那里，大家伙儿就傻眼了，虎门长途汽车站有两个大门，每个大门的门口都有小卖部，这无疑分散了有限的警力。陶建华副局长把所有在大岭山露面不多，不会引起陈某赞怀疑的民警集合到一起，下了死命令：瞪大眼睛，不惜一切代价，坚决把陈某赞抓捕归案！当然，陶建华副局长忘不了提醒办案民警注意安全，更忘不了强调一个问题，那就是无论如何不能伤及无辜群众。

已经连续两个昼夜没合眼的办案民警，开始了新一轮的蹲守。办案民警不是胸前有着大大的"S"图标的超人，他们在车站旁的小旅社租了个简陋的房间轮流打了个盹儿，他们需要养精蓄锐，等待陈某赞自投罗网。

15日上午十一时，车站门口的人越来越多，办案民警瞪大了眼睛在人群里搜索可疑人物。没办法，只能这样。因为指挥部通知专案组，陈某赞的手机又关机了，而香港号码机主的资料根本无法调取。

十一时五十三分，一个长得精瘦的小个子走进了小卖部，他刚要用公用电话拨号，又放下了电话听筒，转过身来，伸手捂住嘴打了个哈欠，用手在额前搭起了凉棚，目光在人群里来回搜索。这些细节逃不过办案民警的眼睛，几乎可以断定这个小个子就是将要和陈某赞接头的香港人。

十二时零三分，小个子的嘴角微微上翘，脸上不经意地露出一丝若隐若现的笑容。循着小个子的目光，办案民警看见人群中出现了一个红脸汉子。小个子抓起自己手里的包，走向了红脸汉子，他们站在一起窃窃私语。与此同时，办案民警也从两个方向包抄过来。

"你是陈某赞？"冷不丁的一声问话，让红脸汉子不由自主地抬头看了一眼办案民警，又下意识地收拢了惊恐的目光，重新投到了小个子的身上。但小个子已经是惊弓之鸟，撒腿就跑，边跑边往嘴里塞东西。说时迟那时快，办案民警一把摁倒了小个子，从他嘴里硬生生地抠出了已经嚼碎的纸。

那些纸居然是两张香港某货场的提货单！

黄埔海关缉私局立即把情况上报广东海关分署缉私局，迅速启动粤港海关合作机制，将相关信息通报香港海关，并于次日派工作人员专门赴港通报情况、提供协助。香港海关根据黄埔海关缉私局提供的线索，准确锁定目标，在青衣 9 号码头查扣一个起运地为肯尼亚、申报货物为红腰豆的货柜，经开柜查验，其中夹藏走私象牙1883.9 公斤；在流浮山浩耀柜场查扣一个起运地为坦桑尼亚、申报货物为废塑料的货柜，经开柜查验，其中夹藏走私象牙 1927.3 公斤以及象牙制品 1.4 公斤，两柜共计查获走私象牙及象牙制品3812.6 公斤，这是香港海关成立以来查获的最大一宗走私象牙案。

2012 年 10 月 20 日，香港海关发布新闻公报——

粤港海关联合行动捣破大型象牙走私案

香港海关和黄埔海关缉私局于 10 月 17 日采取联合反走私行动，捣破一个象牙走私集团，并在两个由非洲运到香港的货柜内，检获 3811.2 千克象牙及 1.4 千克象牙制品，约值2670万港币。黄埔海关在行动中拘捕七人（其中一名是香港人）。

　　在今年9月，内地黄埔海关缉私局掌握了一个走私象牙集团的情报，并通过情报交换和紧密协调，与香港海关开展了联合调查。待时机成熟，两地海关马上采取行动。

　　……

　　这次联合行动，充分体现粤港两地海关的紧密伙伴关系，及共同打击跨境走私活动的决心和执法能力。内地海关与香港海关将会继续通过积极的情报搜集及资料分析，配合精密的部署，采取联合执法行动，将不法分子绳之以法。

　　至此，黄埔海关缉私局和香港海关联手端掉了走私象牙及象牙制品4102.66公斤的犯罪团伙。但杨海平处长和专案组民警还憋着一口气，他们还有很多后续工作要做，他们要将犯罪嫌疑人移交检察机关并配合做好相关工作，直到案件审结。用杨海平的话说："我们平安归队会松下一口气，抓住恶人会狠出一口气，案件审结才能深叹一口气！"杨海平所说的这三口气，平常人或许永远无法体会，也只有那些常年跟走私犯罪打交道的缉私警察才能品出其中的酸甜苦辣。

民警家人的揪心事

　　能体会到缉私警察酸甜苦辣的还有一群人，不过，他们心中的那份感觉截然不同。

　　杨海平处长不是一个儿女情长的人，但在执行大岭山抓捕任务之前，他险些流下眼泪。接到王钟文副关长开会的通知时，杨海平刚刚在贵州办完案子，他们下了飞机，还来不及洗掉身上的风尘，就直奔局机关。会议结束后，王钟文用命令的口吻要求杨海平马上回家报个到，因为这个曾经做过多年思想政治工作的军转干部知道，杨海平的家人跟所有缉私警察的家人一样，无时无刻不在为他们的安危牵肠挂肚。但百密一疏的是，杨海平风尘仆仆地赶回家时，忘了脱掉自己身上厚厚的防弹衣。女儿看着父亲笨笨的样子，先是笑了笑，接着就哭了。短暂的相聚之后，正在备战高考的女儿把杨海平送到了楼下，她声音颤抖地说："爸爸，你早点儿回家，等你回来，我给你看这次高考模拟考试的成绩……"

女儿的话让杨海平的鼻子酸了又酸，他逃一样地钻进了警车。那一刻，杨海平忽然感觉女儿长大了，处在青春叛逆期的女儿已经有大半个月没有搭理自己了，她忽然的一句话，倒让这个铁血汉子难以控制自己的情绪了。女儿送给杨海平的不仅仅是一句话，还有那甜蜜的笑和揪心的哭。

在黄埔海关缉私局，"老吴"是大家对吴斌副处长的尊称，不但因为他能征善战，每次执行任务都完成得十分出彩，更因为他还是一个知冷知热的老大哥。不过，吴斌的儿子也喊他"老吴"，这说起来话就长了。吴斌年轻的时候在部队工作，从孩子出生到他第一次探亲回家相隔了一年半，刚跟牙牙学语的儿子混熟，他就又收拾行囊回到了部队。到后来，吴斌每次回家探亲，儿子都会用警惕的眼神打量他，而且小大人似的护在吴斌的妻子身边，监视着这个陌生男人的一举一动。打那时起，吴斌的儿子只喊吴斌"老吴"，从来不喊"爸爸"。儿子渐渐长大了，吴斌转业到海关做了缉私警察，但儿子一直没再改变对他的称呼，不是叫顺嘴了，而是吴斌成天办案依然不着家。人非草木，孰能无情？吴斌曾经伤心过，如今面对已经高出他半头、读着大学的儿子，吴斌最大的感受是愧疚。

跟吴斌一样把家当作旅馆的，还有东北汉子何洪海科长。小何跟广东本地长大的男人相比有一个最大的不同，他身上有股子大男子主义，刚结婚那几年，小何没少冲自己的妻子发脾气，这让原本挺支持他工作的妻子抱怨不已。妻子曾经跟小何有过一次促膝长谈，那次深谈让小何哑口无言。妻子说的没错，选择警察当爱人是为了给自己找个可以倚靠的厚实肩膀，可在别人眼里如此威猛的丈夫，却让自己没有一丝安全感。临产的女人哪个不希望有丈夫陪在身边？可自己没有，不但没有安慰，没有甜言蜜语，反倒还要为自己的丈夫担惊受怕。丈夫在哪儿？在办案吗？有危险吗？那次谈话之后，何洪海的脾气收敛了许多，尤其是在女儿上幼儿园之后，小何再也没发过火，因为他发现自己欠家人的太多。大岭山抓捕行动那天是周五，傍晚，何洪海一回家，女儿就扑到了他身上，揪着他的耳朵问："爸爸，爸爸，黄埔离广州有多远？你答应我中秋节去广州动物园看大象、看孔雀，可是你说话不算话，幼儿园的小朋友都去了，你为什么不带我去？你是一个爱说谎的爸爸！""去！去！明天爸爸就带你去！"可这一次，何洪海又食言了，在女儿眼里，他或许永远是个爱说谎的爸爸。

我们采访民警肖信龙的父母，是通过 QQ 视频。肖信龙的父亲才五十出头，却已经满头白发，他说："小龙毕业考到了黄埔海关当警察，我们一家子人都感到特别荣耀，可这份差事让当爹妈的太揪心！"说这话的时候，肖信龙的母亲出现在视频对话框里，这个慈祥的母亲还没来得及展开笑容，就抹起了眼泪。肖信龙的父亲见状，一把推开了自己的老伴儿，用标准的胶东话说道："熊娘们儿，整天就知道哭哭啼啼，哭顶个屁用，能当饭吃？"老头儿赶走了老伴儿，不好意思地笑了笑："女人嘛，都这样，你别见笑！"话虽这么说，但肖信龙父亲的笑容却有些苦涩。都说养儿防老，但肖信龙的父亲知道自古忠孝难两全的道理，他不想拖儿子的后腿，也不会当儿子的累赘。儿子在广东工作已经五个年头了，他只去过一次，看着儿子忙碌的身影，他带着老伴儿来了个广州一日游，然后就回了山东烟台老家。走之前，做父亲的只给儿子留了个纸条——

儿子，多注意身体，只要你平平安安就是我和你妈最大的心愿。

抽空儿给自己寻个媳妇，你同班同学小亮的儿子都会喊爷爷了，我和你妈就盼着早一天抱孙子。

父亲的要求，让肖信龙有苦难言，有几个女孩子肯嫁给成天又忙又累、还付不起房贷的缉私警察呢？

后来，杨海平处长掰着手指头为我们算了个账，他们整个侦查处有几个人，黄埔海关缉私局又有几个人，全国海关缉私警察又有多少编制。现在的工作量，让所有缉私警察在多数时候都身兼三四个案子，"白加黑"、"五加二"地连轴加班，早已成了家常便饭。

也就是通过这次采访，我们才知道这群出生入死的缉私警察肩上的担子有多重；也是通过这次采访，我们才知道外表光鲜的缉私警察工资少得让人有些心痛。

后 记

采访结束，整理采访笔记的时候，我们的脑子里一直盘旋着一个问题：是什么动力，让这群缉私警察长年累月默默地坚守自己的岗位？带着这个疑问，我们打电话给文章中的几个主人公，想得到一个准确答案。

有人说："缉私就是积德！"

有人说："不但是濒危物种，哪怕是一只让人生厌的蚊子，它们都是生物链的一个环节，人作为灵长目的物种，也在这个链条上。这些走私行为的存在，会加速濒危物种的灭绝，或许不用它们全部灭绝，这个链条就断了，人也就灭亡了！保护濒危物种，就是保护我们自己！"

有人说："面对媒体，尤其是境外媒体对中方的指责，我们责无旁贷！"

……

是啊，这群国门卫士，为了国家尊严，为了国民福祉，打击走私濒危物种犯罪，他们责无旁贷！

2013 年 1 月 6 日至 2 月 5 日，我国会同有关方面组织亚洲和非洲二十二个国家，成功开展了一次代号为"眼镜蛇"的濒危物种联合缉私行动，破获二百多起走私濒危物种案件。

这次由我国牵头组织的跨洲联合缉私行动，在国际上尚属首次，我们用自己的行动向全世界宣告：中国对走私濒危物种犯罪坚

决说"No"！中国对保护濒危物种、保护和谐环境永远都是
"Yes"！

就在我们即将完成这篇纪实作品的时候，有关方面相继传来
喜讯：

杭州海关查获了一宗通过邮递渠道走私龟甲牡丹案！

新疆吐尔尕特边检站查获了一宗走私中亚高鼻羚案！

黄埔海关查获了走私二十吨小叶紫檀案！

……

战斗仍在继续！

（原载《啄木鸟》2013 年第 8 期）

三十一年追踪无悔

李 动

三十一年悬案指纹一朝配对成功

王学仁从刑警岗位上退下来已十七年了。当刑警时，他日夜在外奔波，家里的活儿都是老伴儿操持。退下来后，王学仁在家赋闲，帮老伴儿打打下手。没想到老伴儿患了老年痴呆症，这下王学仁便成了模范丈夫。那天，他提着满满一兜布袋从菜市场回到陕西北路家门口时，蓦地发现门口停了一辆蓝白道警车，刑警出身的他比较警觉，特意留心了一眼警车上的标记，是静安分局的车。老王心想小区谁家发生案子了，这里可是靠近南京路最繁华的地段，安保措施甚严。他拐到门卫室随意地问了一下保安,警察找哪一家?保安笑着告诉他,找的就是你。

老王听罢心里有点儿纳闷,疾步来到二楼走进家门,见有位身着制服的警察坐在沙发上。老王细瞅,原来是自己曾在静安分局刑侦支队时的同事王友斌。他高兴地握着王友斌的手,好奇地问:"小王,突然上门有何贵干?当年你可还是个小青年啊。无事不登三宝殿,找我一定有事。"

王学仁猜对了,王友斌有大事告诉他。小王笑着说:"几天前,也就是2012年4月18日,刑侦总队刑事科学研究所的指纹工程师刘志雄比对上了一枚三十一年前采集的指纹。这枚指纹是发生在静安区旅馆的一起电击杀人案现场遗留的,与江西省的一名犯抢劫罪的案犯指纹吻合,这人名叫艾红光。"

王学仁一听说电击杀人案对上了指纹,也像被电击一般从座椅上跳了起来,长长地吁了一口气,激动地说:"我追了他大半辈子,这小子终于露出水面了。"王学仁掰了一下手指,心理盘算后感叹道,"三十一年了,终于抓到这小子了。好!好!好!"他一连说了三个"好"后,又追问,"我记得当时采集了四枚指纹,对上的是哪一枚?"王友斌下意识地伸出右手中指,比划着说:"是右手中指。"

王友斌告诉王学仁:"比对指纹说起来容易,其实要在浩如烟海的指纹库里比对上指纹绝非易事。过去刑侦总队的指纹库里指纹档案堆满了几房间,技术员目不转睛地看一整天也最多只能比对五六十枚指纹,一天看下来眼睛模糊生疼。要将指纹库的指纹全部比对一下需几年时间,且只能比对上海自己指纹库里的那些指纹。要与外地指纹库的指纹比对,还要特意上门指名道姓地核对。现在全国的指纹库已电脑联网,比对速度突飞猛进。"

王学仁好奇地感叹道:"电脑这玩意儿真是神奇啊。"王友斌点头表示赞同,并介绍说:"电脑比对指纹,就像现在的高铁,比过去的慢车速度提高了成千上百倍。上海刑侦总队刑事科学研究所早在新世纪初就采用电脑比对指纹,上海指纹库已升级输入了五百多万枚指纹，全国各地的指纹库中有数千万枚之多。通过电脑联网比对一下子破了大量积案。"王学仁说："但是科技再先进，也离不开人去认真细致地采集和比对。如果我们不认真比对，也无法对上指纹。如果江西警方不将这枚指纹上网，我们更是无法对上。这正如古人所言：成事在天，谋事在人。"

王友斌告诉王学仁，在海量的指纹库里能觅到这枚指纹就像中了头彩一般，刘志雄工程师耐得住寂寞，认真仔细，真是功夫了得。

上海发生第一起电击杀人抢劫案

王友斌告诉王学仁，办案人员除了对上这枚指纹外，对案情却一无所知。当年的发案情况如何？又是如何侦查的？为什么三十一年了还没有抓到凶手？总队一支队和静安刑侦支队的侦查员没人能说得清，这些都成了斯芬克斯之谜。时间已经过去了三十一年，铁打的营盘流水的兵，侦查员已换了一茬又一茬。没日没夜侦破大案的侦查员都是年轻力壮的中青年，其中大多数三十来岁，许多人1981年发案时还没有出生呢，有的还在穿开裆裤，资格老一点儿的当年也还在读小学。

侦查员从档案库里找出了那起尘封已久的电击杀人案卷宗，拂去历史的尘埃，从中看到了当年负责侦破此案的几位侦查员的名字，其中就有老前辈王学仁。他一直负责侦破此案，一直追踪了十多年。

王学仁插话说："不是追踪了十多年，而是追踪到现在，已经整整追踪了三十一年，我一直没有放弃过追踪。"

王友斌感叹了一番后继续说："侦查员们从卷宗里看出了你老王当年还是静安分局刑侦支队的侦查员，写得一手漂亮的钢笔字，破案报告、整理的旅馆发票、现场勘查图、指纹照片、询问笔录、审讯笔录、笔迹鉴定等各种记录都是一板一眼，一清二楚，尤其是那张电击三人抢劫案调查一览表，排列有序，一目了然。从1981

年到 1995 年你退休为止，历时十五年，足迹遍布了全国各地，近三百多个对象被否定……大家看后深为佩服你们老前辈那种一丝不苟、认真执着的职业精神。"

王友斌问老前辈王学仁："到底是怎么一个案件？大家都说不清楚，想请你介绍一下。"

王学仁从书橱里翻出一个牛皮纸袋，找出那张电击杀人抢劫案调查一览表看了一下，陷入了对往事的回忆之中。

那是 1981 年 8 月 8 日，被害人从青岛来上海出差，入住静安区建华旅馆 42 室房间，是地下房间的一房三铺。那时为了省钱都是陌生人合住一房，之前一名东北人已在此房间住了半个月。当时上海正在播放日本电视连续剧《姿三四郎》，那晚，许多旅客挤到会议室观看黑白电视，与东北人同住的青岛人没看电视早早地睡下了。

8 月 10 日，有旅客反映 42 室房间里渗出一股异味，特别臭。服务员进去打扫卫生后才发现躺在床上的客人已咽气，服务员吓得惊叫着跑了出去。静安分局刑侦支队接到报案后，王学仁与技侦人员一起赶来勘查现场。

死者名叫李嘉惠，男，二十八岁，青岛假肢橡胶配件厂外勤。遇害后，身上的二百多元现金和一块瑞士罗爱斯手表，以及一个黑色的小公文包，还有铝饭盒等物被洗劫一空。当年的青工只有三十多元的工资，二百多元与瑞士手表算是一笔不菲的财产。

刑侦处技术员俞伯源在离地面两米多高的通风管道内发现了几根用黑胶布缠绕的照明灯电线，还有一个红色有机玻璃头箍，其两端焊有两个通电的金属体，另有一把二十一厘米长的西瓜刀，以及几根约七尺长的杂色旧电线等物，并采集到了不太完整的右中指、左拇指、左中指和左环指，共四枚指纹。

经法医尸检后，查明被害人的面、颈、前胸及背部等十处有呈淡黄色电击烧伤的痕迹。电击杀人极为罕见，上海系第一例。

与被害人同住的那个东北人，案发后没有结账不辞而别。从他填写的登记表获悉，他叫李义清，男，四十岁，吉林省人。那时住宿登记还不用身份证，需持有单位或居委会介绍信，他所持的是吉林省双阳镇中医院的介绍信。

静安分局马上成立了专案组，王学仁是专案组的主要角色。那时没有监控探头，只能靠目击者来回忆凶手的长相特征。根据服务员回忆，其人不胖不瘦、皮肤较黑、长方脸、板刷头，身高一米七左右。侦查员请来了工人文化宫的画家画了模拟像，然后专案组印发了数千张模拟像通缉令，分发到上海的各家旅馆排摸，一一筛查，却查无此人。

王学仁与沙晓平准备赶赴吉林省双阳镇追查，临行前队长王德火决定替下王学仁亲自赴东北。他们一去就是四十五天，经查该地根本没有中医院，但他们不甘心，挖地三尺查遍了年龄相符的男性，结果无功而返，最后上海和吉林两头线索都断了。

侦查茫然无绪之际，公安部电告上海警方，浙江省嘉善县魏塘镇旅社也发生了一起类似案件。一名男子在旅馆熟睡期间突然遭到电击，但人未死。王学仁获悉后立马赶到嘉善，与当地刑侦队长反复研判后，感到作案动机、作案手法以及作案工具均相同，但被害人同住的那个旅客登记表上的笔迹却不同，经了解是服务员代其填写的。

王学仁找到被害人冯守安询问，他惊魂未定地说："我在熟睡中突然遭到电击，惊醒后大叫，罪犯吓得翻墙跳入河中逃走了，但他的背影却深深地刻入了我的脑海里。"

王学仁当年给他看了通缉令上的模拟像，问他："是不是这个人？"他就像《追捕》电影里的真由美那般肯定地说："像，就是他！"

当地刑警经过侦查，将一名叫陈仁的列为怀疑对象，但王学仁带回嫌疑人的指纹比对后否定了对他的怀疑。不久，浙江省嘉善县刑侦大队又抓获一名怀疑对象，一时审不下去，交给上海警方。王学仁细审和调查之后，从时间上排除了这名对象作案的可能，尤其是发案期间他没有来过上海。

9 月 11 日，江西省上饶市也发生了一起电击杀人案。获悉信息后，王学仁和搭档连夜赶往上饶市，被害人余开和的面颊两侧、腮部遭到电击死亡，被劫走两百多元和一块上海牌手表。同住者也是不辞而别，其登记单上留下的名字叫陈志伟，男，四十岁，湖南省乐安市人，东安粮食加工厂职工。据当地服务员反映，其长相和年龄与模拟像相似，经笔迹鉴定为同一人所留，但湖南省乐安市也查无此人。

9月25日，江西省九江市又发生了一起电击杀人案。闻讯后，姚银生副队长率王学仁、钟信义等人立马赶往九江。前几次到北方出差，吃的都是窝头或馒头，南方人吃不惯。这次他们带上了大米，请饭店帮助蒸饭。

这次出差王学仁比较细心，做好了打持久战的准备，特意带了一只小煤油炉、一袋大米以及榨菜等，准备四处奔波后回来晚时自己烧饭吃。与上饶市情况类似，被害人谢伯尧也是面部两侧有多处电灼伤致死，他所带的两百多元现金和推销的衣裤样品被洗劫一空。作案者胆子特大，同住者共有五人，这个凶手却照样见机作案。

凶手年龄与长相符合通缉令的条件，笔迹也认定一致，其登记单上填写的名字是李明春，男，四十三岁，黑龙江人，通河玻璃仪器厂职员。九江市刑侦支队的技术员从电灯上采集到一小块掌纹痕迹，从烟缸上取到一枚指纹。经笔迹鉴定，确定与上海电击杀人者为同一人。当然，黑龙江的李明春也是子虚乌有。

一位老刑警职业生涯的遗憾和隐痛

王学仁勒住回忆的野马，缓缓地回到了眼前的现实中，禁不住感叹人生如梦，转眼三十一年流水一般过去了。他站起来准备给王友斌的杯子加水，王友斌看了看手表催着说："哎呀，我都忘了时间，王支队长和队里人等着听你介绍发案经过和案件侦查情况呢，咱们快走吧。"

王学仁坐在车上，望着马路上鳞次栉比的商店，心情格外激动，眼里泛着泪光。不知不觉警车已到了静安分局。来到会议室后，王学仁与刑侦支队长王锡铭等侦查员握手寒暄后，思路清晰地介绍起了当年发案和侦查的详细经过。

王学仁如数家珍地介绍完当年的发案情况后，端起杯子喝了一大口水，又回忆起了当年赴全国多地侦查案件的艰难经历。

1981 年 12 月 3 日，成都警方抓住了一个电击杀人案凶手。王学仁与姚副队长接到公安部电话后，连夜坐飞机赶往成都，在成都遇上了九江和上饶的刑侦队同行，大家都兴奋不已。四川省公安厅刑侦大队长吴妙华带领队员陪着他们深入了解案情并审讯嫌疑人。嫌疑人叫万康寿，系江苏省溧阳市劳改农场的逃犯，二十八岁。审讯了三周，最后从时间、长相和年龄上感到都不像，只得抱憾而归。这名犯罪嫌疑人很快被判处死刑，但四川省法院一直没有执行，等上海警方鉴定其指纹和笔迹予以彻底否定后，四川省法院才执行了枪决。

虽然四川一行没有对上凶手甚为遗憾，但当地公安和法院的鼎力支持和配合令人感动。天下刑警是一家，王学仁感叹地说："不管你是哪里的刑警，只要找到当地刑侦队，就像回到了娘家。"

刚回到上海，又听说广东省饶平县也发生了一起电击杀人案。王学仁又随王德火队长马不停蹄地赶往广东，没有卧铺就坐硬座赶到厦门，然后再从厦门坐长途汽车赶往饶平。长途车上已没座位，为了赶时间，他们站了七个小时才抵达目的地。

下了长途汽车，眼前是一片农田茅舍，也没有招待所，他们一行就住在老乡家里。房间里有一股发霉的异味，被子又潮又脏。上海人比较讲究卫生，好在王学仁每次出差都带上一块干净的棉布和几根别针，晚上睡觉时，将棉布别在靠头的棉被一边。这种做法的初衷源于二十世纪六十年代出差时给他带来的痛苦教训。1960 年春，王学仁去浙江武义外调，找一个国民党情报人员了解情况。当地人告诉他此人有病，王学仁问，能说话吗？得知能说话，王学仁便接触了这个人。没想到他患的是肺结核，王学仁回来后不久便染上了肺结核，住了一个月疗养院，等指标正常了马上就出院。

　　大病初愈的他与大家一样每天晚上加班熬夜到十一二点，不久旧病复发，且肺穿孔，那个洞足有五分硬币那么大，结果又被关进了医院，这次他老老实实地住了二十二个月才康复。这个教训令他终生难忘，以后他出差都带上毛巾、牙刷和水杯，以及那块干净的棉布。

　　他们与江西省上饶的孙队长、九江的吴队长等侦查员，以及当地的侦查员一起，每天"同吃同住同劳动"。吃住在老乡家里，每天交五角钱和一斤粮票。晚上厕所里一片漆黑，第二天发现厕所里有灯座，却不安灯，一问才知是为了省电。

　　当地派出所只有几个人，也没有车，他们就步行下乡。十里路一个亭子，最多的时候一天走了六个亭子。第二天清晨在鸡鸣声中醒来，腿脚酸疼，硬撑着继续赶路。虽然生活艰苦，但当地民警和老乡热情淳朴，他们与当地的侦查员一个村一个村地慢慢梳理，夜以继日地排摸了两个星期，但却没有发现符合条件的嫌疑对象，最后扫兴而归。

　　1982年，江西省九江市的侦查员在福建顺昌抓住了一名湖南省米江茶场的田姓逃犯，当地公安笔迹认定与电击杀人凶手为同一人。上海刑侦处一队队长张声华与静安分局刑侦队队长王德火兴奋地赶到当地，反复核对后感觉不像，回到上海后重新做笔迹鉴定，最后还是被否定，空欢喜一场。

　　此后，凡是外地发生电击杀人案，王学仁听说后拿起背包就出发。他的妻子三班倒，每次出差逢妻子上夜班，家里的一对儿女没人照顾，他就骑车叫来小姨子帮忙照看。家务事妻子全包了，王学仁每天半夜回家，正如顺口溜说的那样："嫁郎莫嫁公安郎，嫁了公安守空房；十天半月不回家，回来一包脏衣裳。"但王学仁的妻子从不抱怨，默默地操持家务，心疼老王在外受苦。每次老王出差回来都给他做几个好菜，斟满酒犒劳他。

　　两年时间里，王学仁与战友马不停蹄地奔走了北京、成都、重庆、厦门、福州、汕头、饶平、南京、溧阳、杭州、温州、金华、嘉善、石家庄等二十多个城市。正当王学仁四处奔波痴迷地追踪嫌疑人时，1983 年 10 月，市公安局调他到上海公安专科学校当教官。没有抓到嫌疑人，王学仁心有不甘，但军令难违。他移交的案卷材料有二十来本，每本几十页，怀疑对象按地区归类，有的怀疑对象一人就一本卷宗，共有三百来个怀疑对象。老王望着自己用腿一步步跑出来的倾注心血之作被内勤抱走时，心里有种难言的郁闷，带着深深的遗憾去公安学校报到了。

王学仁身在教室教书育人，但他却身在曹营心在汉，心里一直牵挂着那起刻骨铭心的电击杀人案。1983 年至 1989 年教学期间，他时常打电话给原来的搭档打听破案情况，一有线索就请假回分局与搭档继续奔走。

因刑侦处长端木宏峪非常欣赏王学仁的执着与细心，1990 年终于将王学仁调到刑侦处，此后，他更是全身心地投入此案。王学仁利用公安部通报全国发案的信息，始终关注着这起悬案。1991 年，新上任的张声华处长特意派王学仁到公安部汇报了这起案件的侦查情况，并询问有无线索，结果没有一点儿信息，但王学仁执着无悔，仍然像猫一样警惕地关注着老鼠的踪迹。

1995 年春天，王学仁退休之前，四年时间里又去了江西、四川、云南、广西、广东、湖南等二十七个省市，行程十万公里，但还是没有发现线索，最终他带着遗憾的心情离开了为之奉献四十五年热血和汗水的刑侦岗位。

没有抓到凶手，老王心有不甘，每每与战友聚会时，他都会滔滔不绝地讲起此案；每当在报刊上看到电击杀人案后，他都仔细阅读，并小心翼翼地剪下来，贴在笔记本上，仔细比较，如有疑问，他会写信去询问破案的情况。此案成了王学仁刑警生涯里的一次败笔，也成了他耿耿于怀的心病，更成了他难以言说的伤痛。王学仁发誓，不抓住这个凶手，死不瞑目。

王学仁听说凶手已被抓住的那一刻，激动得老泪纵横。这泪水不仅是破案后的欣慰之泪，也是一名老侦查员了却破案心愿的庆幸之泪，更是一名老公安能告慰战友和九泉之下的被害人的欣喜之泪。

当年一起参加侦查案件的端木宏峪处长、王德火队长和姚银生队长，以及侦查员章忠汉等战友，因积劳成疾都已过早地撒手西去了，他们是带着"出师未捷身先死，长使英雄泪满襟"的遗憾走的。

听完王学仁的详细介绍，王支队长不无感慨地说："没想到老王记得那么清楚，记忆力真好。"王学仁笑着说："我追踪了他三十一年了，虽未谋面，但对案情却是了如指掌，对他也是刻骨铭心，至死不忘啊。"

王学仁好奇地问王支队长："你们是怎么抓住这个狡猾小子的，不，现在他应该是六十多岁的老头儿了。"

王支队长指着坐在角落里的那位年轻人说："二队队长姜东强与上海刑侦总队一支队的侦查员一起赴江西抓捕凶手的，让他给你介绍一下吧。"

姜东强腼腆地笑了一下，绘声绘色地向王学仁娓娓道来追捕凶手艾红光的过程。

我们是上海来的警察！

破案与踢球一样，速度就是胜利。比对上指纹的第二天，也就是 2012 年 4 月 19 日，刑侦总队一支队的万宗来、李臣和静安分局刑侦支队的姜东强等七名侦查员风风火火地驾车赶到江西鹰潭，连夜找到了当地民警了解情况。抓捕对象艾红光所在的村里都是七大姑八大姨，直接上门可能会打草惊蛇，甚至发生意外。当地派出所的民警悄然查到信息，艾红光正在南昌附近的衙前镇电力工地打工。追捕人员一路疾驶追踪到衙前镇，却扑了个空，那里没有工地，循着这条线索继续追踪，几经周折又打听到艾红光在东乡县高铁建设工地打工。不管是真是假，赶过去再甄别。

星夜兼程赶到东乡县后，望着工地浩大的场面，侦查员们惊叹，这么大的工地怎么找人啊？仅工地就有十多处，上万名打工者星散四处，且流动频繁，工地项目部的人也无法拿出准确的名单。

经过商量，七名上海侦查员与当地三十多位民警分成几组，身着便衣，以项目部的名义，像梳子梳理头发一般寻觅符合"籍贯鹰潭"和"六十来岁"两个条件者。

功夫不负有心人。22 日凌晨两点，万宗来带领小组人员摸到一个工棚，敲门进去后，一位民工睡眼惺忪地用浓重的当地话说："同住的有个六十多岁打工的。"

大家急忙追问："人在哪里？"

"几天前与老乡回家忙农务去了。"

刚兴奋起来，心又凉了。

万宗来细心地追问："是鹰潭人吗？"

那位民工说："不是。"

"那有没有鹰潭来的人？"

对方道："有。到前面再去问问吧。"

大家听罢激动不已，连夜继续追踪，一路盘问，终于找到艾红光打工所在的工地，但他却住在荒郊野外，那里人多复杂，半夜查找易引起艾红光警觉而逃跑，最后决定次日清晨悄悄地进村。

4 月 22 日清晨，山里的鸡鸣声悠闲动听，但上海刑警的心里却格外紧张。头戴安全帽的便衣警察挨个叫来了工地上六十来岁的打工者，花甲老翁并不多。当一名头戴草帽、手拿杯子的黑皮老头儿出现时，对凶手模拟像早已烂熟于心的万宗来的眼睛顿时一亮。尽管岁月的沧桑刻满了此人的黑脸，但他的基本轮廓还是没变。万宗来向周围的同伴使了一个眼色，他们像猛虎一般直扑过去，迅速将其制伏。在艾红光尚未反应过来之际，万宗来大声告知他："我们是上海来的警察！"他顿时明白自己的末日到了。

潜逃了三十一年的犯罪嫌疑人最终被生擒，这正应验了中国的一句老话：法网恢恢，疏而不漏。

面对铁证，凶手的抗审心理彻底崩溃

因为犯罪嫌疑人艾红光死不承认电击杀人，审讯陷入了僵局，

已退休的老预审员周国雄被请回来参与办案。王学仁坐在静安分局刑侦支队的录像室，凝神关注着侦查员审讯艾红光，仔细地观察着他的一举一动。王学仁曾根据当年的模拟像对这个凶手刻画了成千上万次，就是眼前这个猥琐的模样，尤其是那双狡黠的眼睛。

刑警出身的分局局长周建国也特意来听王学仁的介绍。办案人员告诉王学仁，艾红光现在矢口否认电击杀人，只交代曾在上海扒窃过几只皮夹子，避重就轻。预审员对其加大了审讯的力度，他只是试探性地露出了一句，他在金山地区做过一桩对不起政府的事情，电击过一个同住的旅客，但人没死，他惊醒后大叫"救命"，艾红光吓得翻墙逃走了。

老王果断地说，他在说谎，你们不要上这个老狐狸的当，金山地区根本没有发生过电击杀人案。三十一年过去了，他以为我们不了解当年的案情，故意放烟幕弹，是在试探我们到底掌握了多少案情，你们不能照着他的路子审下去，被他牵着鼻子走。

王学仁向办案人员提供了一个关键细节，当年金山地区的邻县浙江省嘉善县发生过一起电击杀人案，被害人叫冯守安，当年五十二岁，就他一人没死，其余三人都死了。如果他活着的话，应该是八十三岁了。

周建国局长插话道，马上去调查一下那个姓冯的老人是否活着。通过电脑查询很快获悉，此被害人还活着，真是万幸。周局长当即决定，马上带着凶手艾红光的照片到嘉善去找这个活着的证人，请他辨认。

一个多小时后，警车闪着灯来到了嘉善，侦查员找到了冯守安老人。冯老头儿一头银发，但身板硬朗，精神矍铄，说话中气十足。侦查员拿出艾红光的照片，问八十三岁的被害人冯守安："你还记得这个人吗？"冯老头儿戴上老花眼镜，凝神一看，指着照片说："当年我已经进入梦乡，被电击后大叫'救命'，凶手听到大叫'救命'后，还准备电击，但听到服务员钥匙开门的声音后便翻窗逃跑了。因为墙外有条河，他跳入河中逃跑了。"

冯守安老人听说凶手被抓后，高兴地说："人家说我运道好，我活了这么大年纪，就是为了看到他被抓住的这一天。"

侦查员给被害人做完笔录后，兴奋地说："好！冯老伯，有你的这个证词，尤其是翻墙跳入河中的细节，我们对凶手的审讯就充满了信心。"

王学仁提供的嘉善被害人的关键细节，帮助侦查员走出了审讯的困境，被害人所述的凶手逃跑跳入河中的细节成了拿下凶手的关键点。

为了掌握更多的证据，侦查员同时赴青岛找到了当年的被害人李嘉惠的妻子。她听到电击丈夫的凶手落网后，激动得流泪不止。她说，听说丈夫在上海被害后悲痛过度，致使已经怀孕三个月的孩子流产了。虽然她没有提供什么有价值的线索，但对侦查员孜孜以求的执着精神深表敬佩，对凶手三十一年后受到法律的制裁感到欣慰。

艾红光又被带到审讯室，审讯人员直视他的眼睛问："艾红光，你到底是在上海金山作的案，还是在浙江嘉善作的案？"艾红光找借口说："记错了，好像是在浙江嘉善。"他心里想，嘉善旅馆里的那个人大叫"救命"，说明他没有死，所以说出他来还能保住命。但他不知道嘉善的被害人还活着，且成了他作案的又一铁证。

侦查员拿出一张嘉善旅馆的被害人照片，问艾红光："你还记得这个人吗？"艾红光扫了一眼照片，他未必记得这个白发老人，但他心里猜出了几分。侦查员告诉他："这就是当年你在嘉善旅馆电击的对象，他还活着。你当年电击被害人后，跳窗翻墙，外面是条路还是河？"艾红光听罢这个细节，意识到自己是聪明反被聪明误。

侦查员提醒他说："你不要再自作聪明了，现代科学的发达程度早已超出了你的想象，否则三十一年后，我们怎么会到那么偏僻的地方找到你？"

艾红光心里的防线彻底崩溃。2012 年 4 月 23 日下午两点，艾红光被押回上海十五小时后，不得不向警方缴械投降，但他只交代了一起上海作案的经过，对江西的两起电击杀人案却闭口不谈。又经过二十多天的较量，5 月 15 日上午，艾红光终于彻底交代了上海的"李义清"、上饶的"陈志伟"、九江的"李明春"以及嘉善的假名字都系他一人。至此，1981 年八九月间发生的"三死一伤"的电击杀人抢劫案彻底告破。

埋藏在艾红光心底的秘密终于像挤牙膏似的全部被倾吐了出来。交代完后，压在他心里三十一年的沉石终于搬掉了，他心里反而一下子轻松了起来。作恶虽一时得逞，没有被及时抓住，他自以为聪明，但心灵的十字架却压了他大半辈子，使他惶惶不可终日。三十一年来，他常常从噩梦中惊醒，出一身冷汗，内心慌乱不已。交代完后的当晚，他终于安安稳稳地睡了一觉。醒来后，他才真正感悟到中国的古话太灵验了：不是不报，时候未到；时候一到，什么都报。

王学仁回到家后，他踏踏实实地睡了个安稳觉。他终于释怀了，老端木处长、王德火队长和姚银生队长等战友也可以含笑九泉了，还有那三个死去的被害人也该在九泉之下瞑目了。

（原载《解放日报》2013 年 10 月 29 日）

"铁人"女警袁超群

蓝 茹

　　当她身着便装，一脸幸福地谈起，如何在早
上上班前，做出老人、孩子和丈夫都喜欢的三样
早餐时，你很难将眼前这位白净、秀丽、随和如
邻家姐一样的优雅女子，与一位"上得了厅堂，
下得了厨房，破得了案子，抓得了逃犯"的"十
佳派出所所长"和"三八红旗手标兵"联系
起来。

　　当她绘声绘色地讲起，如何在烟雨蒙蒙的旷
野中，与夫君和儿子一起，就着绿草勃发的清
香，品茗观景，醉如畅饮百年佳酿般特美的感觉
时，你同样很难将这位留着齐耳短发、欲语笑先
闻的知性女子，与同事眼中的"老黄牛"、"男
爷们儿"和"知心大姐"与"好管家"联系

起来。

然而她，就能把这些水乳交融地兼容到一起，各具特色地兼顾到一起。

她就是济南市公安局槐荫分局五里沟派出所所长袁超群。

一

2013年2月2日，即农历癸巳蛇年小年的前一天，我有幸第二次走近她，却不由暗自惊呼：真是名副其实的"铁人"女所长！难怪当年还是一名初出茅庐的年轻法制员时，就被有的老同事称为"真像个'铁人'一样"。

依然是那么干练和风趣！走起路来，依然嗒嗒有声，宛如风中的鼓点；说起话来，依然笑声不断，如同山涧欢畅奔涌的溪水。和她待上一会儿，冬日苍白无力的阳光，也变得明亮而温暖了。丝毫看不出，一年多之前，她曾经历了那么多磨砺和考验，续写了那么多佳绩和成就，承受了那么多痛楚和不幸。

但她却依然恬淡一笑说："我不是'铁人'，甚至连父母为我取名时所寓意和希望的'超群'之人也不是。我只是一个普普通通的人。"从容的神情、平和的语气，与一年前我第一次采访她时几近复制。

二

一年前的那天，也是在她这个简洁明亮的派出所二楼办公室里。她一边如大姐照顾小妹一样为我沏茶添水，一边笑语连连地帮助我完成采写她的"光荣而艰难的使命"。

她说，第一次听到有人说"她就像个'铁人'一样"时，还以为同事是在说别人呢！

因为她觉得，自己无非就是勤快一点儿，有什么活儿抢着干，不怕吃苦，也不知道什么是疲倦，但绝不是什么"铁人"。

那时，她警校毕业分配到槐荫公安分局没几年，还是一名带着露珠的嫩荷一样的小"警花"。直到大家赞许的目光像聚光灯一样投向她时，她才恍然大悟：噢！原来那个"就像'铁人'一样的人"，竟是她袁超群啊！

哈哈哈！好笑吧！袁超群开怀的笑声，如她高挑的身材一样，很迷人；也如她年过不惑依旧黑白分明的丹凤眼一样，充满了灵气和感染力。

我不由自主地随着她一起开心笑了起来。

初次见面的陌生感、领导叮嘱的压力感、才疏学浅的恐慌感，顿时如雪人见到明丽的阳光一样，慢慢变小，变轻……

她则如雨打芭蕉似的继续柔声说道，那时他们法制员经常与领导一起随刑警跑案发现场，日常工作就是浸泡在各种案件的卷宗里，啄木鸟一样准确及时地将卷宗里、程序上、实体上反映出的瑕疵或差池挑拣出来，再做调查并补充完善，使每起诉讼的卷宗都经得起检查和考验。

这项工作看似不难，实则需要相当的付出和坚守。尤其对一个单位和家都离得挺远、孩子正年幼的女警察来说，更非易事。但袁超群却没因此而降低对自己的要求。

只要她知道，哪怕寒冬腊月或是深更半夜，她都会积极主动地跟随办案的刑警前行。刑警在前面调查询问，她则在后方把关审核，有时则是深入到荒郊野岭或是臭气熏天的案发第一现场。之后，新一轮太阳升起时，她仍旧出现在办公室里。

同事劝她还是回去休息一会儿，她感激地笑笑说，没事儿，我不累！

久而久之，袁超群便有了她从警生涯的第一个昵称："就像个'铁人'一样"。

虽然得到这么高的评价，但袁超群清楚：自己仅仅是按照岗位要求，尽职尽责地工作而已。比起那些把毕生献给了公安事业的老公安、老前辈来说，自己需要学习、实践的东西太多太多了，只恨时间太匆匆。法制员是架设在公安机关法制部门与基层所队办案民警之间的桥梁，要对每一起案件进行法律程序、法律条款适用等方面的审核把关，对基层规范执法办案活动进行实时监控。通俗点说，法制员就是公安机关执法办案的"质检员"。

而执法质量是公安工作的生命线！作为一名守护生命线的"质检员"，能在刑事案件发生时，不随刑警共赴现场吗？这就如同客机降落时突然遇到了紧急情况，消防、救护等人员能不及时甚至是提前赴现场，做好相关的配合保障工作吗？

在其位，谋其职，尽其心，竭其力，古今亦然。"女警察不要把自己的性别看得那么重。男同志能干的，我们也能干。自信，泼辣，大胆而心细，是职场女性尤其是做一名女警察必须具备的品格。"这是袁超群的"职场宣言"，也是她能成为派出所女所长的原因之一。

在看似单调、平凡的几年机关工作时间里，袁超群积累了丰富的职业素养和经验，为她日后游刃有余地胜任派出所工作，并成长为一名成绩斐然的"十佳派出所所长"奠定了良好、坚实的基础；也把"经历了，就是财富"和"把简单的事情做好，就是不简单"等立志名言，诠释得活色生香。

三

新千年来临之际，袁超群从分局机关调到一个治安情况复杂的派出所任教导员。

上任不久，她就因上班途中智擒窃贼和泥中奔袭千余米追捕嫌疑人而声名鹊起。尤其是后者，至今仍不时被一些同行津津乐道。当然这也是袁超群警察生涯中难忘的精彩片段之一。

那是一个霞光初照的夏日清晨，袁超群身着漂亮的便装，骑着时尚的女式摩托车，像一只灵巧的山雀，快乐地行进在上班的途中。

快到山东省千佛山医院时，突然听到身后有人声嘶力竭地喊着：

"抓住他！"

"抢钱啦！"

袁超群立即迎着声音冲了上去。

这时，一个高个儿黑衣男"呼"地一下，如一股黑旋风似的从她身边一闪而过，骑着自行车拼命向前飞奔而去。

凭职业敏感，袁超群觉得此人比较可疑。果真，随后追赶过来的群众指证说，那个黑衣男就是刚才抢走他们准备看病用的"救命钱"的坏蛋。

"太可恨了！竟然连病人救命的钱也敢抢。"袁超群心头的那股怒火啊，"呼呼"地直蹿，但她还得微笑着安抚失主和群众，让他们别急，赶快帮她报个警，说完便"噌"的一声调转车头，跳上摩托车，"嗡"的一脚将油门一踩到底，风驰电掣地追了上去。

开始那名黑衣窃贼可能误以为飞驰而来的时尚年轻美女，只是偶遇的一个"飙车潮女"，便在袁超群与他擦肩而过时，主动侧身让了让道。

袁超群不由暗自笑了笑，加速超过他百十来米后，"咂"的一声把摩托车往路边绿化带旁一拽，迎面就跑了过去，同时大声喊道："警察！蹲下！"

这时，黑衣窃贼仍心存侥幸地嬉笑着说："别逗了，大姐！有你这么漂亮的警察吗？"直到发觉袁超群已猎豹逮兔一样向他扑了过去，才转身欲夺路而逃。

他哪里料到，他"偶遇"的"飙车潮女"，是当年在警校时创造过二百米校运动会纪录、不惑之年仍能作为代表参加上级公安机关精确射击比赛、苦练过擒拿格斗的"铁人"女警呢？

没等黑衣窃贼迈出第二步，袁超群一个扫堂腿将其绊倒，紧接着以迅雷之势用一只膝盖压住其腰部。与此同时，他的一只胳膊，已被袁超群麻利地拧到了背后。

黑衣窃贼显然仍不死心，想凭着身高力大做最后一搏。

袁超群便稍稍用力折了一下他的手腕，黑衣窃贼便连声号叫道："轻点儿啊，我的警察好姐姐！我服了！我再也不敢了！"求饶的同时，乖乖地交出了窃来的两个钱包。

袁超群一边让群众帮忙解下他的腰带，脱掉他的鞋子，一边让黑衣男慢慢起来，然后蹲下，同时恨铁不成钢地对他说："年纪轻轻的，干点儿什么不好？偏偏要抢！正道不走走邪道！病人本来就够不幸了，你还要雪上加霜，抢他们看病甚至是救命的钱，你还有点儿人性和良心吗？"

话音没落，周围便响起了噼噼啪啪的掌声。原来这时已围满了路人和晨练的群众。

一位头发花白的老大爷双手抱拳道："说得好啊！有这样的警察，我们老百姓还有啥不放心的？"

但若比起随后"泥中奔袭千余米追捕嫌疑人"之事，这只能是"小事一桩"；若再与袁超群成为一所之长后，经历或破获的"冰红茶"假冒"人血白蛋白"等经典案例相比，这绝对是"小巫见大巫"。

那次泥中追捕嫌疑人，不仅是袁超群二十多年从警生涯中，为数不多的"比拍电视剧还要紧张、刺激和精彩"的抓捕经历，也是"挺能体现出袁所长'铁人'本色和执着精神的一次寻常的出警，令人不能不敬佩"。

那是一个初夏的傍晚，天上不紧不慢地下着毛毛细雨。

袁超群在所里带班。指挥中心突然传来指令：有两伙人正持械在某建筑工地附近群殴，请立即出警。

袁超群一听，立即与出警民警一同健步跨上警车，拉响警笛，便箭一般地飞驶而去。

可能是已打红了眼之故，警车已"呜——呜——"地驰到跟前了，那些挥棒舞棍激战正酣的斗殴者才如惊弓之鸟，纷纷扔下或仍然拎着棍棒，如决堤之水，四处逃散开来。

几个跑得慢的，很快就被警察抓住了。他们随即供述说，那两个骑摩托车的才是他们的头儿，他们只是被朋友叫来帮忙的。

袁超群果断地一挥手说："留下两个民警看着他们，其他人分头追。我就不信，他们跑得了和尚，还能跑得了庙不成。"

当时到场的警察一共有六人，除留下两名警察看守外，其他几名警察快速上警车继续追捕。

擒贼先擒王。袁超群刚准备跨上警车，却发现有一名穿雨衣的群众骑着摩托车迎面驶来。

她眼前一亮，随即将摩托车借了过来，加大油门，死死咬着那名疯狂逃向建筑工地的"摩托男"一号嫌疑人。

眼看就要追上了，那名嫌疑人却突然一拐，如一尾拼死挣脱围网的鱼，"嗖"地钻进了堆放着钢筋、水泥管等杂物的建筑工地。

道窄，又凹凸不平，刚才还飞一般行驶的摩托车，顿时如行驶在夹缝中的搓板上，左摇右晃，提不起速度来，再加上雨后泥泞，不仅快不起，且越来越慢。袁超群急得直咬嘴唇。

而此时，边逃边回头察看的嫌疑人，已惊恐地扔下摩托车，撒腿就跑。

袁超群果敢地跳下摩托车，百米赛跑似的追了上去。

很快，袁超群就感到裹满泥巴的双脚，如缀满了涂过胶水的铅块，又沉又黏；灌满泥浆的鞋内，则如塞满了滑石浆，又湿又滑。嫌疑人也满脚泥巴，没跑多远，就被袁超群追上了，却又先后两次从袁所长的手中挣脱了。

此时，袁超群已在泥泞中奔袭了一千多米，又与嫌疑人交过两次手，浑身上下全是泥。但她丝毫没有放弃的念头，用带着泥水的手，往上捋了捋汗湿的刘海儿，把头往后猛地一甩，如百米冲刺似的再次追了上去。

近了，近了，仿佛伸手就能抓到了。可就在这时，嫌疑人却突然"扑通"一声跪在泥泞中，双手抱着一只跑掉了鞋的脚丫子，气喘吁吁地说："我……从没见过……你……这么……这么……不要命的女警察。我……算是领教了……"

"领教了就好！转过身去！"袁超群喘着粗气说着，同时干净利索地将嫌疑人的双臂拧到身后。"咔"！戴上了手铐，并将其从地上拽了起来。

此时，袁超群才有些后怕地发现，自己左脚上的鞋带不知何时已跑断了，不由暗自庆幸：幸好没赤脚追捕这坏蛋，否则脚上没准儿会被扎上几个窟窿呢!

嫌疑人站起身,刚准备往前走,却突然回过头,表情复杂地看了看袁超群,低着头咧了咧嘴,偷偷笑了。

袁超群不明就里,下意识地用手捋了捋前额另一边的刘海儿。这下嫌疑人竟笑出了声,但却十分顺从地往回走。

见到增援的同事后,袁超群还没来得及说什么,大家就哈哈地笑成了一片。

好一会儿,才有民警强忍着笑,含糊不清地说了句"袁导,你快照照镜子吧",便又捂着肚子继续笑。

袁超群走到警车后视镜前一照,自己也忍不住哈哈大笑起来。她终于明白那个坏小子刚才笑什么了。

"天哪!你真不知道,当时那模样,可喜煞人了!满身、满脸,包括头发里,全都是稀乎乎的泥巴,说不上什么颜色的稀泥,真比拍电视精心化妆出来的效果还要好。"袁超群绘声绘色的讲述,让我觉得,她仿佛是在与我一起分享他人的故事,其中的苦与累,都与她无关,而浸透在其中的自豪与幸福,却如清洌甘甜的香茗,令她回味不尽,很是享受呢!

这之后,所里的民警就越来越多地称呼她"铁人"而不是"袁导"。

袁超群听后,淡淡一笑,不肯定,也不否定,更不会像第一次听到有人说她"真像个'铁人'一样"那般意外和惶恐了。只是在心中默念起自己的"职场宣言":

"既然从事了警察职业,女警察就不要把自己的性别看得那么重。男同志能干的,我们也能干,而且要干得更好。"

四

时光如梭。转眼就到了 2009 年 1 月,济南市公安局槐荫分局派出所所长的行列里,多出了一名女所长,她就是袁超群。

上任伊始,棘手的案子和事情就接二连三地涌来。其中反应比较大、侦办难度也比较大，但却让袁超群倍感欣慰的案子，莫过于成功破获"冰红茶"假冒"人血白蛋白"一案；而充分体现出袁超群"敢拼善拼也会拼"风格者，则要数圆满解决了那起八年来一直没能了结的医患纠纷。

即使四年后的今天，在网上还能搜索到当初报道"冰红茶"一案的内容，可见此案当时的影响有多大。

但当时，此案却缘于一起普通的纠纷案件。当民警从一方当事人身上搜查出标注有全国二十多个城市"三甲"医院位置的地图时，才惊愕地发现：此人竟是一个用"冰红茶"假冒"人血白蛋白"流窜全国各地、自产自销"一条龙"的假药贩子！

袁超群恨不能立即将这个贩卖假冒"救命药"的药贩子法办了。可她清楚，此案就像一个烫手的山芋：抓吧，证据不足，可要形成完整的证据链，难度实在是太大，仅所需的相关实验数据，就不是一时半会儿能得到的；放吧，这肯定是个案子，轻易言弃，又不是自己的性格。

"人命关天，再难也得查；保一方平安，是职责，更是无悔的誓言。"袁超群力排众议，"此案再难，也得查！"

但没想到，收集证据的过程，远比袁超群最坏的预想还要困难：联系相关部门的电话，不知打了多少个。有时仅为了一个数据的测试和鉴定结论，就要在有关单位和部门之间，来来回回地跑几趟甚至十几趟。有时甚至不得不借助一些私人的关系。好在有上级领导的支持和相关部门的配合，经过破茧成蝶似的努力，终于在法定时间内拿出了令人信服的数据和证据，使制售假冒"救命药"的犯罪嫌疑人依法得到了应有的惩罚。

此案告破，社会影响很大，新浪网、新华网、《大众日报》等主流媒体随即在网上置顶或在显著版面上刊发。一些同行也纷纷来电祝贺并请教，说也曾碰到过类似的案子，但苦于证据收集难度太大，最后大多不了了之。

袁超群更加清醒地意识到：基层公安工作，说难，确实很难。因为它是"针眼"，千头万绪的公安工作，几乎都要通过派出所来落实；同时也是"窗口"、"桥梁"和"第一道屏障"。无论是服务群众，打击和震慑违法犯罪，还是维护社会稳定和平安，都容不得闪失和懈怠。

"但如那句老话所言：世上无难事，只要肯登攀。不仅用心、用毅力，更要用情、用智慧。"正是这种理念和追求，使袁超群上任不久，就使辖区内那起八年未了的医患纠纷彻底解决了。

新官上任三把火。袁超群也不例外。在走访省立医院时，医院领导便提出了一个非常棘手的问题：八年前因一起医患纠纷，问题病人及家属在医院的病房及走廊卖东西，现在愈演愈烈，规模越来越大，占用了走廊一大块地方，来就医的病人很有意见，院方多次做工作，患方以结束生命要挟，一直不能解决。

袁超群下决心解决这一难题，便与副所长于峰一起，多次到现场观察，走访了解知情人。

刚开始，患者家连门也不让袁所长进，还不时扔下些冷言冷语。袁超群不急不恼，更不气馁，依然得空就去走走看看，拉拉久病在床的女儿的手，再看似随意地与满脸疲惫的母亲唠唠嗑，说说属于女性和母亲间的知心话。

慢慢的，八年来那位不停上访的母亲终于敞开了心扉：只要能让她们留在城里，能让女儿发病时能比较方便地就医，她们就不再在医院的病房里摆摊卖货，也不再上访了。

"留下容易，可她们孤儿寡母的，再加上一个久病在床的病人，靠什么生活呢？"将心比心思虑后，袁所长决定"好事做到底，帮人帮到根"，兼顾法、理、情，让法律效果和社会效果有效融为一体。

"说了多少好话，不知道；跑了多少路，也不清楚。"听着袁超群话音里极力想淡忘的辛酸，就知道当时真的是"用'说破了嘴，跑断了腿'来形容，一点儿都不为过"。好在"精诚所至，金石为开"，袁超群在街道办事处的帮助下，终于在医院附近给她们一家找到了一间可住人，也能开店，同时还能方便就医的门面房，让她们有了安身立命之所。

患者家看后非常满意，当即表示"回去收拾一下就搬"。可临到搬离的前一天，又突然说不想搬了。没原因，就是不想搬。

问题出在哪儿？其他患者急需一个安宁的住院环境，医院方面急盼能早点儿恢复正常的住院秩序，那家患者也曾说早就盼着有个安稳、正常的生活环境。辖区内还有多少与百姓平安、社会稳定息息相关的事，等待着她这个派出所所长去面对去解决。谁的时间和精力都耗不起啊！望着窗外闪闪烁烁的霓虹灯，袁超群所长苦苦地思索着。

忽然，一颗流星从天际滑过，袁超群心头一亮：问题的症结找到了，办法也有了。

次日一大早，袁所长与副所长于峰带着几位民警到医院找到患者家属，三下五除二就帮她们把堆放在病房门口和过道里的大件物品，一件不少地搬到了为其租住的地方。

患者家见此情景知道：这回不搬是不行了！于是很快很配合地收拾起室内的零杂碎，痛快地离开了那个居住了八年、经营了八年的"病房铺子"。

今年农历小年的前几天，那位患者的母亲特地提了半袋子什锦糖，让袁所长"无论如何要收下，并发给所里的每一位民警"，她要让警察一同分享她家现在甜蜜幸福的日子。说当初她们临时变卦，确实是碍于情感和面子，多亏袁所长及时带领民警相助，让她们家"体面而利索地离开了那个早想离开，却又一直没法离开的地方"。

这两件事，让袁超群所长的信心更足了，干劲儿也更大了。

五

有句老话说得好：机会是留给有准备之人的。

还有一句老话也说得很精准：机会与挑战并行，荣耀的背后是沧桑。

2011 年，对袁超群来说，就是这样一个特殊而难忘的年份。

　　这一年，是袁超群任所长的第三个年头，也是公安机关大兴"执法规范化建设"之年；是中国公安历史上规模最大、持续时间最长、涉及范围最广的"清网行动"开展之年；也是面对采访，袁超群会情不自禁地感叹自己的"不幸"之年。

　　是年年初，她所在的五里沟派出所被市局、分局确定为"执法正规化建设示范单位"。

　　这恰恰印证了上面的那两句老话。

　　提起五里沟派出所，知道的人不多；若说起山东省省立医院、山东省眼科医院、济南市市立二院、济南市皮肤病研究所等医疗机构，恐怕没几个人不知晓。它们全都云集在五里沟派出所约0.73平方公里的狭小辖区内，同时催生出数量众多的旅馆、饭店、歌厅、出租房等治安重点难点行业和场所。此外，五里沟派出所北临火车站，西邻西市场，属典型的老旧城区和商埠区，自然形成了"外来人员多、流动人口多、医患纠纷多、接处警多"的态势。据悉，仅省立医院一家，日均流动人口就近三万多人次。

　　而派出所的办公面积仅四百四十平方米，"每日接处警却少则十来起，多达三十起。出警民警常常是这起警情还没处理完，新的处警指令又到了。经常是值班当天马不停蹄地忙一整天，第二天再加一天班，还不一定能忙得完，但下一个值班周期又到了"。

　　要在这样一个面积"袖珍"、任务繁重的派出所完成规范化示范建设，把派出所原有的办案、办事、办公"三区混合"的旧面貌，改造成一个既方便服务群众又避免相互影响，既有利民警办案又能提升执法效能的"功能齐全，办事有序，办案安全，办公安心，生活安静"的"四区独立"规范化派出所，其难度可想而知。

　　"尤其所长又是一名女同志，要完成执法规范化建设硬件建设所需的规划、分区、装修、监控等工作，这些对一名男同志来说都是非常不容易的，对她更是难上加难，但所里的规范化建设很快很顺利地完成了。"说起当时的情景，一级警督窦兆军忍不住长叹一声，随后又充满敬意地补充道，"袁所长她成功做到了。靠的是什么？靠她的人格魅力，靠她的执着和坚韧不服输的精神。她的精神感动了大家，她的干劲儿带动了大家，赢得了理解和支持，并创造出五天时间就建起一个警务室的奇迹。"

成绩的背后是付出。为了保质保量完成规范化示范建设，袁超群亲自设计规划，多次去兄弟单位和有关专家那里学习请教；想方设法协调下来派出所旁边的一处房子，精心设计建造为新办公区的一部分，为顺利完成实现"四区独立"的规范化建设目标奠定了良好的基础。

为了避免相邻群众对改建工程的不满和误解，袁所长与其他所领导逐户到群众家中走访、慰问；为了在十字路口新建一个社区警务室，袁超群一次次找到相关部门和领导，真诚沟通，耐心解释。如今，那个醒目地坐落在十字路口的警务室，不仅方便了群众，震慑了违法犯罪，还因其有个精致的小凉亭，一不留神成了群众歇息或留影的"风景点"。

如今的五里沟派出所，仅办公面积就扩增了一百七十多平方米，接待室、询问室、留置室、DNA 取样室和同步录音录像系统等，一应俱全；民警的办公室、小餐厅、洗衣房等，也得到了合理的修缮或添加，真正实现了"功能齐全，划分明确，方便适用"的规范化建设要求。

当年年底，五里沟派出所荣获"济南市规范执法"示范单位、济南市精神文明单位和槐荫区人民满意政法单位等荣誉，先后有四名民警荣立个人三等功，袁超群本人被评为"济南市执法为民先进个人"和"济南市巾帼示范先进代表"，并荣立个人三等功一次。

袁超群并没有因此而放缓搏击的脚步，而是在带领民警狠抓执法硬件规范化建设的同时加强了队伍建设，尤其是对年轻民警传帮带的力度。

"毕竟公安工作需要更多优秀的年轻民警来传承。一个人，纵使有三头六臂，也远不如一群人齐心协力干事创业管用和有效。"正是这种"立足长远，勠力拼搏"的思维，让"80 后"军转警察赵永强成了所里重点帮带和培养的新生力量之一。

"我现在有好几位师傅呢！"赵永强的声音跟他的身体一样略显

柔弱，但脸的笑容却如窗外正午的阳光般灿烂。说起跟每一位师傅学习前，袁所长都会把这位师傅最突出的特长和他应该重点向师傅学什么等情况详细告诉他时，赵永强笑眯眯的眼里满是晶莹的泪花。

也许是察觉到什么，他随即有些羞赧地说，想起所里领导或其他同事对他的关爱和帮助，他"确实是很感动，也很感激"，但让他记忆最深、感受最大的，还是第一次随袁所长出警的那个晚上。

他原以为一位女所长可能会比较温柔，但没想到，袁所长干起工作来比男爷们儿还爷们儿。正是那个晚上，让他"那么震撼地感受到了袁所长敢碰硬、能拼搏的凛然之气和'铁人'女所长独特的风采"。

那时，赵永强刚从巡警调派到五里沟派出所，参加值夜班时间不长。

凌晨时分，有群众举报说，辖区内某歌厅里正在聚众赌博。正在所里值班的袁所长迅即带领民警赶了过去。

不知是天黑夜冷，还是第一次参加这样的夜查行动，抑或是觉得包括带队的女所长和刚到所里的自己在内，一共才五六名警察，一进那喧闹声震耳的歌厅大门，赵永强原本就"怦怦"乱跳的心，"呼"地一下悬到了嗓子眼儿。

但这时，他却惊讶地发现：袁所长已以迅雷不及掩耳之势控制了歌厅的前台，使其无法通风报信；随后又很果断地让两名民警分别守住侧门和后门，其他民警则上楼，挨个房间搜查。

此时，觉察到异常的老板带着七八个膀大腰圆的黑衣保安冲了过来，气势汹汹地责问袁所长，凭什么搜查他们，同时示意旁边的保安冲进前台按铃报信。

哪知袁所长早料到了这一点，出示警察证的同时，挺身向前一步，厉声正告道："我们接到举报，此歌厅涉嫌聚众赌博。现警察依法搜查，请予以配合。谢谢！"

那老板却如没看到更没听到一样，乜斜着双眼扫视了一圈后，昂起头率众继续向前台涌去。

"站住！"只听袁超群大喝一声，"今天有我在这儿，谁也甭想进来。请你们依法配合警察的工作，千万别做妨碍执行公务的事情。"洪亮的声音、神圣不可侵犯的气势，如阻拦器般让老板等人定在了原处。

"你真不知道，当时袁所长多有气场和警察的威严！一下就把那些不把警察，特别是不把女警察放在眼里的人给镇住了。"赵永强的眼神里充满了深深的敬意和自豪。

就在这时，上楼搜查的民警将第一批抓获的赌徒、赌资和赌博工具等带了下来。那名老板顿时如霜打的茄子一样蔫了。

当晚，在增援巡警的配合下，袁超群他们一共抓获了二十多名赌徒，分批带回所里后又连夜询问、做笔录，忙了整整一个通宵。

天亮后，办案民警忙完回去补觉去了，袁所长却仍然留在所里。

后来赵永强才知道："这是袁所长上任以来一直都坚持的一个理念和行动。无论是谁的班，也无论是白天还是黑夜，只要有案子，袁所长肯定就会跟大家一起干，直到结案为止。"

"这使我们民警既感到很温暖，也无形中会有种压力和动力。"兴许是刚出差回来，治安民警王东升有些低哑的声音里，透着浓浓的疲惫，稍微停顿了一会儿，他才神情凝重地说，"毕竟我们每个民警再累，也没有连轴转的所长累啊！何况所长还是一位身体不佳的女警。有这样敢碰硬、能拼搏的领导领着大家干、跟着大家一起干，工作苦点儿累点儿，也心甘。因为值。"

六

俗话说，天有不测风云，人有旦夕祸福。就在袁超群带领民警风风火火地忙工作、干事业时，人生的另一种考验，涌到了她的面前。

先是2011年7月，她自己的身体出现了异样，好在最后的结果"有惊无险"。

　　她刚出院没几天，她的父亲又不幸查出肺癌，已是晚期。想到父亲年轻时奉献军营，转业后为了孝敬父母、养育几个儿女，一直未能实现"去海南看看"的夙愿，袁超群便狠下心，第一次连休了七天年假，陪父亲乘飞机到海南美美地转了转。

　　回来后，袁超群一边马不停蹄地忙工作，一边尽可能多地陪陪住院的父亲，想方设法逗父亲开心，减轻病痛的折磨，提升生命的质量。

　　当听说河南有位老中医能有效缓解和减轻父亲的病痛，袁超群立即安排好工作，连夜赶过去，一下开了两大蛇皮袋子中草药。来不及买卧铺票，便挤上能最早到家的那趟火车，站在闷热的车厢里就往回赶。

　　燥热的天气、极度的疲惫，使袁超群所长在人挤人的硬座车厢里没站多久就如中暑般头晕恶心起来，一位乘警注意到了她。

　　他好奇地看着袁超群说："凭感觉，你不像是买不起卧铺的人，但也不是从医之人，可为什么会带着这么两大包中药，挤在硬座车厢里，多累，多不方便啊！"

　　袁超群感激地笑笑说："因为走得太急，没想那么多，只盼着能早点儿回去。"

　　听说是同行，并且是为了患病的父亲才这样奔波劳累，那位乘警想法给她补了张卧铺票，这让袁超群至今仍心存感激。

　　袁所长曾期盼着退休以后，能好好照顾一下一直默默支持自己工作的老父老母，把平时因工作忙而无法陪护他们的时间全补上，为他们做点儿可口的饭菜，让他们乐享晚的幸福。同时，她也可以把自己从警多年的一些心得和体会，尤其是那些成功破获或解决、破获或解决得不那么完美，甚至个别还处于悬疑中的案例和事情，写成一本书，"理论性可能不那么强，但肯定会比较实用，算是自己对挚爱的公安事业最后的一点儿奉献吧"。

　　可如今，她还没来得及尽孝，父亲就已进入了生命的倒计时……

　　这让身为长女的袁超群，怎能不心急如焚？

没多久，她的父亲就被无情的病魔夺走了。

过了不到一周时间，待她如亲生女儿一样的公公竟也不幸撒手人寰。

短短一周时间，先后痛失两位亲人，自己术后又没能得到相应的休养，纵使铁打的汉子也扛不住啊！何况是这么一位白净、高挑、清秀而忙个不停的女子！

她好想美美地睡上一觉，再到山清水秀的南部山区玩上一天。最好是能像那次一样，与丈夫和孩子一起去。在清澈见底的湖边，走一走，看一看。看鱼在水中游，云在山头飘，满眼都是郁郁葱葱的绿，再做个深呼吸，心中便盈满了清新、润泽、恬淡的幽香，令人顿感神清气爽，有种插翅欲飞的妙不可言的感觉。可惜这么多年来，她仅与家人奢享过一次这样的天伦之乐。

此时，"清网行动"拉开了序幕，袁超群的那个想法，只能是一闪而过。

没有时间游山玩水，也没有时间悲伤和难过，她只能一如既往地掩藏起满身满心的疲惫，精神抖擞地带领全所民警，全力以赴地投入到"清网行动"中。

没过多长时间，她在检查身体时发现甲状腺"有问题"，医生让她必须马上住院，越早做手术越好。

但当时"清网行动"正如火如荼地开展着，身为一所之长的袁超群，怎么可能扔下工作马上住院手术呢？

后来，医生给她下了"必须立即住院手术"的死命令，袁超群才不得不安排好工作，办了住院手续。

可就在住院的前两天，一名逃犯终于有了消息。袁超群二话没说，带上几名民警坐上火车，便踏上了千里追捕缉拿逃犯的征程。

那天是 2011 年 11 月 11 日。袁超群清楚地记得，当他们押着逃犯走出济南火车站时，看着满街五彩河一样闪烁的万家灯火，她情不自禁地默默说了声：真美啊！我终于可以安心住院手术了。

当晚十点多，移交完嫌犯，安排好工作，舒舒服服地洗了一个热水澡后，袁超群婉拒了家人的陪同，独自一人去了医院。

次日早上七点，袁超群被推进了手术室。中午时分，她被推出了手术室。

"这怎么可能？医生，你们是不是弄错了？"袁所长的丈夫——曾两次荣登"全国百强律师"榜单的高大欣律师说，拿到病理切片检查报告单的一刹那，他忍不住连连追问道。

他怎么都不敢相信，整天充满干劲儿的她，手术前一天还带领民警抓捕逃犯的妻子，怎么会得这种病？

"也许是那段时间，工作太累；也许是那段时间，亲人接连去世，她自己术后又没怎么休息；也许是从警以来，她一直都那么要强，那么拼命，让人觉得她就是'铁人'和'拼命三郎'；也许是'事不过三'的魔咒，总之……"高律师哽咽地说不下去了……

主治医生十分不理解地说："我行医二十多年了，从没见过像你这样的病人，手术前几个小时还奔波在抓逃犯的征途中。"

七

但仅仅过了七天，刚拆完手术缝合线，袁超群就不顾医生和家人的劝阻，执意出了院，在几名同事的陪护下，径直回到了自己的工作岗位上。

民警们又惊又喜。惊的是："袁所长不该在不该出院的时候，出院了；不该在不该来所里上班的时间里，来上班了。"可大家又是真心盼着，能早点儿见到健康如初的袁所长和大姐！

平时总在一起不怎么觉着，可一连这么长时间没有见到那个总是朝气蓬勃的身影，没有听到那个总是笑声朗朗的声音，总觉得突然缺了点儿什么一样，让人一时难以适应。

此时正值年终岁尾，各种总结、报告以及春节前的走访、慰问等，事事马虎不得，件件都很重要。与此同时，一些民警家里也开始"状况"不断，大家是打心眼儿里希望能如平常一样，无论大事小事，也无论是公事还是私事，最后都由"铁人"袁所长来把关兜底。

这不，2012 年元旦喜庆的气氛还没散去，一个痛哭不止的电话就打到了袁超群的手机上……

"如果没有姐，我当时真不知道该怎么办。"提起 2012 年 1 月 3 日，拿到丈夫肝癌晚期诊断书时的情景，已不幸辞世的民警刘宗民的妻子小杨就泣不成声地说，她当时一下就懵了，不知道该找谁说。平时，她无论大事小事，都第一个对丈夫说，让丈夫拿主意。可那一刻，那么一件天塌地陷般的大事，她却不能对丈夫说，也不想让年仅十二岁的女儿和双方都风烛残年的老人这么快知道，毕竟大家正开开心心地过着元旦呢！

孤苦无助中，小杨第一个就想到了初次见面时就情不自禁地叫"姐"的袁超群所长……

于是，联系住院，接转公费医疗关系，找医院商量手术时间及方案，安排民警接替工作并帮着一起看护患病民警，安抚其手足无措的家属和远道而来的亲朋好友等，包括最后的追悼会和送别，"袁所长比亲姐姐还细心地忙碌着，操持着"。

人们几乎忘了，一个多月前，袁所长刚刚做完那个手术，此刻嗓子还有些嘶哑，说话时间久一点儿，就会显得有点儿憋气……

在刘警官与死神搏斗时，年轻民警赵永强却面临着"幸福而纠结"的为父"大考"。

那是 2012 年 5 月的一天，刚开完早例会，赵永强就接到了妻子"出现早产征兆，被留院观察"的电话。他一下就慌了：怎么突然就成了这样呢？不是去做产前检查的吗？不是离预产期还有一个多月吗？

"没事儿！你马上回家拿上所需的物品去医院。我安排一下随后就到。"袁所长亲切的话语，让急得如热锅上的蚂蚁似的赵永强，顿时清醒镇定了许多。

他飞快地回到家，拿好妻子待产用的物品到了医院。

不一会儿，袁所长也赶到了。之后，在赵永强的妻子隔离保胎、孩子早产后因体弱而隔离监护的二十多天漫长而难挨的日子里，袁所长基本上是每天一条短信，让焦虑得近乎抓狂的赵永强

"真正体会到了一名女领导独有的细心和周全"，连他的妻子都深受感动。

"大姐真的是把我们每个民警的事，无论大事还是小事，都放在心上。虽说工作起来风风火火，比真正的男爷们儿还爷们儿，但又比一般的女同志更细心，想得更周全。"这不仅仅是赵永强的肺腑之言，也是所里其他民警共同的心声。

民警王玉升就心怀感激地说，当初若不是袁所长明察秋毫，从他没胃口吃午饭的细节中看出端倪，主动询问并为他女儿上学的事积极奔波，他还真不好意思开口提这事，女儿能否如愿进入现在这所心仪的学校也就不好说了。

王玉升的语速不快，声音也不大，但听得出来，当初女儿该上初中时，因选择学校而影响了报到，眼看女儿没学上了，他真的是"急得吃不下，也睡不着"，很希望能得到组织或领导的理解和帮助，但一想到袁所长那么忙，所里有那么多事情等着她去拍板和处理，就无论如何也张不开口。

一天中午吃饭时，袁所长突然问王玉升："你女儿上学的事怎么样了，报到了吗?"

王玉升说，他当时太意外了，当然也非常非常感动。

"袁所长工作那么忙，自己也从没在所里说起过，袁所长竟然就知道了。"王玉升说，那时本来还不准备说，想自己再试试。可"一看到袁所长关切的目光，再听袁所长那么亲切地询问，几天来的焦虑和压力，就如开闸之水"，让王玉升一气说了个痛快。

虽不知袁所长因此"说了多少好话，跑了多少路"，但从那几日里袁所长少有的疲惫神情中，王玉升就知道"真的是太难为袁所长了"。

但他至今仍百思不得其解，袁所长当时是怎么知道的。"也许，是我什么时候填写的一张表格里面提到过，除此之外，我就真不知道袁所长是从哪里得到的情况。"

如此细心地为部属着想，竭尽全力地为部属排忧解难，怎能不焕发出极大的凝聚力、向心力和战斗力呢?

这或许就是五里沟派出所虽然有着"行业场所多、流动人口多，纠纷多、案件多、警情多，管理难度大、工作负荷大"的基本特点，但近四年来，仍然佳绩不断，一年一个新台阶的原因所在；也是民警们"精神振奋，上下齐心，相互关心，勠力前行"的原因之一。

八

记得 2012 年春第一次采访袁超群时，她曾多次说，自己虽然为民警做了一些事，解决了民警的一些后顾之忧，但民警和所里其他领导，对自己的支持和帮助也是非常大的。"一个好汉三个帮，何况这么大一个所，又有这么大一摊子事儿，没有全所民警的努力和拼搏，要想取得现在的成绩，是不可能的。"

她说，在一个寒冷的冬夜，她因忙一个案子，晚餐时简单地扒拉了几口，就赶紧回到办公室继续工作，直到凌晨时分。案子总算有了眉目，她伸伸胳膊，活动活动僵硬的脖子，准备休息，却忽然感到又冷又饿。正在这时，一位值班民警敲门进来，一边说"袁所，知道你晚饭吃得少，看你屋里的灯还亮着，就给你也煮了碗面条，快趁热吃了，暖和暖和"，一边递给她一碗漂着葱花的西红柿面。

"你想想，在那种时候，民警那么细心，那么及时地给你送来了一碗又香又热的面条，那会是一种怎样的感觉啊！"袁超群边说边伸出双手，仿佛此刻手中正捧着那一碗热腾腾、香喷喷的面条，让我也忍不住与她一起深深地吸了一口，"那叫一个香啊！你说，你能不感动？能不努力和大家一起干吗？"

一年后的此刻，我再次走近袁超群所长时，她在收到外出办案的治安民警王东升发来的"平安短信"时，欢喜地竟中断采访，边读边解释，还不住地哈哈笑着夸赞说："我的民警能把这么辛苦的工作，干得这么富有诗意，真是太让人感到欣慰和幸福了。我发现，我又发现了一个人才。"

非常幸运，在采访即将结束时，王东升等外出办案的民警正好回所汇报情况。我便有幸得知，王东升之所以在那么紧张的办案途中，还想方设法地编发出那么多诗情画意的报平安的短信，就是因为他们出发时，袁所长那个"想起来就让人心痛的眼神"，当然还有大家都知道的袁所长的身体状况。

王东升说，他们出发那天，恰好是今年年初济南雾霾最重的那一天，能见度比网友们调侃的"站在你的对面，却看不清你的模样"还要糟糕。但法院开庭在即，他与另一位民警丁立建不得不驾车外出办案。

袁所长一如其他民警出差一样，把他俩送下楼，又把他们送上车，反复叮咛他们：一定要注意安全，哪怕慢一点儿，也要安全第一。我在所里静候你们的佳音，等你们完成任务，平安归来。

"那份担心、不舍和些许无奈，让人一看就觉得特别感动和心痛。"王东升说，在那之前，他从来没见过这种情景，因为"袁所长在所里，从来没有精神不振过，始终如一团火，身先士卒地领着大家干，跟着大家干"。

于是，他决定每到一地或每完成一项任务，都用诗意浓浓的语言发条短信，"只为及时报平安，免得所长把心担"。

虽然很忙，袁所长不能一一回复，但这几条回复还是让出差在外的民警获得百倍温暖和鼓励：

"好的。挺有才！"

"啥时回？"

"日照收获丰，警务诸事通。路远慢慢行，祝愿平安归。"

王东升便豪情勃发地再互动一条："锦江二零一房间，闹钟定到六点半。醒来推窗向外看，阴霾雾气全不见。身从石臼踏归程，心感天公也知情。入眼极目万里空，盼与所长会泉城。"

九

面对采访，袁超群常会羞涩地摇摇头说："离组织上的要求还差得很远，离群众的需要也还有不小的距离，何况成绩是大家一起努力取得的，我实在不敢贪功。"

因为她不是"铁人"，甚至连父母为她取名时所寓意和希望的"超群"之人也不是，她"只是一个普普通通的人"。

在采访中，袁超群所长也会呵呵地笑着自嘲说，她有时也发现自己太善解人意了，这样不行，太累！

可转眼间，她就满脸甘之如饴地甜笑着说，虽然所里的工作千头万绪，但孩子上学、亲人患病等，对一个家庭来说，就是天大的事儿。再忙再难，她也要尽一切可能帮帮民警。不可能事事如愿，起码可以像一个老大姐那样，与所里的兄弟姐妹们共同去面对。

"只有把民警的后顾之忧解决好了，民警才能有更多的精力和更好的心情服务群众、干事创业。选择了前方，就只能风雨兼程。是这样吧？"

看着比一年前第一次采访时又清瘦了不少的"铁人"女所长，我只能在用力点头的同时，默默地祝福她，如她的微信个性签名那样：健康！平安！快乐！幸福！

（原载《中国作家·旬刊纪实》2013 年第 6 期）

与亡灵的对话

——记全国"最美警察"、石嘴山市公安局女法医陈莉

冶进海　宣雨彤

引　子

"看昨晚的央视《新闻联播》了吗?"

"我们全家一起看了,咱们石嘴山市有一个人上《新闻联播》了。"

"对对对,是我们市的十八大代表,真厉害……"

"还是个女法医呢。"

"叫陈莉!"

"法医是干什么的?"

"连法医都不知道啊,鉴定伤情、解剖尸体的!"

2012 年 10 月 26 日，宁夏回族自治区石嘴山市一小学课间休息中，一帮穿着校服的男生女生正聊得起劲，纷纷为本市有一位能上央视《新闻联播》"十八大代表风采"的人物而欢欣时，旁边一位一直一言不发的漂亮女生忍不住说了句："那是我妈妈。"语气非常自豪，好像自己也上了《新闻联播》似的。

这个女生叫李亦心，今年十一岁。这么多年来，她只知道母亲陈莉是一名经常深更半夜爬起来执行任务的公安民警，却没想到，突然有一天，母亲上了央视《新闻联播》不说，本地媒体也轮番报道母亲陈莉的事迹，成为周围同学议论的焦点。有时跟母亲一起走在大街上，也会有陌生人认出来，跑过来打招呼，说是电视上看到她了，话语中充满敬重之意。

报纸上说，十七年来，陈莉参与检验各类尸体一千二百余例，亲自解剖检验尸体七百多例，检验活体四千三百多例，出具检验鉴定报告书五千七百多份。李亦心觉得，这么多工作真是妈妈完成的吗？太厉害了！

她这才意识到，母亲半夜三更接到的出警任务，可能是在"开棺验尸"、检验蛆虫遍布而且高度腐败的尸体；她这才意识到，母亲熬夜加班，可能是在实验室里为一个命案苦苦寻找一条值得挖掘的线索；她这才明白，正是由于十七年来的辛劳与付出，前不久母亲从几百万公安民警中脱颖而出，被评为全国"最美警察"之一，同时被授予全国公安系统二级英模荣誉称号。

爱好古筝、书法的小姑娘李亦心，一直生活在父母营造的诗意世界中，用艺术来养性怡心、陶冶情操，虽然对母亲陈莉的工作有过好奇，但母亲从未跟她说过工作上的事情。她压根儿不会想到，母亲常常会面对一些异常残酷、充斥血腥的犯罪现场，那是世界上最残忍、最黑暗的地方。

李亦心渐渐意识到，朝夕相处的母亲，想办法换着花样给她做一日三餐的女人，还真不简单。

"妈妈，我为你自豪！"

陈莉说，那天突然听到女儿说这句话，幸福得眼泪都快流下来了。

一

　　平罗县位于宁夏平原北部，明珠般镶嵌于巍巍贺兰山与滔滔黄河水之间，黄河纵贯南北，湖泊湿地星罗棋布，土地一马平川，沟渠纵横。"若说良田无限好，风光谁亚小江南"，这是清代诗人描述平罗县的诗句。

　　四岁前的陈莉生活在平罗县通伏乡，在树网成林、稻香鱼肥的农村，跟姑妈一起生活，田园风光和淳朴民风滋润着她幼小的心田。陈莉喜欢一个人无忧无虑地玩，一块泥巴可以玩一天，常沉浸在自己的快乐世界中，属于那种不让大人特别操心的小孩儿。

　　"这丫头，多让人省心呀！"大人们如此评价她。

　　由于家中子女有五个，童年的陈莉家庭经济相对拮据，生活压力较大，但人穷志不短，陈莉勤奋好学，她一直保持着优异的成绩，从小学到中学。

　　平罗中学是宁夏回族自治区重点中学，始建于1946年。陈莉在班上并不是成绩最冒尖的，但她与其他同学略有不同的是，从不盲目追求甚至迷信卷面上的分数。她从小就对阅读表现出浓郁的兴趣，只要是看到喜欢的好书，会想方设法借来阅读。强烈的求知欲使她养成了一些独特的学习方法，在有限的时间内不仅学到很多东西，拓宽了知识面，而且还增强了她的自信心。

　　陈莉的中学时代很快结束了，高考横亘在面前。那是千军万马过独木桥的高考年代，虽然当时的平罗中学作为重点学校升学率很高，但还是会有一些同学落榜。

　　1990年的夏天，陈莉参加了高考。当高考发榜，学校公布高考成绩后，陈莉有些失落，自己才考了四百二十多分，数学成绩远远不及自己的期望值，也跟自己平时学习的真实水平相去甚远。她想复读，可又觉得一年五百元左右的学费、生活费，对父母是一笔不小的开支。

　　幸好，她的成绩已经过了当年宁夏地区的分数线，而且超出几十分。后来公布的招生结果显示，她被山西医学院法医系录取了！

这是个意外之喜！那时候填报高考志愿，是凭自己估分报考的。陈莉当时估完分，在看招考目录时，偶然翻到山西医学院法医系招生的条目，在宁夏招四名学生。在法院工作的大姐就随口说了一句："嗯，法医挺不错，我带着当事人到最高人民法院做过活体损伤鉴定。"陈莉一听，想到自己曾经看过一个电影，表现的是一位法医在动物身上做实验从而破获了一起投毒杀人案的故事，当时就觉得法医挺厉害的。现在听大姐这么一说，想到山西离自己家也不是特别远，于是就填报了山西医学院法医系。

没多久，陈莉收到了山西医学院法医系的录取通知书！

陈莉在自己的人生道路上迈出了重要的一步。

二

在山西医学院，法医系的女生是特别受瞩目的，原因是法医系的女生比例低，而且这些女生大一时就能在解剖课上接触到尸体。这让其他系的学生羡慕之中多了几分钦佩。跟尸体打交道的女生，可够厉害的！

陈莉所在的法医班共二十名学生，女生有七位，属于女生较多的一届。清秀漂亮的陈莉从开学报到起，就成为众多男生关注的对象，但陈莉想，自己高考考分不是特别高，自己应该努力学习，不能分心，不能因为自己丢宁夏人的脸。

法医系的基础课程特别多，课本厚得像块砖。陈莉把大量的课余时间用于学习，一学年之后，她顺利拿到了奖学金。自此之后，医学院的奖学金名单上，连年都有陈莉的名字，这让她暗暗嘘了口气。

大学几年的学习逐步培养了她胆大心细的性格。大一上解剖课时，陈莉看到了曾让她既好奇又害怕的尸体。不过，这些课堂上的尸体，都是用甲醛浸泡过的，没有血腥，好多同学就不以为然，私下里觉得不过瘾。真正直面尸体是大四一次上课时。解剖课的老师接受了公安局的委托，检查一具尸体的真正死因，允许法医班的同学们旁观。这给陈莉留下了极深的印象。她记得，当时自己和同学们站在栅栏外，伸长了头，看着穿白大褂的老师在那儿有条不紊地解剖。那是一具女性尸体，没有伤口，老师先从颈部、胸部解剖，最后是开颅……当天晚上，陈莉做了个梦，梦中反复出现当天解剖的过程，但怎么也想不起死者的面容。

"要是有一具尸体摆在我面前，我会怎样检验呢?"陈莉反复地问自己，可总是难以确定自己能不能把学到的解剖知识成功运用到血淋淋的尸检上。

真正在实践中直接接触尸体，而且亲自解剖，是在山西运城公安局实习期间。某天一大早，陈莉和办案民警一块儿出发，赶到夏县开棺验尸。当时尸体已经下葬一个多月了，呈紫黑色，并散发着一股浓重的恶臭。指导老师安排人把尸体抬出来，认真仔细地进行解剖，一边检验、解剖，一边给实习生讲解。其实，当时解剖到一半，就完全可以作出确定性的结论，可指导老师为了不产生任何疑义，忍受着腐烂尸体给人带来的视觉、嗅觉和心理的极端冲击，一个部位一个部位地进行细致检验，并对可能产生疑义的部位反复检验，还让实习生摸摸几个要害地方。最后，指导老师写了一份详细的鉴定报告，对结论的依据进行了详尽说明。

当时陈莉和其他实习生在尸体旁边观看了四个多小时。腐烂了的紫黑色的尸体散发着一股呛鼻的气味，陈莉觉得有些恶心，也有些惶恐，内心期待解剖早点儿结束。可看到指导老师异常专注的神情和对死因严查到底的态度，不由得心生敬意。下午两点才得出明确的尸检结论。当时，有实习生忍不住了，问指导老师："既然解剖到一半，已经可以下定论，为什么还要继续检查呢?"

指导老师喘了口气，盯着那位实习生："法医的责任是百分之百的准确与定论，我们面对的虽然是逝去的生命，却不能有丝毫的马虎。"

这番话给陈莉留下了深刻的印象。当时这个案子因为法医的精确结论，双方纷争平息了，避免了活着的人不必要的仇恨与诉讼，也让陈莉对法医的工作有了一番新的认识。陈莉后来在法医工作中恪守职责，细致认真，不敢有丝毫马虎，缘于她内心对法医职责的深刻理解。

1995 年，陈莉从法医专业顺利毕业。本来，陈莉打算去外地发展，结果临毕业时，学校才通知她，当年自己被招录时是用委培生的指标招进去的。也就是说，她毕业后只能回宁夏工作。不得已，她谢绝了外地一家单位给她提供的工作机会，回到宁夏。

当时她主动联系石嘴山市公安局。

"同志，你们这里要不要法医？"独自赶到石嘴山市公安局，她问里面一位正在办公室擦玻璃的工作人员。

"你？干法医很辛苦的，你敢面对尸体吗？"对方停下手中的活儿，上下打量她。

"当然敢，我学的是这个专业。"

那个工作人员叫谭斌，在以后十七年的法医工作中对她帮助很大。谭斌领着她去见了当时技术中队的郭剑明队长。郭剑明看了看她，一愣，问她学的是什么专业。她说是法医。郭剑明不说话，但眼神里透露出犹豫，心里可能也在打鼓，不知道她能否胜任日后的工作。但看了陈莉的成绩单后，就说你一周后来上班吧。

"女孩子嘛，可以检验物证。"一位局里领导这样说。

一周后，陈莉到石嘴山市公安局正式报到。她被安排在技术中队法医办公室，办公室在一楼，很安静。从来队里第一天开始，陈莉就在这儿工作，除了出现场，这儿是她待的时间最长的地方，解剖、取样、做化验、写鉴定报告……从最初的忐忑不安到如今的胸有成竹，她在这里度过了整整十七年的光阴。

作为一名法医，陈莉当然不愿意只待在办公室里"检验物证"，做一些辅助性的工作。恰好，上班没几天就发生了一个案子。谭斌问陈莉，大峰矿有具尸体，想不想一起去？陈莉心想，证明自己实力的机会来了，于是便跟了过去。

这是一起医疗事故纠纷，能不能完成尸检任务成了她获取领导、同事信任的"试金石"。当时一位二十四岁的女性周某在医院里做了气管切开手术，因为病情过重，医院没有救过来。周某死前去过男朋友家，女方家属怀疑是男方打死的，另有暗伤，于是请求法医做鉴定。赶到现场后，谭斌让陈莉主刀。陈莉看谭斌的眼神，就知道这是在给她机会，同时也是在考验她。以前的实习经验涌入脑海，陈莉知道，自己唯有不慌不忙，一切按程序严格操作，才能得出准确的检验结论。于是她蹲到死者面前，按过去老师教的程序进行解剖，完全忘了身边的评判者。尽管那次解剖不甚完美，但在她结束工作后，谭斌点点头，赞了一句："还不错。"

从此，陈莉与公安法医工作结下了不解之缘。

让陈莉声名鹊起的，是她第一次出凶杀案现场。

1995年9月的一个艳阳天，西北的晴空湛蓝无比，空气中充满一股稻子成熟的味道。陈莉的心情也格外好，刚走进办公室，电话就响起来了，她赶紧放下手中的一份材料，迅速接起了电话："你好，法医办公室。"

"刚接到陶乐那边的电话，说有人在林场偷苹果，让林场工人给打死了。咱们得过去一趟。"

事不宜迟，陈莉立即和同事一起赶往案发地。这是一片很大的林场，种植了上万棵果树。当地民警介绍说，死者偷苹果时，被林场工人发现，一哄而上，拳打脚踢、棍棒击打以致当事人身亡。涉案的工人已经被当地民警带走讯问。死者躺在林场边的土路上，老远就能看到身上沾满了泥土，路上有许多血迹。不少林场附近的村民、林场工人的家属，闻讯后围在尸体旁观看议论。

"来，把死者抬到这片空地上，这里宽阔点儿，画条线，别让外人进来。"陈莉第一次以法医身份来到凶杀案现场，心里有些紧张，但表现得相当镇定。

当时条件比较简陋，没有专门的隔离带，也没有专门的检验棚，一切只能因陋就简。根据她的吩咐，男同事立即将尸体抬到她打开的布单子上。

陈莉穿着白大褂，戴着手套，蹲到尸体旁，打开勘查箱。这时听到远处划定的隔离线外，旁观者一阵喧哗。他们没见过法医现场解剖检验，忍不住好奇，纷纷议论。

陈莉先记录头部损伤，一边说着一边按程序做粗检。粗检后，陈莉不慌不忙地拿出手术刀、锤子、锯子等工具，先给死者剃完头发，然后一刀下去，把死者脑后一块冠形的头皮切开。

血渗了出来。

她上下一翻，人的颅骨暴露出来了。

"啊……"旁观的妇女们忍不住惊呼。

陈莉必须把脑袋打开，检查里面的内伤。当时还没有电动解剖锯，只见她取出锯条，按在锯子上，比画了一下。围观者立即屏住了呼吸，紧张地看着她的锯子，似乎感受到了锯子锯到脑袋上的疼痛。陈莉在头颅上锯了一条缝，用凿子插进锯开的缝隙中，轻轻一撬，拿下了颅骨。旁观者不约而同地发出一声长长的感叹。陈莉像什么也没听见似的，继续专心致志地检查头颅内有无瘀血、内伤等，并快速告诉身边做记录的同事。在众目睽睽之下，陈莉作为主要鉴定法医，完成了生平第一次出现场的工作。

第二天上午，陈莉在单位做活体损伤鉴定时，有位前来鉴定的男士突然指着她，大声跟其他人说："就是这个女的，好厉害，就这么一刀，把一个死人的头皮一下给剥开了。要不是亲眼看到，谁会相信一个这么好看的女的会这么厉害……"

这个男士边比画边说。单位同事听了，赞赏地看着陈莉。陈莉也听到了，有些面红耳赤，觉得挺不好意思的。

就这样，陈莉开始了她的法医生涯，不仅参与各类尸体的检验，而且检验活体、做物证、出具检验鉴定报告书等。日复一日，她的检验技术日益精湛，成绩也越来越突出。

三

尽管陈莉对法医这份职业有了充分的心理准备，但现实和理想之间的差距，仅凭热情是远远不够的。

1996 年 7 月的一个下午，天气炎热，身着衬衫的陈莉正在办公室里写报告。这时，电话铃响了，技术中队中队长郭剑明通知她立即赶往贺兰山，说是发现了尸体，侦查员怀疑此死者可能是一起杀人案的案犯，必须进行细致的检验。

陈莉和另一名法医快速赶到现场。还没走到尸体边上，就闻到一股浓浓的恶臭。当时正值盛夏酷暑，贺兰山的日照非常强烈，尸体可能腐烂了。陈莉走过去，打量了一下，就觉得恐怖：死者面容已毁，穿着的棉衣棉裤上有不少血迹，脚上是一双厚厚的棉鞋，周围飞舞着许多苍蝇。

她蹲下来准备解剖检验。可是，在揭开尸体棉衣扣子的瞬间，她条件反射似的向后一闪，站了起来，只感觉心脏突突突一阵剧烈跳动，头皮完全发麻了，胃里翻江倒海般折腾起来。原来在解开衣服的尸体上、棉衣里，密密麻麻的虱子正在蠕动，数不清的跳蚤在跳。

从事法医工作一年了，这是她见到的最难以名状的恐怖尸体！

问题是，在她身后的几个同事没看到刚才的一幕，正疑惑地看着她，不知道她怎么了。

"我如果退缩，只能说明我懦弱。过不去这个坎儿，如何面对下一个坎儿？我今后还将面临多少个坎儿呢？"想到这儿，陈莉咬咬牙，蹲下来继续解剖。

还好有其他同事帮忙，这给她壮了胆。她和另一位同事一起解开尸体上的棉衣和里面的秋衣秋裤，不顾那令人头皮发麻的虱子和跳蚤，认真细致地进行了检验。综合分析的结果，排除了侦查员提出的一些疑问，案件的侦破方向落在特定的几个人身上。

那两天，陈莉眼前不断闪现着解开棉衣后尸体呈现出的那一幕。她反复思考，想着日后能否干下去。痛定思痛的结果，她明确了自己既然选择了这一行，就要做到即使遇到比这更可怕的尸体也不能怯场！

接下来的一件案子，让她意识到，法医不仅要克服心理障碍，同时还得有强健的体魄，才能很好地完成任务。

过了一周左右，一个放羊娃到当地派出所报警，说是在石炭井的一座山上发现一具无名男性尸体。接到赶赴现场的命令后，同事谭斌对陈莉说："大夏天的，翻山越岭危险不说，还特别消耗体力，你今天就别去了，我让其他人一起跟我去。"

"不行，我要多去几次案发现场，胆量会更壮一些。"

见陈莉神色坚定，谭斌便答应了。时间不等人，两人迅速准备了一番，和另外两名技术人员背着勘查箱，提着技术设备，先找到报警的放羊娃，随后跟着他一起赶往现场，寻找尸体。

放羊娃指着远处的大山说，尸体离这里不远，走一阵子就到了。

对走惯了山路的人而言，确实不算远。但对大学刚毕业的陈莉而言，头顶着烈日，翻过一座又一座山，明显是一个极大的挑战。夏天西北的太阳似乎要把石头烤化，陈莉踩在发烫的山石上，又热又累不说，嗓子渴得要冒烟。有几回，同事劝陈莉休息一会儿，要不就别去了。陈莉心想不能耽误大家的工作，摇摇头，咬咬牙，快步跟上。

四个多小时后，他们终于在一条深长的山沟里发现了尸体。侦查员正等着法医来做尸体鉴定。

检验完尸体后，大家倾向于认为死者是摔死的。但为了确认死者是意外失足摔死，还是被人从山上推下摔死的，大家觉得有必要找到死者坠落的第一现场。一番分析后，大家认为，死者很可能是从尸体上方陡峭的山坡上摔下来的，只有爬上去，才能找到更多的证据。但这面陡峭的山坡上，长满了酸枣刺，锋利尖锐，爬上去不仅需要花不少时间，而且多处非常险峻，怪石嶙峋，稍不注意，就有可能一脚踩空，摔到沟底便一命呜呼。

当时，虽然陈莉已经累得快要瘫倒在地了，大家也劝她不要上去了，在沟底等着或者沿山沟先出山。但为了求证，陈莉喘了口气，坚持说："没关系，我跟你们一起去。"在同事们的搀扶下，陈莉强忍着身体的疲乏劳累，一步一步往上爬。途中，好几次她都滑倒擦破了手，险些掉下山崖。

最终，陈莉和大伙儿一道，找到了死者摔下去的最初地点。通过勘查死者踩倒的草根以及附近的脚印，确定死者系意外摔死，排除了他杀的可能。

"陈莉是个说到做到的人，她想做的事，绝不言弃！"她的同事这样评价她。

那天回来时，天已经黑透。陈莉暗自算了一下，来回在山路上走了近九个小时，加上现场勘查、尸体鉴定，不吃不喝熬了十多个小时。看着身边的男同事个个累得筋疲力尽，陈莉心想，自己终于坚持下来了！能打个及格分吧？

其实，刚做法医的陈莉没想到，与吃苦受累相比，与面对血腥的凶杀现场和高度腐烂的尸体相比，法医更需要克服的，是在现场重建时所感受到的对凶杀过程的恐惧！

简单地说，法医根据尸体检验结果，结合案情与现场情况进行现场重建，是公安部门法医工作的最高境界。进行现场重建，还原作案过程，有助于判断案件性质，划定侦查范围，制订侦查措施。在这样一系列分析过程中，法医仿佛亲眼目睹了凶手杀人的整个残忍过程，一刀刀、一枪枪……这才是常人真正无法承受的心理挑战。

1997 年 3 月 17 日，靳某一家四口被杀。现场满是血迹，几名死者被残忍地杀害在屋内，相距不过数米。

陈莉仔细检验了每具尸体的伤口，再通过一系列现场的证据，和同事们综合分析后认为，凶手杀完两个大人后，再杀小孩儿。一名三岁多的孩子是被凶手追到床底下杀害的，另外一名七岁多的孩子则是被他逼到墙角杀害的。

这就意味着，两个小孩儿是看着父母被凶手杀害后又被杀害的。这期间，他们会经历怎样的痛苦！

陈莉仿佛看到两个无处逃命的可怜孩子悲惨的一幕：钻进床下被拉出来杀害，蜷缩在墙角被杀害，凶手残忍地挥动着凶器……

面对眼前被残忍的凶手夺去生命的弱小身躯，无论哪一个法医都无法做到真正的"心平气和"。陈莉在验尸过程中，越分析现场，越觉得恐怖、心痛、愤怒。作为一名法医，最不愿意解剖的有两种尸体，一种是孕妇，一种就是孩子。孕妇一尸两命；孩子则是无辜弱小的代名词！但陈莉知道，从法医角度而言，只有让尸体"说话"才能使真相重现。她在这种恐怖、心痛、愤怒的过程中，要保持冷静，才能准确地指出凶手的一些特征，为办案提供重要证据。

"陈法医，想什么呢？"这个案子过后，有一段时间陈莉动不动就会神思恍惚，同事见后关切地问。其实，不只陈莉这样，好几个办案的民警都变得很敏感，很脆弱。

陈莉摇摇脑袋，痛苦地说："没有人天生喜欢血肉模糊的血腥工作场面，有时也想放弃法医工作，也产生过不想干的念头，但同时内心又希望通过自己的工作，将罪犯绳之以法。在这个过程中，无论我们付出多大的代价都是值得的。"

四

刚毕业时，陈莉不太喜欢跟别人吃饭，特别是陌生人。因为初次见面总要相互介绍，一听说她在公安局工作，还是做法医的，每个人都会问，看到尸体怕不怕？每当这个时候她一般都是笑一笑，不作回答。因为她发现，回答说不怕，对方会有更多问题。其实，在她看来，每份工作都是一样的，都有艰难辛苦，也都有收获的快乐。

陈莉忙于工作，而忽视了个人问题。尽管身边有不少的追求者，但她一直保持单身状态。这一晃，几年过去了。有一天，女同事米玲的母亲见到她，就问她结婚没。她摇摇头。老太太当即扯开了话匣子："哟，这么好的丫头，还没结婚，那怎么行。我给你介绍一个，我一个朋友刚好托我给他的儿子找个好对象呢。"

米玲的母亲很热心，立即要给她牵线搭桥。

陈莉对介绍对象不感冒，她觉得感情的事要随缘，但同事的母亲这么热心，不好意思拒绝，就说行呗，先看看照片。

米玲的母亲笑呵呵地说："好好好，先看照片！"

一天晚上她正在值班，电话铃响了，是米玲打来的："你上来一下。"

陈莉没多想，来到了米玲办公室。当时单身男女基本是以办公室为家的。

米玲拿出一张照片，在她眼前一晃："看！"

这是张年轻男子的照片。该男子皮肤白净，英俊帅气，精神焕发，可见是精心挑选后拿给她看的。

"行，见一面。"陈莉看着照片，不免有些喜欢照片上的人了，"他不在意我是干法医的？"

"不在意，说不定人家还认为干法医很酷呢。"

米玲和她妈都是热心人，很快就安排了他俩见面。一天下班后，照片里的年轻男子在米玲家等候陈莉到来。陈莉进去时，该男子坐在沙发上，正跟米玲母亲聊天，挺有礼貌的样子。米玲打了个招呼，坐下来，米玲妈介绍了双方，随口说了句"我去给你们倒水"，就离开了房间。

这让他俩有些拘束。还是青年男子先开口，说自己叫李锦，木子李，锦绣的锦，并问陈莉最近忙什么。陈莉作了回答，随口问他的一些情况。聊了几分钟，双方感觉还挺好。陈莉觉得，已经下班了，到饭点了，待在别人家里谈恋爱不像样子，于是站起来说要出去走走。

李锦跟着站起来。这一下，就露了馅。陈莉突然发现，李锦个头不高，还不到一米七，加上偏瘦的体形，显得他的身体更加单薄。这让她不免有些失望。她心想直接拒绝会让对方不舒服，也不合适，不如吃个饭就算了。

吃完饭，李锦对她的感觉挺好。第一次见面后不久，又多次来找她。但每次见面，陈莉和他待不到一个小时，面子上过得去了，就找个理由离开。李锦就传话给米玲，说她对自己比较冷淡，谈对象时不是很热心。

陈莉回复说："是的，奔着结婚的目标，找的话题没多少意思，不像是谈恋爱。"

但接下来的一个星期天，陈莉的内心发生了一百八十度的转变。那时候，她还住在办公室里。当时李锦来找她，她有些感冒，没怎么搭理他。后来李锦出去了，再回来时，买了两种不同的点心，放在她的办公桌上，然后默默走了。陈莉不以为意，午觉醒来后，她感觉挺饿，吃了几口桌上的点心，觉得真不错，干脆一口气全吃光了。再一看，房间里的几盆花，湿漉漉地闪着光泽，李锦都给浇过水了，而且把花盆外沿擦得干干净净的。陈莉当时觉得，内心深处一些坚硬的东西慢慢融化了。她的心就这样在一些看似无足轻重的细节中，被李锦感动了。她想到前段时间，李锦买来西瓜，她和同事们一起吃了，收尾工作都是李锦来做的；去她家，一进门李锦就进厨房帮着和面，话不太多，但无微不至的关怀都在点点滴滴之中。

找丈夫，不找这样对自己好的，还要找什么样的呢？为慎重起见，陈莉想听母亲、姐姐的意见。

"我看李锦挺实诚的，就他了。"大姐笑着说，"对你够好的了，你这性格，需要这样一个男人呢。"

"相信妈，他是个过日子的人。"

于是陈莉完全接纳了李锦，谈了几个月后俩人便成家了。

结婚之后，李锦的不少缺点暴露出来，她发现，自己不仅能接受这些缺点，而且还喜欢李锦放松时表现出来的缺点。她这才意识到，爱一个人，不仅要欣赏对方的优点，更要能接纳他的缺点。陈莉发现自己其实并不排斥李锦本人，排斥的只是这种用相亲的方式谈恋爱。

爱情的果实是在结婚后结出的。

两人生活兴趣接近，打牌、打台球、和朋友聚会等活动使日子过得很开心，也很幸福。李锦特别包容她，生活方面很细致，什么事情都能帮她想到。她享受到一种被捧在手心的宠爱，这种感觉以前从未有过。

在她二十九岁时，女儿李亦心诞生了。这个可爱的小宝贝给她带来的幸福与快乐是难以用言语描述的。她只要回到家，面对女儿，便沉浸在喜悦当中，什么烦心事都可以抛掉。

李锦对她的工作给予了最大的支持。结婚之前，他不介意陈莉法医的身份："我要介意，就不会答应跟你见面。"结婚之后，陈莉不该说的不说，李锦不该问的不问，俩人回到家后，基本不谈论与工作有关的东西。但陈莉的工作没有固定的上下班时间，好多案子，要么发案在下班后，要么在半夜。每当在家的时候，遇到陈莉要出现场，李锦都会问上一句："要不要我去送你？"

由于案发现场不准外人进入，陈莉基本上没让李锦接送过。本着对真相执着的追求和对生命的尊重，陈莉的工作日历中，从来没有休息和节假日的概念。这让李锦在当爸爸的同时，也承担了一部分妈妈的职责。

陈莉的同事感叹地说："不管刮风下雨，不管白天黑夜，只要发生案件，都能看到陈莉的身影，她可是个累不垮的女人。"

2006 年的一天，石嘴山市一小煤矿发生事故，三人死亡，要求立即检验尸体。当时是周六，陈莉正在家中陪女儿练古筝。命令来得很突然，陈莉没有办法从其他地方调法医和技术员，只好一个人带着工具和一名侦查员赶赴现场。当时，尸体已经被分散拉到大武口三个医院的太平间。

太平间里充斥着消毒水刺鼻的味道，却无法掩饰死亡的气息。虽然陈莉已经习惯了死亡，但跟她前来的侦查员却是个新手，因为没见过尸体，更受不了太平间里的气氛，不敢看尸体，动不动捂着胸口别过脸去。没办法，陈莉只好一个人先用相机拍完尸体的每一处损伤，又记录尸体损伤情况。这些死者死状极惨，尸体也不完整。等三具尸体全部检验完，已经到了晚饭时间。

火急火燎地赶回家里，刚吃完晚饭，手机响起，命令来了，说某县又发生命案了，必须赶紧去。陈莉本来打算陪家人好好聚聚，可案子就是无声的命令，她只能立刻赶赴下一个现场。

案情比较简单。一男子与新婚妻子发生纠纷后持刀将妻子及岳母杀死。受害人家属情绪十分激动，聚集在现场要求公安机关给他们一个说法。为了保证诉讼及时，陈莉和同事连夜勘验现场，检验尸体。由于干了一天活儿，又是半蹲在地上解剖，加上尸体上的损伤比较多，等解剖完，陈莉一头大汗，差点儿站不起来。好不容易站起来时，腰却伸不直，最后只好弓着腰走出案发现场。而此时，天已经大亮了。回到家里吃早饭，她已经闻不出饭菜的味道了，累困相加，趴在桌子上就睡着了。

这样连轴转的工作状态，陈莉已经习惯了。有了女儿之后，为了解决后顾之忧，陈莉雇了保姆；孩子上幼儿园后，赶上李锦工作调整，需要经常加班，陈莉又专门雇了接送孩子的阿姨。陈莉几次想换房，但反复考虑，为了方便照顾孩子，且不耽误工作，还是一直住在李锦单位的家属院里。这样的好处是，李锦一旦加班，又遇上她有案子，李锦可以让同事帮忙照顾一下女儿。

陈莉也常想，她跟多数人不一样的是，她面对的生命有两种，活着的和已经逝去的。作为一名法医，她都必须平等对待，并努力让生者有幸福生活的权利，让逝者有"说话"的权利。

陈莉的女儿今年刚十一岁，读小学六年级，爱好书法、古筝，聪明伶俐。有一次，公安部组织命案现场模拟考核，按照规定，石嘴山市公安局至少要有两名法医参加，陈莉是当然人选之一。恰在此时，女儿要做阑尾炎手术，她刚陪着女儿完成手术，就马上奔赴考核现场。

再去探望女儿的时候，有几个领导也跟着她过去了。女儿经受了如此苦痛，而自己不能在身边陪着，让女儿独自承受，一想到这里，她忍不住抱起女儿流下了眼泪。女儿也在哭，说："妈妈，我想你了。"

此情此景，几个领导都差点儿流下眼泪。

其实，每当有突发事件的时候，很多警察都得面对工作和家庭生活的冲突。陈莉的解决之道是："平时有空儿就尽量多陪着家人吧！女儿周末报班学习，我只要不加班，就陪她上课。"

而家人也在无微不至地关心着她。女儿经常在她回来时，跑到门口迎接她。李锦担心她回家不安全，特意给自家车库换了个自动锁，只要在车内遥控，车库的门就能升降。

五

法医工作需要不断地丰富知识和持续地积累经验。参加法医工作以来，陈莉除了重视业务知识的学习，不管多忙多累，都坚持写工作笔记。对每一起案件发生的环境、特点、解剖结果、定案依据都加以分析和整理，并认真完整地记录下来。通过研究分析，上升到法医理论的高度，用来指导实际工作。她还参加专业培训班，得到了全国多位知名专家的指点。因为工作成绩突出，她连续多年被评为优秀公务员、先进工作者。

她像一朵慢慢绽放的花朵，在法医岗位上展示着自己美丽的人生。

2004年4月8日14时许，王某在一煤矿采煤时死亡。当时，家属及部分办案民警认为死者是被人用煤块砸死的。但立案侦查后却找不到被煤块砸的痕迹，对尸体上的损伤也解释不清，案情由此陷入了僵局。4月17日，石嘴山市公安局安排陈莉和同事一道在医院太平间对王某的尸体进行了解剖检验，并对案发现场进行了勘验。

陈莉通过解剖发现，死者面部及躯干多处片状表皮擦伤，并有不规则挫裂创伤，而且右侧多处肋骨骨折。这到底是怎么回事呢？钝器打击致死，会是这样的情形吗？陈莉心里一动，立即检查胸背部皮肤软组织的损伤特征，再结合肋骨骨折位置，认为死者右胸部裂创与背部裂创为一次贯通形成；右前胸部裂创为入口，背部正中裂创为出口，造成该裂创的可能是有一定重量、一定速度、前缘光滑底边粗糙的楔形钝器。也就是说，如果仅仅是煤块砸击，不可能形成如此巨大的创伤。

为了确证死者躯干擦伤及不规则挫裂创伤形成的致伤物，陈莉对尸体及案发现场可能致伤的工具一一反复研究比对，最终发现，事故发生处工人所使用的铲车左前第一铲齿可以形成前后胸贯通创伤。于是，她在一系列证据的基础上不仅确定了致伤工具，而且确定了死亡性质，为事故的处理提供了有力依据。

在其向家属说明情况时，家属对法医提供的损伤情况照片及说明都非常认可。办案民警也认定了法医鉴定意见。最终，此事故得到了顺利合理的解决，避免了因鉴定不准引起的矛盾。

"干法医这行最基本的原则是重事实，讲证据。"陈莉说，"法医的责任就是让'死者站起来讲真话'，这是对法医鉴定能力的最好验证。"

2005 年 11 月 28 日 6 时 15 分，在石嘴山市某县一条排水沟土路上发生了一起死亡事故，死者的哥哥对初验尸体鉴定中认定死者是从副驾驶座上掉下来摔死的结论提出了异议。12 月 2 日，受该县公安局的委托，陈莉对死者的尸体进行了解剖检验，并对肇事车和案发现场进行勘验。

因为案情重大，不同的结论导致的处罚不一，陈莉对该案十分慎重，仔细解剖尸体，不放过任何一处可疑的地方。果然，她发现尸体右大腿处有较规则皮下出血的特征。

这是新情况。为此，陈莉把出血的地方与涉案车辆轮胎反复对照分析，仔细测量有关数据，结合尸体检验发现的其他损伤情况，确定尸体损伤是轮胎碾轧所致。

这是双方都没想到的一个结论。

她在鉴定报告上这样写道：死者是不慎从副驾驶座上掉下来后被正在前进的车辆碾轧致死的。

这个结论不仅得到了死者家属的认可，肇事车主也不得不服，最终案件得到了圆满的处理。

这样的案子处理得多了，陈莉深刻体会到：对法医而言，成败在于细节，而细节在于观察，观察在于习惯。习惯能够成就无数的成功，无数的成功彰显了法医神圣的职责。

2007 年 4 月 17 日，贺兰山下一墓地处，有一家人正在为刚过世的老人办合葬，不料发现老人墓中多了一具尸体。这具尸体是谁的？为何会出现在老人的坟墓中呢？这家人立即报案。

命案关天。陈莉与同事们迅速赶到现场，提取尸体骨骼进行检验鉴定后，基本确定死者是 2005 年 8 月 24 日早晨离家上学时失踪的刘某。

过了这么长时间，刘某的尸体已经化成白骨，坟墓内潮湿的环境更使物证检验失去了条件。那么，这个案子怎么破呢？

该案发生后，社会影响极大，死者家属也多次上访。案件不破，罪犯不能被绳之以法，死者不能安息，死者家属不能得到安抚。一时间，石嘴山市公安局的刑警们面临着巨大的舆论压力。

案情分析了再分析。因为过去很久了，目击者很难寻找，于是只有指望在死者的尸体以及尸体周围散落的死者的随身物品上有所发现。而让尸体"说话"，就需要法医想办法。

陈莉感到巨大的压力。同事们希望她能有所突破，她不能辜负同事们的期待，更不能让凶手逍遥法外，不然，死者死不瞑目。于是，她成天成夜地在实验室里做检验，从中发现了一系列的重要线索和证据。根据已成白骨的头颅上的凹陷性骨折分析，作案工具应为扳手或摇把，由此也可以推测，犯罪嫌疑人具备拖拉机之类的运输条件；根据死者身上衣服被撕破、下身赤裸，分析案件性质为强奸杀人；根据死者挎包扣内压实的泥土及黏附的麦草，可以推测强奸地点应在农田里；根据死者大便里有西瓜籽，可以判断死者失踪前一天吃过西瓜……

在一系列分析意见的基础上，民警开展了大量的走访调查工作。2011 年 10 月，犯罪嫌疑人被抓获。陈莉得出的二十余条结论，在案件侦破后都得到了一一验证。

以细节求证，以论据说话，在陈莉鉴定过的案子中，这一点表现得特别突出。细节源于观察，这不仅是案件侦破的关键点，更是在考验一名法医的基本素养。

2008 年 8 月 29 日，独身男子黄某被人杀死在家中。死者被害时躺在床上，由于尸体高度腐败，现场勘查条件又极为恶劣，一时间案件侦破陷入僵局。陈莉在现场反复勘查中突然发现，死者虽然是单身，但床上却有两床被子、两个枕头，而且死者旁边的被子有一半被掀起，部分压在死者的被子上。这是否意味着，死者生前是和另一个人一起睡的呢？

从尸体检验情况看，死者损伤特点是，损伤次数多，但力量不足。结合死者系单身男性，陈莉和同事们分析，嫌犯很可能是同睡的女性。

根据致尸体损伤的力量不足和嫌犯可能是女性这两点，侦查员的注意力集中在跟黄某交往的女性人员身上，最后成功抓获犯罪嫌疑人，快速破获了此案。

这样的案例在陈莉的经历中不胜枚举。陈莉说："每一起凶杀案都很难对付，但再聪明的凶手，最终都难逃法律的制裁！"

不仅观察细致，为了让自己观察得出的结论得到验证，陈莉会在现场进行一系列实验，以便找出案件发生的原因。

2010 年 9 月 24 日，在内蒙古左旗呼鲁斯太镇，两名居民死于家中。内蒙古警方初步勘验后认为，他杀的可能性比较大。因为死者是石嘴山市居民，所以委托石嘴山市公安局法医来进一步勘验现场，解剖尸体。

陈莉和同事迅疾赶往案发地点，通过对尸体及周围物品的勘验，首先确定了尸体的位置是死亡的原始位置。检验发现尸体体表没有损伤，排除了他人暴力打击致死的可能性。在仔细观察尸体颜色，特别是尸斑表现出鲜红色这一特征后，陈莉凭借经验，初步断定，死者为一氧化碳中毒死亡。

"一氧化碳从哪里来的呢？"现场的民警提出了疑问。

陈莉当然也在思考这个问题。她仔细地观察死者居住的环境，发现房屋是砖石结构，坐北朝南，里外四间平房，尸体位于中间卧室后半间内，房屋唯一可以生火的厨房，与尸体之间隔着一间屋子，况且厨房的窗户打开着。这也意味着，即使厨房里产生了一氧化碳，也很难扩散到尸体所在的房间。那么，死者房间的一氧化碳究竟是从哪儿来的呢？

她呆呆地站在院内，苦苦思索，后来，她看到一根烟囱，立即爬到房顶查看。一到房顶，她发现这根烟囱恰好是在尸体所在房间的顶上。另外，烟囱口半掩着，很可能死者生前使用过这根烟囱。

陈莉又绕到尸体所在房屋的后面，发现有一个在屋外烧炕的小土炉子，里面有新烧过的痕迹。陈莉通过咨询附近的居民得知，死者死亡当天，天气寒冷，且刮过大风。有风时烟不容易出去，甚至会倒灌进房内。

为了确定自己的推断，陈莉当场取来死者家中的柴火，点着了尸体所在房间后面烧炕用的土炉子。点燃不久，房间墙边炕沿上的铺盖缝里有烟冒出来，而且越来越大。这些烟聚集在房间内经久不散。

加上另外一些旁证，陈莉毫无疑问地确定：死者系点火烧炕取暖时发生意外，属一氧化碳中毒身亡。

"没想到你观察得这么细。我们认可这一结论。"现场做完实验，内蒙古办案民警对她赞叹不已，而死者家属对这个结论也没有异议。但陈莉为了做到进一步确定，用证据说话，特意抽取了死者的心血，回到实验室后便进行了一系列的一氧化碳检验。检验结果证明，死者确系一氧化碳中毒身亡。

"真有你的！"当陈莉打电话通知办案民警时，对方在电话里夸赞说，"多重求证，只为尊重消失的生命！"

不知死，焉知生。正是直面一系列的死亡，陈莉才保持着强大的内心，并真切感受到生命之美。

2012 年 8 月 5 日中午，惠农区一名年仅十四岁的女学生在公共厕所被杀害。案发后，陈莉和同事前往现场勘验。在现场发现，死者有过挣扎的痕迹，而且尸体的颈部有伤痕。陈莉初步分析，女孩儿是被扼颈导致窒息死亡。随后，陈莉和同事们用技术手段在尸体上获取了犯罪嫌疑人的 DNA。但仅有 DNA，还难以抓获犯罪嫌疑人。那怎么办呢？

为了早逝的少女，陈莉不怕脏臭，多次进入犯罪现场——厕所里检验，后来在事发公厕男厕所的便池中，发现有醉酒者的粪便。结合证人证言，事发时厕所旁的过道内酒味很大，陈莉大胆推断犯罪嫌疑人作案前曾大量饮酒，酒后乱性，嫌犯跟踪女学生窜进厕所作案。

犯罪嫌疑人的范围进一步得到缩小。

根据陈莉和同事提供的尸检报告及案情分析，侦查员大量走访群众，案发九天后，犯罪嫌疑人被捉拿归案。犯罪嫌疑人交代的犯罪经过与陈莉分析的基本吻合。

"什么都逃不过她鹰一般的眼睛。"同事这么称赞陈莉。

陈莉淡淡地一笑。即使凶手被绳之以法，那个年轻的生命也永远不可能回来了。这才是陈莉最大的遗憾。

"活的时候要活好每一天。"说这话时，陈莉就像个哲学家。

六

陈莉想不起来，自己究竟赶赴过多少次案件现场，参与过多少次尸体检验，出具过多少次鉴定报告，她一直很淡然，觉得自己在干分内的事。

十七年来，克服了多少困难，只有陈莉自己知道。作为一名女性法医，除了专业方面需要和男性法医具有一样的高度外，还得面对更多的挑战。比如到野外出现场，陈莉就尽量不喝水，不吃东西，不上卫生间。因为同事基本上都是男性，上卫生间特不方便。这样的麻烦还有不少，但陈莉想方设法克服。

"选择了这一行，就不要抱怨。"陈莉说。

据统计，陈莉从事法医工作十七年，共到达各种现场一万七千多次，参与检验各类尸体一千二百余例，亲手解剖检验尸体七百余例，检验活体四千三百余例，检验物证三百余例，出具检验鉴定报告书五千七百余份，参与了全市大多数重、特大杀人案件以及伤害案件的活体损伤及尸体检验鉴定工作。通过现场勘查及尸体检验，先后为多起杀人案件提供了破案线索及证据。

自 2012 年 7 月下旬起，中央电视台等国内主要新闻媒体和人民网、新华网等全国重点网站联合开展了"最美警察"媒体推介活动。在短短三个月时间里，媒体网站共推荐了一千一百三十四名"最美警察"候选人。最终经过两亿网民投票，共评选出五十位"最美警察"。推荐的参选人物中，就有石嘴山市公安局刑警支队法医陈莉。

结果出来后，陈莉以第五名的名次当选全国"最美警察"。10月26日，五十名"最美警察"齐聚北京，集体接受公安部嘉奖。她的获奖词是："以扎实过硬的技术、公正无私的品质，赢得群众的信赖；以果断干练的作风，用犀利的目光和智慧的头脑，将与亡灵对话的艺术做到极致。"

当一名警察不容易，当一名女警察更不容易，而当一名坚守岗位十七年的女法医实属不易。陈莉没有惊天动地的业绩，但她用纯熟的技能、尽职尽责的工作态度，为侦破案件提供了准确的依据。陈莉爱岗敬业，心中时刻都有群众，这才得到了群众的认可。

事实上，陈莉得罪的人也不少。从事法医工作这么多年，陈莉认为，法医鉴定事关当事人有罪、无罪、罪轻或罪重等重大问题，这要求法医不但要有丰富的业务知识、认真细致的工作作风，还要有一颗公正、公平的心。好多次的活体损伤鉴定中，为了让鉴定结果有利于自己，不少人偷偷给她塞红包，或者找人说情，而陈莉一概拒绝。事实就是事实，她从来没想过要利用工作之便偏袒谁。

在工作中，一些工伤的受害者精神状况较差，情绪激动，说话也不客气。作为一名女性工作人员，陈莉总是耐心细致地解释，给他们安全感，让痛苦和怨气得到缓解。一些外地来石嘴山市打工的工伤受害人来做鉴定，有时身无分文。面对这样的群众，陈莉同样热情接待，尽量帮他们解决一些实际问题。"这个特殊群体更需要热情帮助。"她说。

就在荣获"最美警察"称号的十几天后，陈莉作为党的十八大代表，又一次来到了北京。她认为这一次与以往不同，自己所代表的已经不仅是法医群体，还有那些长期工作在刑侦一线的基层党员们。

在陈莉办公室的书柜里，密密麻麻地摆放着大量专业书籍。她说，计划抽出时间多写些研究论文，把自己的工作心得总结出来与同行们交流，为法医事业多作一些贡献。

（原载《啄木鸟》2013 年第 7 期）

水蛇行动

——公安部督办"6·25"特大贩毒案侦破纪实

李荣军

夜半界河上的幽灵

广西北部湾美丽的滨海城市东兴市，是祖国南大门重要的门户，这个国家一级口岸与越南广宁省的芒街市隔河相望，边贸非常繁荣。发源于十万大山的北仑河，像一条翡翠的带子，连接着两个国家，成为连绵几十公里的界河。

距离市区十公里处的江那村位于北仑河的源头，过去是偏僻的边境小村庄，现在已发展成为重要的休闲度假场所。这里的河水从林木茂密的十万大山源源涌出，清澈见底，在河上形成了鸳鸯潭、月牙岛等迷人景观。村子里古树参天，气候凉爽，非常适合度假，近几年有人在这里投资开发了山庄、游泳场、界河漂流等项目，游客络绎不绝。江那村当地的渔民过去就靠在这条河上打鱼维持生活，近年来边贸活跃了，他们赚钱的门道也多了起来，经常来往于江边，帮人撑船运货。

就像那句老话说的，林子大了，什么鸟都有。靠诚实劳动挣钱，当然没有横财来得那么容易，一些心存侥幸的人就利用这条美丽的界河做起了见不得人的交易。

在一个伸手不见五指的夜晚，一条竹筏在深夜划破了北仑河的宁静。划船的人动作虽然不快，但是节奏和力度掌握得非常好，不慌不忙的几下，竹筏就轻快地划向了对岸。江那这一带水域宽阔，水流湍急，不熟悉这段河流的人白天划船都要小心翼翼，何况是在如此的黑夜划船，更是危险重重，只有当地人才有这样的胆量和技术。

小船到达对岸之后，撑船人把船停好，手电筒闪闪灭灭了几下，不久对面丛林中也亮起了手电筒的光。撑船人钻进了丛林之中，过了一段时间出来的时候，似乎手上提了一袋东西。他在夜色中晃晃悠悠把船撑过了岸，停好船后往岸边走去。

"莫局，搞掉他吧，这样毒品就到手了。"丛林中蹲着的一个目光炯炯的大汉已经有些迫不及待了。

"不着急，我们要打掉的是他们整个团伙，这个人只是一个跑腿的马仔而已，现在抓他会惊动整个网络。"

被称为莫局的是个浓眉大眼的中年魁梧汉子，头发根根往上竖，方正的国字脸上写满了坚毅。旁边一个长相很憨厚的大个子点头表示赞同。这几个人一个是东兴市公安局局长莫运朝，大个子是副局长张文华，之前说话的那个大汉则是禁毒大队大队长高剑平。

为了侦破这个公安部督办的目标案件，他们已经多次带领民警在这里埋伏守候了。但是犯罪嫌疑人非常狡猾，每次接货回到岸上，连手电也不打，就在旁边的树林和村庄一带转来转去，民警不敢跟得太近，不知道他究竟把毒品放在了什么地方，也没见他和什么人接头。等到他终于回了家，却不跟任何人联系。警方的监控没什么效果，弄不清楚他们是如何交接毒品的，犯罪嫌疑人的狡猾可见一斑。

这次交易也如出一辙。民警在丛林中埋伏了一夜，直到晨曦初现才被迫撤出。这个叫王武的犯罪嫌疑人过境拿到毒品之后，就在岸边以及村庄附近转悠，折腾了两个小时才回家，回家后再没有出来，也没有和谁联系。第二天晚上警方却得到情报，毒品已经被犯罪嫌疑人从"第二茶楼"取走，连夜运到了广东湛江。

"老子一定揪住你的狐狸尾巴！"得知消息，莫运朝一掌狠狠拍在桌上，震得茶杯都跳了起来。

一波三折的"茶叶佬"案件

对于边境贩毒分子的狡猾，莫运朝并不是第一次领教。早在2007 年他担任防城港市公安局禁毒支队支队长的时候，就得到了准确的情报，一个跨国贩毒团伙以开茶楼为掩护，在越南到东兴市再到广东之间进行大宗毒品犯罪活动。于是莫运朝立即组织精干警力对这条线索进行秘密侦查。

在侦查过程中他深深体会到，这是一个智商特别高、行踪特别诡秘、反侦查能力特别强的犯罪团伙。主要犯罪嫌疑人从来不接触毒品，即使在电话里说到毒品，也像亲戚、朋友聊天拉家常一样，其中关键词汇的意思只有他们自己人才会明白。什么时候从越南进货，在什么地方取货，什么时候往广东送，每一个步骤都是单线联系。这些犯罪嫌疑人的手机号，基本上是每个月要换好几次，每次都用假身份证购买，每隔一段时间就联系一次，一旦失去联系或者发现异常立即停止活动。由于对方反侦查意识很强，案件侦查进展非常缓慢。

2007 年 12 月 29 日，防城港市公安局禁毒支队接到情报，贩毒团伙把一批毒品藏在从越南进口的茶叶之中，准备运往广东。莫运朝立即召集全支队民警，精心设计行动方案，准备一举把这个贩毒团伙摧毁。

那天晚上正逢冷空气南下，海边的风大得吓人，海上掀起了巨浪。莫运朝带领民警埋伏在茶楼对面，眼看着茶楼的人把茶叶装上了车，即将发货的时候，他下令收网，民警立即冲上去将几名犯罪嫌疑人控制住。他记得那个老板是一个颇有些姿色的越南女人，脸上冷冰冰的没有什么表情，还有一个外号叫"老鬼"的老头儿在店里面，两个人的表情不但不慌张，似乎还有些小得意。

民警们在茶叶中发现了几袋面粉状的东西，以为是藏在里面的毒品，没想到女老板凤眼一瞪："怎么，我亲戚喜欢吃广西的面粉，我带点儿过去给他也不行吗？"

莫运朝心里咯噔一声，看样子警方的行动在对方意料之中。民警将几包粉状的东西送检，果然全是面粉。毒品没缴到，警方想以非法入境来处理这个婆娘，把她遣送回国，不料对方郑重其事地摸出一张身份证递过来，一验还是真的，居住地在广东。不得已，警方只能把他们放了。才过了一天，广东那边反馈，毒品已经在广东进行了交易。

那次行动的失败让莫运朝刻骨铭心，但也更加坚定了他无论如何也要把这个狡猾的跨国贩毒团伙铲除的决心。这个贩毒团伙从越南进货，在东兴中转，在广东销售，不但计划周密，而且其反侦查手段远远超出警方的想象，但莫运朝相信，无论贩毒分子多么狡猾，最终也逃脱不了法律的严厉制裁。

2009年，莫运朝被任命为东兴市公安局局长。2008年，东兴市公安局进行机构改革，把禁毒大队合并到刑侦大队，没有了专门的禁毒队伍。莫运朝上任后，把重新成立禁毒大队作为当务之急。

东兴市是个贸易发达的边境城市，有陆地边境线近四十公里，边境海岸线五十多公里，是国内外毒贩进行跨国贩毒的一条重要通道。从东兴到防城港仅仅半个小时的车程，从防城港到北海的山口收费站需要一个半小时，再过去就是湛江了，全程都是高速路；如果到南宁，开得快一点儿的话也就一个多小时的时间。越南广宁省芒街市和东兴市之间仅仅隔着一条并不宽阔的北仑河，在这条小小的界河上，据统计有七千余条小船来来往往，当然大多数是做边贸生意的，也会搭乘一些私自过境的边民，其中很有可能混杂了贩毒分子。此外，每年经过口岸出入境的人员有三百多万，犯罪分子也极有可能利用这条通道携带毒品入境。特殊的地理位置，决定了东兴绝对是全国禁毒斗争的前沿阵地。

莫运朝上任后不到半年，连续从广东那边反馈过来几个大宗毒品案件，都是从东兴这边入境的。其中有一起案件特别重大，一辆运输进口棉花的车在广东卸货时，搬运工不小心把包给摔坏了，从里面掉出来几块海洛因。广东警方立即进行检查，从这一车棉花中查获海洛因三百多公斤，而这车棉花就是从越南经东兴入境的。

一个又一个案件反馈到东兴，强烈地震撼了莫运朝。莫运朝深知，刚刚下文取消不久的一支队伍马上又要申请成立，这很不容易，也容易被人诟病。但他别无选择，立即向市里打报告，要求恢复建立禁毒大队，不但要恢复，而且要配齐配强工作人员，打造一支能打硬仗的专业队伍，在东兴这个禁毒的前沿阵地上做出一番事业。

莫运朝利用一切机会呼吁立即成立禁毒专业队伍的必要性和紧迫性，他多次在公开场合说："东兴的禁毒工作，以后绝对是公安工作的一个亮点，东兴的禁毒队伍，也一定会为全国公安事业作出重要贡献。"

功夫不负有心人，莫运朝的呼吁得到了公安部禁毒局、广西壮族自治区公安厅以及东兴市党委、政府的高度重视。2010 年 10 月，东兴市政府批准公安局恢复成立禁毒大队，人员从内部调配。莫运朝亲自点将，任命高剑平为禁毒大队大队长，同时把他始终牵挂着的"茶叶佬"案件的侦查任务交给了高剑平。东兴的禁毒工作走入了正轨。

高剑平没有辜负莫运朝的厚爱，在禁毒大队成立之后的两年时间里，干得轰轰烈烈，侦破的毒品犯罪案件直线上升，并且在查处涉毒娱乐场所、收戒吸毒人员、宣传发动群众等方面都有了长足的进展。对于莫运朝交办的"茶叶佬"案件，东兴市公安局禁毒大队与防城港市公安局禁毒支队联合开展侦查，也取得了明显进展，逐步掌握了犯罪分子的行踪和交易方式。

2010年6月3日，莫运朝指挥东兴市公安局开展打击行动，在横江公安边防检查站拦截了一辆运输毒品的汽车，抓获广东湛江籍犯罪嫌疑人杨俊文，当场缴获海洛因十块重三千四百克，扣押轿车一辆。6月21日，专案组赶到南宁，在南宁市公安局禁毒支队的配合下，抓获了另外一名湛江籍犯罪嫌疑人吴昌铭，但是幕后操纵的主要犯罪嫌疑人阮玉兰、"老鬼"和"能鸡"闻风而逃。通过讯问，专案组掌握了"老鬼"的真实姓名叫王伦业，"能鸡"的真实姓名叫陈华庆，这几个人在此后相当长的一段时间内销声匿迹了。

莫运朝认为这几个毒枭不可能从此收手不干，肯定还在千方百计进行罪恶的交易。为了尽快侦破此案，他决定向上级公安机关寻求支持。对外则向越南警方通报情况，努力开展国际禁毒合作，共同打击跨国毒品犯罪活动。

2010年6月25日，"6·26"国际禁毒日即将到来之际，广西壮族自治区公安厅副巡视员、禁毒总队总队长银延辉，副总队长邱玉城听取了防城港市公安局禁毒支队和东兴市公安局关于"茶叶佬"案件的专题汇报。银延辉总队长指示，继续加大对王伦业和陈华庆两名犯罪嫌疑人的侦查力度，力争从中发现犯罪团伙完整的网络，选择适当的时机予以彻底摧毁。同时还指出，侦办此案一方面要加强与越南警方的联系与合作，另一方面要上报公安部，争取更大的支持。

不久，公安部批准"6·25"案件为部督目标案件，代号"水蛇行动"。

2010年12月1日，根据莫运朝局长的指示，张文华副局长带领高剑平一行前往越南芒街，就"水蛇行动"专案前期侦查情况正式向芒街市公安局进行通报，并寻求合作，以达到共同打击跨国贩毒团伙的目的。

神秘的越南富婆

2011 年 10 月 10 日上午，东兴市天朗气清。十点多钟的时候，口岸上过来了一个妖艳的越南女人。这女人三十多岁年纪，身材丰满性感，头发染成时髦的栗色，颇具东方韵味的瓜子脸上一双媚眼电力十足，只不过因为脸上涂了太多的脂粉，重笔描了眉毛涂了唇膏，冷冰冰白惨惨的面容上看不出喜怒哀乐的表情。她身上的衣服都是昂贵的名牌，浑身披金戴银，提着 LV 坤包，摸出的手机是苹果 4S，举手投足一副暴发户的做派，却又脱不了一股越南青柠的酸涩味道。她身后跟着一个身材偏瘦、穿白衬衣、三十出头的越南男子，男子伸手为她叫了出租车。

女人透过车窗冷眼打量着东兴的街景。她已经有两年没来东兴了，东兴的发展之快令她有些惊讶。房子盖得又高又密又漂亮，世界上的很多名车，在这里都不难见到。东兴已经变成了一个发达的现代边境都市，比芒街那是不可同日而语了。

人总是容易怀旧。看着眼前的一切，难免会泛起复杂的心绪，因为，这里曾经有过她的足迹，有过她的欢乐与痛苦，有过她的挣扎与沉沦……

她出身于越南一个商人家庭，父亲常年向中国贩卖红木和一些特产，家里的生活比较宽裕。越南和中国一样，婚姻都是讲究门当户对的，她十八岁的时候就嫁了人，丈夫家也是做生意的，而且有一定的规模。

成为阔太太的她第二年生了个男孩儿，一家人皆大欢喜。她心想，丈夫的生意做得这么顺，等孩子大一些了，也不用这么辛苦，一家人有时间到全世界旅游那该多好。她把想法和丈夫说了之后，却听到丈夫的一声叹息，沉重得有些令人窒息。丈夫说他还要继续扩大生意，等产业进一步升级了，他们就能高枕无忧了。

事后她越想越觉得不对头。丈夫经常是眉头紧锁心事重重的样子，做事神神秘秘，神龙见首不见尾，特别是做生意的事情从来不让她插手。那些来家里谈生意的人也总是匆匆忙忙，看上去没什么档次，而且还显得有些鬼鬼祟祟。女人的心思是很敏感的，她猜想是不是因为她生孩子后身体发胖了，他在外面另外养了女人呢。她暗暗留了心眼儿，悄悄跟踪了几次，却无比震惊地发现他居然在一家旅馆的房间里吸食毒品。

她的出现把他吓坏了，惊恐得像是一个被家长发现正在干坏事的孩子。在她的逼问下，他终于告诉了她一个天大的秘密。他们这个所谓的木薯出口大户，真正发财的原因不是卖木薯，而是在木薯中夹带海洛因。他们把这些海洛因贩运到中国，获得了巨额的利润。尽管发了大财，但天天进行着绞刑架下的交易，时刻担心一个环节败露就会完蛋，表面风光的背后背负着沉重的压力。为了减压，他开始吸食毒品。

那个晚上她如坠深渊，万万没想到自己嫁到了一个贩毒之家。她虽然不怎么懂法律，但也知道走这条路一旦暴露就会掉脑袋。难怪自己当初算来算去都算不出来，卖木薯怎么会挣这么多钱。怎么办？是继续跟着他，还是离婚带着孩子过平静的生活？这个问题让她陷入了矛盾的旋涡之中。

想了一段时间，她最后想通了。中国有两句俗话说得很对，第一句话是人无横财不富，马无夜草不肥，这年头做正当生意有几个能发财的，都是八仙过海各显神通呢；第二句话是嫁鸡随鸡嫁狗随狗，现在都已经是他的人了，有了自己的孩子，他的产业也就是自己的产业。她叮嘱他一定要万分小心，要爱护自己的身体，千万不要再吸毒了，等生意做到一定程度，要及时转到正规的产业上来，那样就能安全着陆了。

丈夫听她说完这番话，感动得哭了。行走在刀锋上的男人其实很脆弱，特别需要女人的关爱。他紧紧地搂着她，说要一辈子对她好，报答她对他的爱。

然而计划赶不上变化，她万万没有想到，丈夫早已被当地警方盯上了。在警方的一次突如其来的行动中，丈夫被抓捕归案，家庭财产全部被查扣。那天正在朋友家打牌的她得知消息，大惊失色，立刻仓皇出逃。越南警方随即对她下了通缉令。

在朋友的帮助下，她在一个月黑风高的夜晚偷偷渡过北仑河来到了东兴市。那时的东兴市还是一个很小的边境小镇，因为二十世纪七十年代的那场战争，本来要把这里作为市政府所在地的，后来觉得在炮口底下不安全，就把市政府搬到港口区去了。

入境后，她在中国内地走了一些地方，在广州市一家医院做了整容手术。这次手术做得很成功，她几乎变成了另外一个人，不会被人轻易认出来了。在外面转了几个月，对比之下她还是觉得东兴好，这里的一草一木都让她觉得特别亲切，看到北仑河她就仿佛看到了家乡，饮食也特别适应。而且因为边贸逐渐繁荣，这里蕴藏着巨大的商机，于是她决定回东兴开一家茶楼。

因为在广东考察的时候相当用心，投入的资金充足，她经营的这家粤式茶楼有较高的品位，生意不错，不但有喝茶打牌的地方，还有一个迷你舞厅，轻松与暧昧的音乐时刻缭绕。有一个风情万种的越南女老板，这本身就是茶楼的一面招牌，许多男人来这里消费，就是为了一睹她的芳容。令他们更加惊喜的是，这个美女老板不但非常热情，而且懂得讨男人欢心，把男人们撩得心痒痒的，比如说你来了，她会挽着你的手臂，娇躯紧紧贴着你把你迎进里面，一路上大哥长大哥短，说说笑笑嘘寒问暖的。哪个男人不喜欢这样的女人？一时间她的茶楼宾客如云。

不过，她也是有底线的。她运用交际花的手段是为了给茶楼招揽生意。对那些别有用心的客人，摸一摸小蛮腰之类是不在话下的，但是要想得寸进尺，那绝对没门儿。然而，一个广东客人彻底征服了她。

这个男人长得不高也不帅，但是他身上就是有一种征服一切的霸气，五官是那么张扬，那一对耳垂很大的耳朵往外张得十分醒目，眼睛像老鹰般锐利，一见到感兴趣的东西就牢牢盯住，叫人无法躲避。

那天他和朋友一起来喝茶，见到她的时候笑眯眯的，说话也特别客气。那双懂得阅读女人的眼睛让她寂寞已久的心咚咚直跳，似乎等待了很久就是为了他的到来。他不像其他男人那样老是想口头占她便宜，或者动手动脚，他那让人琢磨不透的眼光和笑容背后，是一种自信，这种自信，正是她仰慕的。他说遇见她特别高兴，今晚全场的费用他全包了，大家尽管尽情地玩。那一晚整个茶楼都沸腾了。他站起来，非常绅士地邀请她跳舞。当时流行最后一曲是黑灯舞，当灯光熄灭的那一瞬间，他把她紧紧搂在了怀中，她全身剧烈颤抖起来，压抑多年的情欲终于像火山一般爆发，她喘着粗气把他带回了房间……

逃亡的岁月改变了她的人生，她早已不是过去那个单纯的少妇了。在严酷的现实面前，一个独自面对艰难生活的女人，学会了每走一步都有目的，每走一步都多留几个心眼儿，每走一步都讲究成本和收益。她和他上床并不只是为了满足情欲，她需要一个神通广大的男人作为依靠，哪怕是暂时的。她也曾想过找个当官的，但是真正接触之后她发现这些人很胆小，总是前怕狼后怕虎，顾忌这顾忌那，这种人很难做成大事。而这个男人是有能量的，他很快帮她在广东办了中国的户口和身份证，还专门派人到越南，打听到了她孩子的下落，让她和孩子取得了联系。有了他的保护，茶楼的生意也比过去平稳、兴旺了许多。

他说不能老租别人的房子做生意，于是出钱把整个茶楼盘了下来，让她更没有了负担，成为了真正的老板。然而在越南那段不平常的经历，让她对这个财大气粗的男人多了一个心眼儿，毕竟这个人的素质并不是很高，她也没看出来他究竟是做什么生意的，却全国各地天南地北地跑，想出国也是兴致一来就叫人马上办手续，到哪儿都是一掷千金夜夜笙歌。风流潇洒的背后绝对是巨额资金的支撑，这让她想起了她丈夫当年的情形，凭直觉她认为他极有可能隐藏着不可告人的秘密。

果然，没过多久，他在床上告诉她自己其实是做毒品买卖的。他说开茶楼能赚几个钱，能解决温饱还有点儿余钱就很不错了，要富起来还是得来点儿快的猛的，有句话说得好，撑死胆大的，饿死胆小的。这世界这么大这么精彩，赚钱要趁早，赚到了钱，在这个世界上就没啥做不到的。人生就那么短短几十年，抓紧时间享受，才不枉来人世间走一遭。他劝她再跟越南的关系接上头，把毒品运到中国来，由他拿到广东那边去卖，这样他们的财源就会滚滚而来。

那天晚上他满足后倒头沉沉睡去，她却失眠了，翻来覆去想着自己到底是怎么回事，总是碰到这样的男人，前一个毁灭了，这一个也是如此疯狂。莫非自己的命运就是这样？该怎么办呢？她头脑中一片乱麻。

第二天早上他问她的时候，眼圈黑得像熊猫一样的她默默点了点头。从那个时候起，她再次走上了不归路。

"茶叶佬"的秘密

"老鬼"王伦业就是在这个时候来到了越南美女阮玉兰开的茶楼。

王伦业是 1940 年在越南出生的，从小就在越南生活。1978 年越南排华驱赶华侨时，他被迫回国，被侨办安排到上思县昌敦农场工作，1987 年调到扶绥县柳桥镇西长华侨农场柳桥分场当主任，五十五岁那年退休。

尽管在国内生活了这么多年，他还是无法割舍越南情结。他是在那里长大的，他的童年和青年都刻下了深深的越南烙印，留下了美好的回忆，他的很多亲戚和朋友至今还在那里生活，也经常通过电话和他联系。在他的灵魂里，越南才是他永远的故乡，他希望死后能够埋葬在一个可以看到越南的地方，这也算是叶落归根吧。于是他在东兴市江那村买房定居，因为这里可以遥望那片他曾经生活过、至今仍让他魂牵梦萦的土地，可以时常和一些老朋友相聚。

因为特殊的人生经历，王伦业既精通越南话，又讲得一口流利的粤语，普通话也说得过去。在鱼龙混杂的东兴混生活，这可是一个巨大的优势。阮玉兰开的茶楼接待的是南来北往各种各样的客人，方言五花八门，特别是她的情人陈鲁和他的朋友讲的都是粤语，让她经常丈二和尚摸不着头脑，交流起来非常吃力。经人介绍，她邀请王伦业充当翻译，每次给一两百块钱作为报酬。

王伦业虽然年老，看起来很憨厚，其实是一个非常精明的人。在给阮玉兰当翻译的过程中，很多事情引起了他的注意，他觉得很不对劲。阮玉兰和陈鲁不过是开茶楼的老板，经营的规模也不算很大，可在电话里谈的都是几百万元的生意，具体是什么生意王伦业当然听不明白，那是只有他们自己才知道的秘密。而且他们挥金如土，买个房子连眼睛都不眨，因此，他暗暗留了个心眼儿，细心观察。

有一次一批境外茶叶到货，陈鲁准备运往广东，这时候刚好有个朋友出了车祸，陈鲁和阮玉兰急急忙忙赶往医院，只留下王伦业帮忙守店。他立即对这些茶叶进行了检查，结果从茶叶里摸到了十块用透明胶包起来的东西。

阮玉兰回来之后，"老鬼"随即摊牌。阮玉兰大吃一惊："你想干什么？"

"不干什么。"他非常冷静地回答，"如果我要搞掉你们，早就向公安举报了，这样我还可以得到一笔为数不少的举报费。但是我没有这样做，你是个聪明人，应该知道这是为什么。"

阮玉兰松了一口气："好吧，我跟老陈商量一下，以后就由你负责接货送货，我们从每次的利润里面给你一定的提成。"

王伦业有他自己的想法。回国后打了那么多年的工，温饱是勉强解决了，但是那点儿可怜的工资也就仅仅是让人饿不死而已。他有两个儿子两个女儿，家里人多负担重。即使多年来一直省吃俭用，但因为要负担家里六口人的生活，干到退休他也没有多少积蓄，生活相当窘迫。幸好老天长眼，她的两个女儿长得很漂亮，过去他在越南的一个老朋友移民到美国，帮他女儿牵线搭桥，结果两个女儿先后嫁到美国和新加坡去了，日子过得无忧无虑。

大儿子让他非常头疼。这小子什么工作都不愿意做，整天在外面吃喝嫖赌花天酒地，没钱了就找父母要，十足一个"啃老族"。小儿子通过越南朋友介绍，交了个漂亮的越南女友。这个越南女友长期在中越边境生活，东兴就是她的第二故乡，从语言和服装上都已经中国化，自己不说谁也不知道她是越南人。他俩还比较勤劳，做些小本儿买卖，生活还对付得过去。

王伦业虽然做翻译能挣一点儿钱，但还是远远不够。他想反正自己退休了，过去多少发财机会都错过了，现在年纪这么大，要想赚钱肯定得靠山吃山靠水吃水，什么赚钱就吹喝什么。古人早就说过了，不入虎穴焉得虎子，要不哪还有什么机会赚钱？边境这地方有得天独厚的优势，大家发的都是边贸财，尽管知道毒品交易是要掉脑袋的，但他觉得凭自己的智商应该游刃有余。

王伦业就这样参与到阮玉兰和陈鲁的毒品买卖中，虽然在其中只是吃小股，但每次也有好几万元的收入。他在江那起的房子很快提前还贷，而且在市里买了一块地皮，建起了五层的楼房，另外他还开了一家越南特产店，交给小儿子和未来的儿媳妇去经营。这样一来，即使自己万一出事，家里面还有经济来源。

陈鲁和阮玉兰萍水相逢，阮玉兰把陈鲁当作自己的终身依靠，而陈鲁并没有把她太当回事。他胆子实在太大，跟他成为露水夫妻的女人太多了，注定了这辈子他不可能是专一的男人。他要对付圈子里许多的男人和女人，要花钱的地方很多。他还时常到澳门赌钱，运气好的时候能赢个几十万上百万，可有几次也将上千万元全部输光，有一次因为没及时还上赌债，差点儿被人砍掉手掌。

他这个人很要面子，朋友向他借钱，他几十万上百万地给，不用打借条，显得非常讲义气，赢得了很高的人气，朋友都说他比及时雨宋江还仗义。可借出去的钱很多都是肉包子打狗有去无回，这样的做派注定了再多的收入也补不了大窟窿。虽然贩毒让他财源滚滚，曾经积累了几千万元的身家，可是由于狂赌滥嫖，很快就资不抵债。屋漏偏逢连夜雨，就在这个时候，他发现自己得了严重的性病和肝病，生命危在旦夕。

阮玉兰万万没有想到，表面风光潇洒的陈鲁竟会得这样可怕的绝症，她不由得万念俱灰。继而发现陈鲁竟然把性病传染给了自己，愤怒的阮玉兰冲向陈鲁，抓了他一脸血指印。可此时的陈鲁已经感觉不到痛了，日渐糜烂的躯体和即将光临的死神让他麻木而绝望。

重病缠身的陈鲁不久就走到了生命的尽头。他即将离开人世的这一天，从广东来给他送行的只有一个人，这个人就是他的赌友陈华庆。

陈华庆此时已经四十三岁，在社会上厮混了几十年，吃喝嫖赌毒五毒俱全，正道生意基本不沾，黑道上的事样样都做过。陈华庆长得有些像过去香港影片里专门演烂仔的成奎安，是个典型的"在外红旗飘飘，在家红旗不倒"的男人。善于花言巧语的他连哄带骗娶了一个非常漂亮的老婆，人人都说他老婆长得像影星周慧敏，端庄温婉。老婆为他生了两个女儿一个儿子，把家里打理得井井有条。尽管如此，陈华庆也没有收住心，反而越来越离谱。

1990年，他因为盗窃罪被判处有期徒刑七年，在狱中认识了一大帮"身怀绝技"的狐朋狗友。1994年提前出狱后，经狱友介绍认识了陈鲁，从此跟着陈鲁做起了毒品买卖，专门跑广东这边的客户，后来开了一个红木家具公司。本来生活已经没啥压力，可他又迷上了赌球。开始是世界杯和欧洲杯的时候赌，后来发展到英超意甲德甲西甲法甲，赌得红了眼，最后把自己的身家全赌没了，就连过去的老本儿也输了个精光，母亲、老婆和三个子女的生活都成了问题，忍无可忍的老婆一顿棍棒将他扫地出门。不知道是因为压力太大还是被老婆打的，反正此后他的眼睛成了斗鸡眼，人称"能鸡"。

陈鲁看到变成丧家犬的"能鸡"还能来送自己，而过去那些称兄道弟的所谓朋友都没见一个冒头，又是悲凉又有些感动，就把陈华庆介绍给了阮玉兰和王伦业。陈鲁死后，阮玉兰、陈华庆和王伦业结成了新的贩毒联盟，继续着跨境毒品买卖。

经历过大风大浪的阮玉兰一边积极治疗自己的性病，一边疯狂地进行着毒品交易。而且她异常警觉，就像中国神话中的二郎神，始终用第三只眼观察着周围的一切。2007年防城港市公安局禁毒支队收网的前一天，她从四周不断出现陌生人这个情况准确判断出自己一定是被警方盯上了，于是马上和王伦业把茶叶中的海洛因秘密转移，全部换成了面粉，让专案组扑了个空。

这一招"明修栈道，暗度陈仓"虽然得手，但她也被吓得不轻，总有大难临头、末日将近的感觉，不久就秘密潜回了越南。潜伏一段时间避过风头之后，看看公安已经放松了侦查，于是再次和陈、王联手进行贩毒，不过这次阮玉兰基本上不过境交易，也不碰毒资，而是让她手下一个小名叫阿实的马仔拜王伦业为干爹，专门负责与他联系。陈华庆也吸取教训，精心研究反侦查策略，基本上自己不出面贩毒，而是在背后遥控指挥，吩咐马仔每隔一段时间报一次平安，一次次躲过了公安机关的查缉。

2010 年 6 月 3 日，防城港市公安局禁毒支队在东兴市和南宁市抓获湛江籍犯罪嫌疑人杨俊文和吴昌铭之后，早有准备的陈华庆一察觉不对立即逃之夭夭，王伦业和阮玉兰从此也失去了踪影。

"老鬼"再次现身

2011 年 7 月的一天，东兴市友谊路一家越南特产店里，年轻美貌的女老板特别高兴。店里来了几个大老板模样的人，转了一圈后连声夸她店里卖的东西不错，很有特色，货也正宗，夸完后大大小小买了好几箱特产。今天的生意这么好，女老板特别兴奋，沏了好茶请他们坐下，就在店里聊了起来。

"美女老板，你这么年轻，就做这么大的生意，而且选东西这么有眼光，以后绝对是大老板的料哦。"一个平头大汉边喝茶边夸。

女老板乐得合不拢嘴："哪里哪里，我哪有这么大的本事，我只是帮着看店而已。这么大的本钱我们哪里出得起，都是我老公他爸出的钱。"

"哇，有这么好的公公真是太幸福了，难怪人家说男怕入错行，女怕嫁错郎，嫁入豪门至少可以少奋斗三十年哦。"大汉身边的小伙子感慨道。

"哪有你说得这么夸张。"女老板说。

"反正就是这个意思，现在我都想做女人了。做男人太不容易了，没钱没房不说潇洒，连老婆都讨不上。"小伙子说。

"您谦虚了，你们大把花钱，肯定是做大生意的，哪里看得起我这小本儿经营。"女老板浅浅地笑着，心里乐开了花。

"妹子，你这生意不小了，我们要是有这样一间店面，那就衣食无忧，天天卡拉 OK 了。对了，我们觉得你这个店开得很有特色，想在内地也开一家连锁店，专门找你供货，你看要多少加盟费，怎么办理?"平头大汉很诚恳地问。

"这个嘛，我也不是很清楚，因为这个店主要是我未来的公公开的，具体怎么操作要问他才行。"女店主挠着后脑勺说。

"他拍板了就算是不是? 那我们怎么才能找到他呢?"

"他住得比较远，现在在那梭那边开了家桂油炼油厂，平时都住在那里，很少回来。"

"这么远呀，那就算了，我们下午就要回南宁，下次来了再说吧。"

大汉说完就起身告辞，出了门刚一转弯，那个小伙子噗嗤一声笑了:"高大，真有你的，表演得比演员还要专业，那个姑娘被你哄到天边卖了都不知道。"

高剑平也乐了:"不好好哄这个姑娘，我们怎么查到这个家伙的行踪? 走，立即到那梭找人。"

原来，自从 2010 年 6 月王伦业失踪之后，专案组就失去了目标，怎么找也找不到他的行踪。专案组多次进行分析研究，认为王伦业不可能洗手不干了，而是暂时躲避风头，暗中进行违法犯罪活动。除了跟犯罪团伙其他成员单线联系，他和家人应该也保持着联系，必须从这里寻找突破口。

专案组民警对王伦业的家庭成员进行了全面细致的分析研究。王伦业的老婆是个家庭妇女，已经七十多岁了，长年在家操持家务，除了买菜很少出门，应该没有参与贩毒活动，但绝对知道王伦业在贩毒。大女儿已经嫁到了美国，很少回来。二女儿嫁到了新加坡，长期生活在国外。大儿子吊儿郎当，一天到晚不是泡吧泡桑拿，就是泡妞，十足一个浪荡仔，没有什么出息。小儿子还有点儿做生意的头脑，最近在新华街开了一家越南特产店，经营得相当不错。这小儿子的恋爱对象是一个越南姑娘，芒街人，长期在两国边境活动，中国话讲得不错。两人同居后，男的经常外出进货，姑娘在店里照看生意。

在认真分析研究这些情况之后，民警们认为，王伦业小儿子的对象还没有过门，很可能不知道王伦业的贩毒活动，而且年轻单纯，应该想办法从她身上寻找突破口。高剑平精心策划了这次行动，带领侦查员扮装成外地来买东西的大老板，买了一大批土特产之后，千方百计和这个小姑娘套近乎，终于套出了王伦业的最新动态。

民警们立即赶到那梭，寻找那家桂油加工厂。找到目标的时候已经是黄昏，民警们将车停在厂子斜对面不久，一个熟悉的身影从里面踱了出来，正是"老鬼"王伦业。

那梭镇是个小地方，高剑平他们不慌不忙地跟着王伦业，看到他走到了一户人家前，敲了敲门，里面一个中年女人开门把他迎了进去。

"哦，厉害啊！"高剑平看了看四周环境就明白了，"这老家伙这么大年纪了还不安分，到这个地方躲了一段时间，马上发展了一个'据点'。"

"你怎么知道？也许他只是去熟人家吃顿饭呢。"女民警杨露莎提出了自己的看法。

"不会的，你看，老家伙进去像进自己的家一样没有任何拘束，一看就知道是那种关系。这样隐藏起来我们的确很难找到他。他身上有钱，完全可以帮女的买房子住，但如果是他自己买，身份就暴露了，所以老家伙不会干这种事情。他精就精在这儿。"高剑平相信自己的判断。

夜幕降临的时候，王伦业边用牙签剔着牙边踱了出来，一直往街道上走去。民警们远远地跟着他，眼看着他走到了几间闪着暧昧灯光的房子前，里面跑出两个衣着暴露的妖艳女子，一下子把他拖进去了。

"相信了吧，'老鬼'不但在这里发展了一个情妇，隐藏了自己的身份，而且离开了家人的视线，他是夜夜笙歌当新郎，焕发第三春了。"高剑平笑着对杨露莎说。

"叫派出所过来查嫖娼，这样我们就可以接手了。"杨露莎说。

"不急，既然他跑不了，咱们先不惊动他，把他的有关情况摸彻底了再动手。"高剑平说。

经过一段时间的跟踪调查，专案组民警了解到王伦业在那梭的情妇姓卢，四十来岁，离婚后本来是租房子住的，王伦业出资给她买下了一套房子，两人平时就住在一起。有了情妇的王伦业并不收心，这个老头子尽管已经七十二岁了，但身子骨相当不错，家人不在身边，他更是放纵，到处寻花问柳。情妇知道他有老婆孩子，可是得了他的房子，也就由着他爱干什么就干什么了。

王伦业是养情人、嫖娼、"抓产业"三不误。高剑平等人了解到，就在他躲避风头的这段时间，还频繁出手购房，在东兴市辉达新天地小区买了一套二百平方米的楼中楼，在新开发区买地建了一栋五层的楼房，另外一套一百八十平方米的新房还没装修，此外他还买下了几个铺面出租，其中一个给自己的小儿子和未来的儿媳妇开越南特产店。

专案组向莫运朝局长和张文华副局长汇报了这一情况。大家分析，王伦业"隐居"期间并未消停，肯定在从事贩毒活动，而且他在团伙中的地位越来越重要，否则不可能有如此巨大的资金买房开店。莫运朝指示民警先不要打草惊蛇，要内紧外松，派几个民警长期装扮收废品的小贩和传销人员，监控王伦业的一举一动。

大概是觉得公安这边不再有什么动静，王伦业逐渐放松了警惕，从2011年7月起，他有事情办就回到他在辉达新天地小区的家中，办完再回那梭。春节即将来临的时候，情妇卢某的父母要来新房子过年，他不好在那里待下去，于是悄悄潜回东兴市。他先是战战兢兢住在那套还没有装修的毛坯房里，观察几天没发现有啥异常，就大摇大摆地上街，和家人一起采买过年的东西，到各个商铺去收取租金，晚上出没于东兴的各种娱乐场所。

界河上可疑的老头儿

2011 年 6 月，高剑平等人在走访群众时得知一条非常重要的线索：在江那村下滩岭组有一个六十岁上下的男子，多次在深夜撑竹筏到对岸，帮对面的越南人运送可疑物品进入中国境内。

这个人的相貌特征比较明显，身高一米六左右，平头，中间秃顶，面容苍老，头发、胡子甚至眉毛都白了。虽然年纪大，但是他撑竹筏的技术非常高超，能够在深夜没有任何灯光的情况下，轻松地将竹筏撑过河。他从越南人那里拿的东西很小，只是一个小包，不像一般的走私货物那样大件小件的。这些活动都在晚上进行，显得鬼鬼祟祟，因此边民怀疑他们是在运输毒品。

这个人是谁，他帮越南人带的到底是什么东西呢？高剑平等人认为，如果边民反映的情况属实，这两个人运输毒品的可能性很大。高剑平立即带领民警展开侦查，在当地派出所的协助下，把下滩岭五十五岁到七十岁的男性筛查了一遍，最终把嫌疑人锁定在村民王武身上。此人五十六岁，但长相比较苍老，头发、胡子、眉毛都白了。

王武是个典型的渔民，过去几十年一直靠在这条河上打鱼谋生。这些年边贸发达了，他赚钱的渠道也多了起来，靠着一手撑竹筏的技术，经常帮两边的老板拉东西，主要是矿产、橡胶、红木以及废旧电脑之类的走私货。他把这些货物满满地装到竹筏上，一个人就能把整船的货物撑过河，因此赚了不少钱。他家的房子过去是平房，现在已经起了三层小楼，而且装修得挺不错。

民警们分析认为，王武应该不是贩毒团伙中的重要人物，最大的可能是贩毒团伙利用他的技术，让他到对岸去接货，给予一定的报酬。那么，这个长期雇请他的人是谁呢？高剑平布置副大队长胡华带领两名民警，乔装混进改造公路的工程队之中，对王武进行暗中监控。

7月6日，一个漆黑闷热的夜晚，王武再一次撑竹筏过了界河。整个界河除了哗哗的流水声，只听见王武撑船富有节奏的声音。过去没多久，他又把竹筏撑回来了。胡华他们几个埋伏在岸边，看见他提着一袋东西上岸，然后就在村子周围转悠，转悠了很久也没见他和什么人接头，然后就回家休息去了。

接到胡华的报告，高剑平请示张文华副局长，调了三十多个民警赶到现场，在不同方位对王武进行监控。如果发现王武运送的确实是毒品，就寻找合适的机会对其实施抓捕，迅速突审打开局面。

等了几天，王武再次撑船过河。和上次一样，回来后没见他和谁碰面，转悠一阵儿回家后就再没出来，也没有和谁联系。偏偏这天晚上下起了瓢泼大雨，民警们被淋得透湿，被迫撤了回来。张文华认为，如果确实存在毒品交易的情况，那么王武肯定还要和对方见面拿报酬，于是决定第二天早上继续跟踪，看他到底和谁接头。

第二天一大早，雨过天晴，空气特别清新。看样子王武心情不错，没到七点就起了床，开着摩托车往东兴市方向走，到了108小区附近的一条小巷时，他拐进去停住了车，在一个小摊儿前要了豆浆、油条。不久，一个头发花白的老头儿开着助力车过来，要了一份早餐后坐在王武的对面。正在跟踪的高剑平眼睛顿时一亮！这个老头儿竟然是他们刚刚在那梭发现的"老鬼"王伦业，原来他就是王武的雇主。

王伦业非常警觉，左顾右盼，没发现什么异常，这才放下心来和王武吃早餐。两人边吃边聊，吃完王伦业结了账，并且从钱包里摸出几张钞票递到了王武手上，显得非常自然。随后，两人相继离开了早点摊儿。根据这一情况，民警们判定王武帮王伦业运输毒品入境，这次接头是来取报酬的。

这一发现让民警们心里有了底，他们进一步加强了对两人的监控。在一个月的时间里，王伦业和王武一共三次采取这样的方式接头，每一次选择的地点都不相同。王伦业十分警觉，有一次对民警跟踪的车辆产生了怀疑，走到轿车侧面探看究竟，车里的一男一女两个民警只好假装情侣在车里亲热，王伦业看了一阵才将信将疑地离开。

10 月 8 日，国庆旅游高潮刚过，王武又一次撑竹筏过河接货，过程和以前如出一辙。而这天监控王伦业的民警发现，王伦业下午到附近的村庄走亲戚去了，一直到深夜才回家，进了家门再也没有出来。第二天下午，王伦业来到东兴市白鹤公园附近跟王武碰头，给了他一笔钱，然后两人匆匆分手。

根据以上情况，专案民警认为，王伦业这个老狐狸在整个交易过程中的指导思想就是自己不接触毒品，只是在背后指挥交易。现在他和王武之间肯定没有交接毒品，应该是他交代王武，每次采取什么样的方法，把从界河对岸接过来的毒品交到广东的毒贩手中。那么，他究竟是怎么和境外毒贩联系，又是怎么与广东毒贩完成交易的呢？这两个问题是下一步侦查工作的重点。

10 月 10 日这天，专案组接到了重要情报，一名越南妇女将入境和王伦业见面。专案组对这个情况非常重视，在口岸和重点部位都部署了警力，密切注视着这名入境妇女的一举一动。

这个越南妇女就是阮玉兰。她持护照从口岸入境之后，和那个三十来岁的瘦高个儿越南青年一起打车直奔王伦业的家，叫门的时候那个越南青年称王伦业为干爹。三个人在房间里交谈了两个多小时，然后打车到一家饭店吃中午饭。看上去他们心情不错，席间有说有笑。这一餐饭吃到将近下午两点，阮玉兰和那个瘦高个儿越南青年出了门，乘坐出租车前往新华路中段的一家工商银行，与一帮"兑钱婆"（中越边境上专门帮人兑换中越两国货币的妇女）洽谈。谈妥后，瘦高个儿越南青年回王伦业家取了一个纸袋，沉甸甸的，估计里面装的是现金。他把这袋东西交给了"兑钱婆"。随后两人分开，先后从口岸返回越南芒街。

高剑平等人监控了犯罪嫌疑人接触的整个过程。在他们离开后，警方立即调取了两人的入境记录，证实女的正是阮玉兰，男的叫杜老六，三十一岁。专案组分析，犯罪嫌疑人这次入境，就是为了洽谈交易。阮玉兰和杜老六到了王伦业的家，双方商谈达成一致之后，王伦业支付购买毒品的毒资，阮玉兰和杜老六通过"兑钱婆"把毒资兑换成越南货币之后就返回芒街。下一步，越方毒贩组织货源，应该就在最近两天晚上进行交易。

果然，这天晚上将近零点的时候，王武再一次像幽灵一样出现在界河边，撑竹筏到对岸将毒品运回。由于这一段河流附近可以埋伏的地方少，不好隐蔽，民警距离较远，还是没有发现犯罪嫌疑人将毒品放到了什么地方。

11月10日，阮玉兰和杜老六再一次来到东兴找到王伦业洽谈毒品交易，同来的还有一个叫阿梅的越南妇女，她是阮玉兰专门带来的"兑钱婆"。不到半天工夫，阮玉兰和杜老六就拿到毒资回越南去了。

下线"黄仔"原来是他

2011年11月16日，专案组获取了一个重要情报，这个跨境贩毒团伙即将进行一次大规模毒品交易，一个来自广东的人称"黄仔"的下线老板将到东兴与入境的阮玉兰面谈。根据这一情况，莫运朝和张文华立即召开案情分析会研究对策，决定抽调全局六十多名民警参与行动，17日这天如果时机成熟，立即收网；如果时机不成熟，也要千方百计摸清"黄仔"等人的身份。

17日上午十点钟，阮玉兰再一次入关，来到王伦业家与其接头。但是阮玉兰也许嗅出了什么不同寻常的味道，和王伦业一起在外面吃饭的时候显得很不安，一直往外面张望。十二点半吃完饭之后，她没有按照原来的计划和"黄仔"见面，不顾王伦业的挽留，匆匆忙忙打的回到关口，迅速返回了越南。莫运朝接到报告，认为跟踪的民警很有可能暴露了，命令民警在行动中注意隐蔽，宁丢勿露。

高剑平等人在监控中发现，中午两点的时候，王伦业从家里出来，转到小区后面的巷子里，跟一个身穿白色衬衣、身材偏瘦的高个儿男子见面，这个人交给他一个编织袋后离开。离开前王伦业交代了他几句，瘦高个儿男子离开后一路非常警惕，一步三回头，几组民警怕暴露，都不敢离他太近，只能眼睁睁看着他迅速离去。

王伦业提着编织袋回家，不一会儿，又提着一个米色的手提包下楼，驾驶助力车开到新华路的振兴红木家具店，跟一个越南妇女见面后进入了里间屋。二十多分钟后出来时，原本鼓鼓胀胀的手提包已经瘪了，他一身轻松地回到了住处。王伦业刚走不久，一个年纪在六十岁上下的越南老太婆提着一个沉重的口袋从家具店里出来，搭乘摩的到东兴口岸返回了越南芒街。

专案组民警立即调取边检记录，证实这个越南妇女姓邓，六十一岁，也是一个"兑钱婆"。民警们分析是阮玉兰发现情况不对返回越南之后，叫这个"兑钱婆"帮她收取毒资。

第二天吃过晚饭后，王伦业不紧不慢地踱到边贸市场一带，边走边打电话叫王武去对面接货。民警们知道杜老六在对面发货，却不清楚这边接货的人到底是谁。一个多小时后，王武打电话向王伦业报告已经把货交给对方，王伦业大摇大摆回家睡大觉去了，把专案组的民警们气得够呛。

11 月 24 日，王伦业再次出动了。他开着助力车来到小区北面街边，跟一个秃头、眼睛有些斜视的男子接头，这个男子把一个黑色布提包交给了王伦业，布提包看起来很沉重。王伦业接过包后立即回家，秃头则招手搭乘一辆出租车前往东兴市兴东路的茂名饭店，进入一个包厢与等在那里的朋友吃饭，饭店门口停着一辆广东牌照的出租车。而王伦业这个时候又出了门，提着另一个沉重的提包来到振兴红木家具店，找到阮玉兰钦点的那个"兑钱婆"，把袋子交给了她。

在公安局坐镇指挥的莫运朝和张文华接到报告，判断秃头等三人正是王伦业在广东的下家，门前那辆广东牌照的出租车肯定是他们从广东开来的，于是立即命令横江公安边防检查站以例行检查为名，搞到这三个人的身份信息。

秃头等人吃完饭从饭店出来，果然一起上了广东牌照的出租车，驶往防城港方向。按照莫运朝的指示，横江检查站的边防武警在这辆车通过的时候，对车上三个人进行了检查，顺利获取了三个人的身份信息——秃头的真实姓名是陈华庆，另外两个人一个姓李一个姓陈。原来人称"黄仔"的下线老板就是过去外号"能鸡"的陈华庆，他为了掩盖自己的身份，连外号都改了。这一次，他是专门来跟王伦业交易毒品的。

得到这个消息，莫运朝兴奋异常，他没有想到，老对手这么快又聚在一起了，这一次绝对不能让他们跑掉。

2012 年 1 月 2 日，王伦业再次和阮玉兰等人完成了十一块海洛因的交易，埋伏守候的禁毒民警还是没有摸清陈华庆到底是怎么交接毒品的。一些民警提议先抓住王武和王伦业，再通过讯问深挖，莫运朝没有同意。他决定暂时收兵，继续开展侦查，找准机会，一定要人赃俱获。

过了两天，王伦业接到陈华庆的电话，陈责备他说这一次从越南买回来的毒品纯度太低了，很多吸毒者吸了不过瘾，都要求退货，害得他们赔了不少钱。王伦业接完电话一肚子火，马上抓起电话打给他的干儿子杜老六，把他狠狠骂了一顿，说你们这样做得罪客户，以后生意还要不要做。

杜老六把此事告诉了阮玉兰，阮玉兰一听急了，生怕财神爷跑路，急忙打电话给王伦业解释，说上次他们催得太急，一下子找不到合适的货，上次那批货确实纯度不够，高纯度的货要等过几天才有，请王伦业务必放心。王伦业趁机说这次被陈华庆他们扣了不少钱，你们可要负责赔偿损失。阮玉兰为了稳住王伦业，连连说没问题，下次让给他几万块钱，并且说她最近要到东兴市跟陈华庆见面，解释清楚这件事。

1 月 10 日上午，阮玉兰果然来到了王伦业的家，两人谈了一个多小时，然后乘出租车来到了茂名饭店。不久，那辆广东牌照的出租车到了，陈华庆斜着眼睛从车上走了下来，一挥手叫车上的两个人将车开走，自己进了饭店。为了表示自己的歉意，阮玉兰主动张开双臂，和陈华庆来了个热烈的拥抱。这一招儿以柔克刚，让本来想责备她的陈华庆一下子没了脾气，只好摊开双手表示这件事情就这样算了。

没多久，三个老伙计在包厢里达成了共识，这一次三方决定交易十二块海洛因。谈妥事情后，三人分别离开饭店各自返回。

第二天下午，王伦业开着助力车来到振兴红木家具店，跟两个"兑钱婆"接头，两个"兑钱婆"帮助阮玉兰收取毒资，通过地下钱庄转账后返回了越南。当天晚上，王伦业指挥王武到对岸接回了毒品，并且告诉他明天陈华庆会派一个叫"阿钟"的人前来接货。

莫运朝亲自指挥这次行动，他调集了各路精兵强将参战，防城港市公安局禁毒支队政委吴永帅也带领禁毒民警赶来支援。他们组织民警对毒贩的活动进行严密监控，准备在时机成熟的时候动手抓捕。

1月16日下午一点三十分左右，王伦业等待的"阿钟"乘坐出租车来到了东兴，约王伦业在城西市场见面，把一个装有毒资的手提袋交给了王伦业。跟踪的民警发现，这个"阿钟"就是2011年11月17日下午在辉达小区后面的小巷里将一个编织袋交给王伦业的那个穿白衬衣的瘦高个儿男子。两人完成交接后，"阿钟"晃头晃脑在市里转悠了两个多小时，最后在黄花岗路的江城宾馆住了下来。

高剑平等人立即查询住宿登记，获取了"阿钟"的真实身份。此人名叫钟日贵，四十三岁，广东省湛江市坡头区人。进一步查询，民警发现他竟然在东兴市有一辆本地车牌的摩托车，是2008年在防城港购买过户的。

情况报到指挥部，指挥部命令民警继续严密监控钟日贵的一举一动，只要他前往江那村接货，立即对其实施抓捕，人赃俱获之后再对王伦业、王武、陈华庆实施抓捕。

当天晚上九点，王伦业故伎重施，安排王武和杜老六携带毒品入境，并且打电话通知钟日贵去接货。钟日贵接到电话后连连答应，说马上就去，人却一直待在宾馆里按兵不动。他到宾馆的发廊里慢条斯理地洗脚按摩，一直折腾到将近十二点，才睡眼惺忪地回房间睡觉。这个情况让埋伏在周围严阵以待的专案组民警大惑不解，以为他睡到一半会突然爬起来去取毒品，整个儿晚上都丝毫不敢松懈，但一直不见钟日贵有任何动静。

第二天中午，王伦业又打电话给钟日贵，说毒品已经送到广东了，钟日贵连声说好。一夜未眠的专案组分析认为，不管我方在跟踪过程中是否暴露，犯罪嫌疑人肯定已经对我们的行动有所觉察。钟日贵早留有一手，自己摆在明处吸引警方注意力，暗中单线联系，命令另外一个人秘密赶到指定地点，神不知鬼不觉地取走了毒品，跟专案组玩了一招儿"金蝉脱壳"。

这天晚上八点左右，钟日贵在东兴汽车站附近转悠，眼睛总是不断瞟着周围的几个大汉。高剑平看到这种情况，认为监控的侦查员可能已经暴露，决定取消跟踪。钟日贵后来坐一辆出租车赶到了防城港车站，换乘一辆班车往广东而去。

犯罪嫌疑人报平安后立即动手

这一段时间东兴市连续发生了几起恶性案件，其中一起影响特别恶劣——在海堤旁边发现了两具尸体，其中一人是被捅伤致死的，另一人溺死在海水中。死者一个是北方来的商人，另外一个是出租车司机，案情扑朔迷离，甚至惊动了公安部。自治区公安厅领导亲自带队到东兴督战，刑侦专家也云集边城诊断案情。

突如其来的案件给莫运朝带来巨大的压力。他感觉自己的脑袋整天都在高速运转，可还是没有跟上，整个人心力交瘁，疲惫不堪。原本是运动健将的他，很难再腾出时间来锻炼身体了。

尽管如此，他仍清醒地意识到，"水蛇行动"虽然不断遭遇挫折，但是他绝对不能泄气。他是整个公安局的领头人和主心骨，他的一举一动都在大家的注视之下。假如他显露出一丝沮丧，士气将会更加低落。他认为，其实警方在案件侦破上已经取得了很大的进展，上家和下家都已经查出来了，关系基本理顺，只是有一两个环节警方还没有完全掌握，导致这次对钟日贵抓捕行动的失败。他必须给大家鼓劲儿，一定要把这个案件完完整整地破掉。

　　早上八点，高剑平来上班的时候，看见莫运朝已经夹着包站在办公室门前等候。他有些意外："莫局，您这是……"

　　莫运朝大手一挥："你马上把大家叫来，我们再研究研究这个案件。"

　　会议的气氛起初比较沉闷，经历了多次挫折，侦查员们难免泄气。在听取了侦查员的发言之后，莫运朝总结道："同志们，大家辛苦了。这个案件我们已经经营了三年多的时间，因为犯罪分子的狡诈，我们一直没有能够将他们一网打尽。但是这段时间，经过大家的努力，案件侦查取得了很大进展，上家和下家几个主要犯罪嫌疑人的情况都查清了，贩毒的手段、线路也已基本清楚，如果我们当时就动手，也不是不可以。但最后为什么没有动手？是因为我们追求完美，我们希望把每一个环节都弄得清清楚楚，人赃俱获，彻底摧毁这个跨国犯罪团伙，所以我说，这个案子的侦破仅仅是时间的问题，不是能不能破案的问题。

　　"刚才大家都作了很好的分析。是的，这个钟日贵在我们眼皮底下不慌不忙来到东兴，装作一副接货的样子，在离江那最近的酒店住下，结果人没有离开宾馆，毒品却被人取走了，这更说明犯罪分子的诡计多端。犯罪分子玩的是掉脑袋的买卖，当然会绞尽脑汁和我们斗。这个钟日贵住店只是一个幌子，是想吸引我们的注意力，他肯定事先安排了另外的人到指定地点将毒品取走了。大家都说昨晚好像没有发现什么外地车辆外地人，那么我们不妨设想一下，这个人有没有可能是本地人，或者是外地人借本地的车开？我想完全有这个可能。因此下一步是要马上组织人员继续跟踪监控，迅速弄清楚钟日贵跟什么人接触过，这个人极有可能就是取货的马仔。把这个人控制了，我们就掌握了主动。现在大家一定要提起精神，对侦查工作有耐心和信心，这是我们成功与否的关键。"

　　莫运朝的一番话让所有参战民警都为之一振，继续投入到艰苦的侦查工作中。

　　1 月 28 日，专案组得到准确情报，阮玉兰与王伦业联系之后，决定于 1 月 30 日再交易一批毒品，一共是十五块海洛因。广东方面，陈华庆已经派钟日贵携带九十万元现金赶到东兴，准备交给王伦业。鉴于上次行动失败的教训，莫运朝要求专案民警在对方交易前，一定要千方百计找到帮钟日贵取走毒品的人。

高剑平带领几个民警负责监控钟日贵的行踪。经过多次较量，他深知钟日贵此次来东兴看似简单，其实搭什么车、怎么换乘，犯罪嫌疑人都进行了周密计划，不是那么容易就能捕捉到他们的踪迹。他和女民警杨露莎装扮成旅行社的导游，站在汽车站出站口揽客，另外几个民警装扮成出租车或者黑摩的司机，在车站周围布好了一张网。

从广东到防城港的班车大多是下午发车第二天早上到，眼看着一辆辆广东来的长途客车到站，一拨又一拨人流出了站，却没有发现钟日贵的身影。年轻的侦查员不免有些着急，高剑平却不动声色。毕竟几次较量，他知道这些犯罪嫌疑人的狡猾程度远远超出了年轻民警的想象，他们出的牌很可能让人意想不到。他叮嘱民警们绝对不能放过任何一个从车站里面出来的旅客，中午吃饭的时候也不能有任何松懈，只能守在岗位上吃快餐。

这天正午的阳光很毒，照得大地一片白光，大家的眼睛都眯成了一条线，人也恹恹的直打瞌睡。高剑平也觉得好困，他强迫自己打起精神来，像个导游一样到处揽客，暗中留心周围的情况。下午一点四十分，一辆从防城港到东兴的短途车到站，其他民警的注意力都集中在从广东来的车辆上，没有对这批旅客过多关注。但高剑平却注意到，就在这批旅客的后面，一个身穿灰色夹克和深色西裤的瘦高个儿男人挎着一个黑色布挎包出现了。看到这个熟悉的身影，高剑平的眉毛轻轻跳动了一下——这个人不是钟日贵又能是谁？

钟日贵并没有像其他旅客一样走正门，而是从车站后门出站，然后立即招手搭上一辆摩的往东兴城西方向而去。在这短短的两分钟里，高剑平命令周围的侦查员迅速跟上，另外他从钟日贵走路的姿态作出判断，那九十万现金并没有放在他携带的包里，因为那个包他背起来非常轻松，不像装着九十万元现金的样子。那么，那九十万元现金到底放在哪儿呢？

　　胡华和杨露莎一个扮成摩的司机，一个乔装旅客，一路上不远不近地跟着钟日贵。显然钟日贵对东兴市非常熟悉，他坐摩的到了城西市场附近，下车后在一个商店门口等了一会儿，一个三十岁上下的瘦高个儿男子骑着摩托车到了他的身边，下车后瘦高个儿男子从摩托车储物箱中取出了一个装水果的纸箱递给钟日贵。纸箱外面用绳子捆好，提起来显得沉甸甸的。

　　情况反馈到高剑平那里，高剑平马上明白了。钟日贵从广东坐车到防城港下车，把现金交给了骑着摩托车去那里接应他的瘦高个儿男子，然后再乘短途车赶到东兴。瘦高个儿男子则骑着摩托车一路回到东兴，看看没有什么异常情况，两人再次接头，把毒资交给钟日贵。高剑平记下了这辆摩托车的车牌，是东兴当地的牌号，经查就是钟日贵在防城港购买过户的那辆摩托车。

　　瘦高个儿男子把纸箱交给钟日贵后没说一句话，立马就开着摩托车迅速离开了。高剑平布置一组民警咬住他。钟日贵继续在那里等了大约五分钟，一个头发花白、头顶稀疏、肚子吊坠的老人开着一辆助力车出现了，正是"老鬼"王伦业。他来到钟日贵旁边，两人只打了个招呼，钟日贵就把纸箱和黑色拎包一并交给了他，并且帮他放到助力车上。等王伦业的助力车一开走，钟日贵立即招手搭了辆摩的回到车站，买票上了一辆从东兴开往港口区的短途车。

　　跟踪瘦高个儿男子的民警发现，此人将摩托车开到东兴市东锦商务酒店门口停放，自己进酒店里登记住宿。民警们立即调取了这个人的住宿登记，确定这个犯罪嫌疑人住在三楼某房间，名叫许真弟，四十岁，广东省湛江市坡头区人，是钟日贵的同乡。

　　听了高剑平的汇报，莫运朝分析，从许真弟秘密与钟日贵接头，并且开着钟日贵那辆东兴当地牌照的摩托车这两个情况来看，许真弟很可能就是那个帮钟日贵接货的马仔，这个一直隐藏在背后的黑影终于浮出水面，专案组完美侦破此案就有了把握。他立即组织专案组再次进行了详细的研究，大家一致认为犯罪嫌疑人已经将毒资送到了王伦业手上，王伦业前一段与阮玉兰会面，商谈的应该就是这件事。下一步他会叫王武去对岸取毒品，等待马仔来取货。不知道是不是因为还没有过元宵节，钟日贵把钱交到王伦手上就回去了，没有像以前那样摆出一副要接货的架势迷惑警方，这说明他已经放心地把接货的任务交给了许真弟。

许真弟开着本地牌照的摩托车，讲一口当地话，藏得很隐蔽，但是这一次专案组已经摸清了他的底细，志在必得。

1 月 31 日上午，防城港市公安局局长玉石、副局长黄一武等领导到东兴市公安局视察，莫运朝将案情向玉局长和黄副局长汇报之后，提出了时机已经成熟，要求收网的请求，得到了玉局长和黄副局长的肯定和支持，并调集防城港市公安局各路精兵强将给予东兴市公安局强有力的支持和配合。

莫运朝担任指挥长，亲自带队出击。防城港市公安局禁毒支队政委吴永帅和张文华担任副指挥长，协调整个案件的收网抓捕工作。

"各个组的行动目标，方案里写得非常清楚，这次行动的关键，是等犯罪嫌疑人取到货后，听指挥部的命令才能动手，现场要绝对保证人赃俱获，然后各组将自己的目标抓捕。现在开始行动，晚上八点之前，全部进入预定位置！"莫运朝没有长篇大论，简单明了地下达了行动命令。这些人被抽调参加这样的行动已经不是一次两次了，而且有两个组要马上赶到广东湛江布控。

每个组立即在组长带领下，迅速开展抓捕前的各项准备工作。张文华带领两个组，风驰电掣赶往湛江，将情况通报给湛江市公安局后，得到了湛江市公安局的大力配合，迅速对陈华庆和钟日贵两名犯罪嫌疑人进行布控。

冬天日短，六七点钟天就擦黑了。就在这个时候，王武又撑起了他的竹筏，慢悠悠划到对岸。待他回来的时候，大地已经笼罩在夜幕之中。他像往常一样在周围警惕地转来转去，最后把毒品放在预定的地方。

许真弟自从前一天住进宾馆以后基本上没有出门，即使吃饭也是叫外卖送的快餐，一直到这个时候，才出了宾馆，驾驶那辆摩托车开往防城港方向。走了十几公里之后，他停在路边打了一阵电话又转了回来，从东兴市电视机厂路进入沿边公路。开了将近二十公里，看看没有什么人跟踪，又靠路边打了一阵电话，这才驶往江那村方向。

这时候，莫运朝已经带领高剑平这个组设下了埋伏，等候犯罪嫌疑人的到来。看到瘦高个儿男子转进了丛林之中，摸索一阵之后提着一袋东西放在了摩托车后面，高剑平判断犯罪嫌疑人已经取到毒品了，回头看了一眼莫运朝。莫运朝此时非常冷静，嘘了一声："别急，他跑不了，让他报了平安再动手。"

许真弟取到东西后开车明显加速，出了江那村，他停下摩托车，连续打了好几个电话，长出了一口气。

看到他打完电话，将手机放进了口袋里，莫运朝毫不犹豫地下达了命令："动手！"

命令刚刚下达，高剑平带领几个民警从四面包围上去，一下子把摩托车堵在了路中间。许真弟一愣，刚想逃窜，几个民警已经闪电般扑了上去，把他从摩托车上拉了下来，摁倒在地戴上了手铐。民警当场从他驾驶的摩托车储物箱内搜出一个绿色塑料袋，里面有海洛因十二块，重达四千二百多克。

经现场突审，许真弟对帮助钟日贵运输毒品的犯罪事实供认不讳。他以前和钟日贵是麻将友，后来赌得一无所有之后，被钟日贵拉进了贩毒团伙中，成为专门帮毒贩运输毒品的马仔。前几次就是钟日贵打掩护，他暗度陈仓取走了毒品，躲过了民警的查缉。

这边王伦业接到许真弟报平安的电话也长出了一口气，暗自偷笑了一番。上次接到陈华庆的电话，对方指责阮玉兰提供的毒品质量太差，他借机向阮玉兰和杜老六施加压力，迫使两个人在价格上都作了些让步，他对陈华庆这边说还是维持原来的老价格，对阮玉兰说让点儿价表示我们的诚意。这样两边吃下来，这一单他就贪了将近七万元。他为自己的小聪明乐得不行，回家的时候一直哼着歌，盘算着下一步要利用这些钱好好乐一乐。

九点多钟的时候，门口响起敲门声，一个清脆的女声说是派出所的民警有事找。王伦业的老婆感觉有些不对劲，看了看他。王伦业此时正在客厅里看黄碟，以为被人举报了，急忙关机取出碟片藏好，然后示意老婆去开门。结果门一开，几个彪形大汉冲进来直扑王伦业，一下子把他扭住戴上了手铐。

被民警抓住的那一瞬间，王伦业已经明白了一切，面无表情什么话也不说。倒是他老婆号啕大哭起来，哭得撕心裂肺痛不欲生。其实他老婆早已知道他一直暗中进行贩毒活动，否则哪有这么多钱买房买楼还买铺面。起初老婆也多次劝他，都已经到了这把年纪，也没有多少年活头了，赚了点儿钱还是见好就收，安心做些小本儿生意安度晚年。但是王伦业每一次出手都赚到大钱，欲望一旦被刺激起来，哪里那么容易收手，而且他自认为自己的计划天衣无缝，警察就是再厉害也不可能把他怎么样。

民警从王伦业的家中搜出十几部手机，每一部上都贴了纸条，写着联系人的名字和具体的日期。民警搜到他刚拿回家的那一大笔现金时，他还想用脚钩衣服去掩盖，但马上被民警们拉开了。

"领导，你放我一马吧，我给你五十万怎么样？"王伦业观察了一阵，认为高剑平应该是个领导，凑到他身边悄悄地说。

"五十万？好多哦！"高剑平乐了，他指着正好走进来的莫运朝说，"你问问我们领导愿不愿意。"

看到莫运朝，王伦业惊呆了。他没有想到，已经当上东兴市公安局局长的"老莫"竟然是这次行动的总指挥。他结结巴巴地说："莫局，我可没干什么坏事呀。"

莫运朝意味深长地拍了拍他的肩膀："'老鬼'，我们很有缘分啊，都较量这么多年了，你做的什么，不用我说你也明白，今天晚上你干了什么，老老实实交代吧。"

王伦业终于一屁股瘫坐在地上，此时，他那张皱纹密布的老脸上写满了悔恨和无奈。

抓获王伦业后，莫运朝跟在广东湛江的张文华通了电话。张文华汇报，他们已经在陈华庆和钟日贵的住处附近埋伏，目前两人还没有回到家里，他担心是不是犯罪嫌疑人听到风声外逃了。莫运朝认为这次行动的时机拿捏得很好，保密工作很到位，应该没有走漏风声，犯罪嫌疑人有可能过夜生活去了。他叮嘱张文华继续蹲守，务必在今天晚上将犯罪嫌疑人抓获。

莫运朝的判断没有错。这天晚上，钟日贵到了湛江之后，陈华庆就摆酒为他接风洗尘。两人在喝酒的时候接到许真弟的电话，说已经顺利取到了毒品，准备上车出发了。两人都很高兴，喝过酒后两人又到夜总会庆贺，凌晨四点钟才心满意足地回到家。

张文华的这两个工作组一直张网以待，立即瓮中捉鳖，将刚刚沉沉睡去的两名犯罪嫌疑人抓获。

阴差阳错抓错了人

"大家看好了，就是这个老家伙。"

黄志凌刚从派出所调到东兴市公安局禁毒大队任教导员，第一次执行任务就碰到了这么大的一个案件，兴奋得不得了。他和第三行动组的几个民警反复研究着要抓捕的对象，也就是经常到北仑河对岸运送毒品的王武。

这个组除了黄志凌，另外四个都是刑侦大队的民警，大家都没有参加过前期的侦查，拿到王武的照片后仔细看了看，都觉得应该没有问题。因为这个王武的特征实在是太明显了，一米六左右身高，平头，头发、胡子、眉毛都是花白的，虽然只有五十六岁，却显得比七十二岁的王伦业还要苍老。他的家就住在江那村下滩岭一组 5 号，平时的活动范围不广，主要就是北仑河到村里一带，要抓他不是什么难事。

夜幕初降的时候，五个人先后进入了埋伏位置，在王武家的外围形成了一个包围圈。夜晚的江那相当安静，只有远处公路上隐隐有车来车往的声音。几个人为了不暴露，尽量离王武的家远些，而且把对讲机的音量调到最低，以免被人听见。黄志凌还特意叮嘱大家把对讲机揣到怀里，这样一来，既可以不让别人看到对讲机的灯光闪烁，声音也小。

进入埋伏地点没多久，对讲机里就传来了莫局长的命令，接着听到高剑平等人在里面喊抓到送货的犯罪嫌疑人了，现场缴获了十二块海洛因和一辆摩托车。听到这里，大家都热血沸腾。这个案件经营了这么长时间，经过一次又一次的失败，曾经有一阵大家几乎都丧失信心了，几经波折，终于取得了最后胜利。大家突然觉得，过去所有的努力没有白费，他们期待着也能抓住自己的目标。

"注意，目标出现！"黄志凌看见一个人影朝王武的家走过来，用夜视镜观察，确定是嫌疑人无误，立即招手命令民警包围上去。

"不许动，警察！"黄志凌在前面亮出了证件，另外几个民警一拥而上给这个人戴上了手铐。

"警察？干吗抓我，我又没犯法！"老人一脸惊愕。

民警们不由分说，把老人押上车带回公安局，立即组织人进行突审。

"你的姓名？"

"我叫王威，你们肯定是搞错了，我没干什么坏事。"那个人大声喊道。

黄志凌气不打一处来，心想这老家伙可真会表演，装得比谁都像呢，要是当演员那可早就是明星了。正待斥责几句，副大队长胡华路过，探头往里看了一下。胡华在前期的侦查过程中曾经跟踪过王武几次，对这个人有比较深刻的印象，走进来仔细端详了一阵觉得不对头。这个人从轮廓上看的确很像王武，但块头和骨架似乎比王武更大一点儿，脸上的特征也有些区别。他赶紧去旁边的讯问室把高剑平拉了出来。

"怎么了？"高剑平有点儿奇怪，今天晚上几个地方同时动手都很顺利，目前除了在广东的陈华庆和钟日贵，其他的犯罪嫌疑人都抓获了，而且缴获了毒品和毒资。他摩拳擦掌，准备通宵大战，趁热打铁把犯罪嫌疑人全部突破，把犯罪证据固定下来，这个案件就算大功告成了。

"我感觉这个人可能不是王武，说不定是他的兄弟。"胡华说出了自己的担心。

高剑平一听，急忙赶到那间讯问室，前后左右仔细观察了一阵，神色顿时严峻起来："王武是你什么人？"

"他是我弟弟，我叫王威，他叫王武。"那人一脸苦相。

"糟糕，真的抓错人了，你们在哪儿抓的？"高剑平转身问道。

"就在王武家附近，看见他往里面走，一看照片对上了，我们就把他抓了。"听说自己抓错人了，黄志凌和几个民警的脸色立时都变得煞白。

"我住在另外一个村，吃饭后去王武家串门，你们肯定是搞错了。"那个人继续大声喊道。

"怎么办？"黄志凌这下也急了。

"还能怎么办，马上跟我回去找人。"高剑平第一个冲了出去，几个民警急忙跟了出来。

事后高剑平说，其实当时他的大脑已经一片空白。他哪里想得到，原来以为费了九牛二虎之力终于取得重大突破的案件，竟然出了这么一个吓人的插曲。一般来说，这样在现场抓人，肯定惊动了周围的群众，王武绝对已经知道这件事情，逃跑那是正常的，只有傻子才待在家里等着警察去抓呢。如果他打电话给其他犯罪嫌疑人通风报信，那事情可就闹大了。但是无论如何，高剑平都必须马上带领人马再次去江那村抓捕，至于有几分把握，他根本说不上来。

然而这一次，民警们似乎真的得到了上天的眷顾，已经听说哥哥被公安抓走的王武此刻居然还没有逃走。他当然知道公安真正要抓的人是他，哥哥肯定是成替死鬼了，可问题是，他长这么大，说实在的，真没去过几个地方，一辈子基本上就是守着江那，一下子叫他逃跑，他还真想不出应该逃到什么地方去，即使逃到外面，他也不知道怎么生存。因此，他在家里团团转，想来想去犹豫不决，最后终于决定逃到外地躲藏一段时间，收拾好东西还没出门，高剑平就撞门进来了。

看见王武居然还在，手上提着个大旅行箱像是要出门的样子，高剑平和民警们大喜过望，立即扑上去把他扭住戴上了手铐，押回了公安局。经过突审，得知这个王武只有王伦业的电话，其他犯罪嫌疑人的电话一概不知，莫运朝一颗心这才落了地。

彻底端了两国毒窝

专案组通过讯问，弄明白了案件中的最大疑点。犯罪嫌疑人的反侦查意识非常强，行动异常诡秘，他们事先经过踩点，确定了三个藏毒地点，一个是村里垃圾堆的旁边，一个是菠萝木脚下，另一个在一片杂草中。这三个藏毒地点代号分别为一、二、三号茶楼，里面放有一个小纸箱，防止毒品受潮。

犯罪团伙每次成功交易毒品后，陈华庆就用假身份证购买一部湛江市的手机给王伦业，作为下一次毒品交易的专用手机。因此王伦业家里有十几部湛江的手机，他年纪大了，怕忘了，因此在每部手机上都贴上了字条，写好名字和日期。一旦陈华庆需要购买毒品，王伦业就跟阮玉兰联系，阮玉兰派杜老六过境来找王伦业，偶尔也会自己过境来见面。双方接头之后，王伦业把陈华庆带来的毒资交给对方，阮玉兰或者杜老六通过"兑钱婆"把钱转移到越南，然后组织货源送到北仑河边。王伦业则安排王武夜间撑船过河运送毒品。

最初王伦业骗王武说是跟越南人做生意，有一批金块想从越南偷运过来，需要有人帮忙放在一个地方，每次给他三百块钱。后来王武去拿货时一掂量，就知道不是金块而是白粉，回来后就质问王伦业到底想干什么。王伦业一看情况不对，一再赔礼道歉，主动把运费从每次三百加到四百。看到自己的收入有所增加，王武也就不再吭声了。

王武把毒品放到"茶楼"之后，王伦业就打电话给陈华庆，说请他走多少公里到几号茶楼喝茶，多少公里代表多少块毒品，几号茶楼代表地点。陈华庆就叫钟日贵前来取货。钟日贵虽然小学都没有毕业，但智商并不低，在社会大学里跟三教九流打交道多年，早已经混成了人精。为了运输毒品，几年前他就来到东兴探路，观察好了贩毒的路线，并且提前做了许多功课。

他在防城港买了一辆当地牌照的两轮摩托车，每次来取毒品的时候，都大摇大摆地到离江那很近的宾馆住下，吸引公安方面的注意力。他在宾馆喝喝茶洗洗桑拿，其他什么事情也不做，十分轻松自在。其实他已经指示许真弟开着那辆当地牌照的摩托车，悄悄来到藏毒地点取走了毒品，同时把下次交易使用的手机放在藏毒地点，接着开摩托车通过横江公安边防检查站前往防城港。

据钟日贵交代，他曾经连续一个星期在横江检查站附近观察，发现检查站主要是检查过往的轿车，对摩托车基本不作任何检查。因此他叫许真弟开着摩托车过检查站，果然一次都没有被检查过。

许真弟开车到防城港之后并不停留，因为钟日贵认为防城港并不安全，钦州港才是最安全的地方。他要许真弟一直开到那里，他派人在那里接应，然后用两部车，一部在前面探哨，另一部在后面保持二十多公里的距离，前车观察沿途情况，一旦发现问题立即通知后车，后车马上掉头或者把毒品抛掉；如果顺利，则一路把毒品运回广东。

这是钟日贵集多年犯罪的经验教训，耗费了大量精力设计出的贩毒方案，他和同伙们都认为绝对是天衣无缝，事实上也多次蒙混过关。他们万万没有想到，广西壮族自治区公安厅禁毒总队、防城港市公安局禁毒支队和东兴市公安局尽管在侦破这个案件时遇到了前所未有的困难和挫折，但他们从不气馁，在多次失败中不断总结经验教训，迎难而上，破解了一个又一个难题，终于逐渐收拢了天网，把这个犯罪集团一网打尽。

案件侦破那晚，平时几乎滴酒不沾的莫运朝实在按捺不住内心的激动，主动邀请一帮侦查员和朋友喝酒庆祝，畅谈侦破这个案件的艰苦历程。喝到畅快处，他连连抱拳对大家说："抓住'老鬼'，打掉这个贩毒团伙，是我来东兴当公安局长的一个重要使命，现在终于完成了，我特别有成就感，谢谢大家，谢谢大家！"

与此同时，在广东湛江，已经退居二线的老技侦支队长闻讯赶到，对着张文华竖起大拇指："东兴公安真了不起，我跟陈华庆这些老毒物打交道已经有十多年了，一直没有办法把他们绳之以法。很多年前我就说过，这些人都是大浪淘沙练出来的，反侦查的那一套很老到。如今,你们终于把他们抓住了,大快人心,大快人心啊!"

2012 年,公安部专门表彰了全国公安机关侦破最成功、影响最大的七个毒品犯罪案件,"水蛇行动"名列其中。更值得称道的是,广西壮族自治区公安厅禁毒总队和东兴市公安局通过中越两国禁毒警务联络员办公室,把侦破这个案件的情况提供给越南警方之后,越南警方高度重视这一线索,经过缜密侦查,把阮玉兰、杜老六等犯罪嫌疑人抓捕归案,并且通过讯问深挖不断扩大战果,连续抓获涉毒犯罪嫌疑人一百三十多人,破获了近百起毒品案件,缴获了大量毒品。中越两国警方联手奋战,终于彻底摧毁了这个跨国毒品犯罪网络。

(原载《啄木鸟》2013 年第 12 期)